REGENCY-REBELLINNEN - DER LIEBE AUSGELIEFERT

REGENCY-REBELLINNEN
BUCH VIER

ELLIE ST. CLAIR

Übersetzt von
C. CONRAD

Wollen Sie bezüglich meiner neuen Veröffentlichungen auf dem neusten Stand bleiben? Melden Sie sich hier für meinen deutschen Newsletter an!

Bücher von Ellie St. Clair

Die Blaustrumpf-Skandale
Pläne für den Herzog
Die Neuerfindung Des Viscount
Die Entdeckung des Barons
Das Kammerdiener-Experiment

KAPITEL 1

Er bewegte nicht einen einzigen Muskel. Und doch wusste er, dass er nicht bewegungslos dalag.

Er schaukelte hin und her, vor und zurück, auf und ab. Ihm wurde übel.

Wie war dies möglich? Er versuchte seine Augen zu öffnen, sich aufzusetzen, doch eine eiskalte Schraubzwinge schien seinen Körper zu umhüllen, seine Augen geschlossen zu halten und ihn vollkommen bewegungsunfähig zu machen.

Da war ein Schrei und das Schaukeln hörte auf. Er lag ganz still, bis Hände unter seine Schultern griffen. Nun wurde er wieder bewegt, doch nicht durch die sanften Wellen. Er wurde recht grob nach oben gezogen, wie ein Sack.

Panik erfasste ihn.

Wo war er? Wer hatte ihn ergriffen? Was taten sie mit ihm?

„Was haben wir denn hier?" Eine Stimme wie aus weiter Ferne drang zu ihm wie eine sanfte, beruhigende Brise, gefolgt von einer Antwort, die sich wie ein derbes Grunzen anhörte, direkt in seiner Nähe. Sein Rücken traf auf hartes Holz. Es war kalt und feucht, und er zitterte. Er wünschte sich, er wäre an einem anderen Ort. Vielleicht vor einem Feuer und unter einer Decke. Er versuchte sich ein Bild davon in Erinnerung zu rufen, wie sein Zuhause aussah, doch es gelang ihm nicht.

Warum?

„Lasst ihn nicht hier liegen", erklang die Stimme wieder, dieses Mal klarer, näher. „Bringt ihn hinauf zum Karren."

Er wurde erneut bewegt, zu etwas getragen, zu jemandem, doch er wusste nicht zu was, wem oder wohin.

Er wurde wieder abgelegt und, obwohl sein Bett rau und hart war, war es nicht mehr ganz so kalt, als wäre zwischen ihm und dem Untergrund, welcher Art er auch war, eine Decke.

Als er zitterte, legte sich eine warme Hand auf sein Gesicht. Sie unterschied sich so sehr von seiner eigenen Temperatur, dass sie ihn zu verbrennen schien.

„Wir müssen uns beeilen. Er ist viel zu kalt."

Erneut diese Stimme. Sie beruhigte die wachsende Angst in seiner Brust. Merkwürdigerweise gab sie ihm das Gefühl, es würde alles gut werden.

Warum dies so war, wusste er nicht.

Sein Verstand war vernebelt und alles, was er sehen konnte, alles, woran er sich erinnern konnte, war, wie er im Wasser um sich geschlagen hatte. Es musste eine Explosion gegeben haben, und gleich darauf hatte er gegen die Wellen gekämpft, als diese über ihn schlugen und versuchten, ihn in die eisigen Tiefen zu ziehen. Er hatte gekämpft, bis ihm klar wurde, dass dies das Letzte war, was er tun sollte, dass die einzige Möglichkeit, um zu überleben, darin bestand, sich mit den Wellen treiben zu lassen, ihnen zu erlauben, ihn mitzunehmen, wohin auch immer sie sich zu gehen entschlossen.

Als ein festes Brett auf seine Finger traf, war er erleichtert gewesen. Er erinnerte sich daran, jeden Rest seiner Kraft aufgebracht zu haben, um seinen Körper auf dieses Trümmerstück zu ziehen.

Dann wurde alles schwarz um ihn herum.

Nun war er hier, unbeweglich, unfähig, irgendetwas anderes zu tun, als hier zu liegen, der Gnade dieser Menschen ausgeliefert, die ihn in ihren Fängen hatten.

„Bleiben Sie ruhig. Alles wird gut werden."

Diese Stimme beruhigte ihn erneut und brachte ihn dazu, seine Muskeln, die sich zu bewegen versuchten, wieder ruhig zu halten. Menschen, die ihm Böses wollten, würden ihn doch bestimmt nicht mit so viel Freundlichkeit behandeln? Würden sich nicht die Zeit nehmen, so beruhigend auf ihn einzureden, oder?

Er konnte das Salz des Meeres riechen und die Fäulnis eines Flusses, doch ob dies von einem nahegelegenen Gewässer oder von sich selbst herrührte, wusste er nicht. Es könnte auch sein, dass beide Gründe zutrafen. Außer den Rufen um sich herum konnte er auch in der Ferne Schreie und Geräusche von Menschen hören – auf Straßen, in Gebäuden. Sie riefen sich gegenseitig etwas zu, fuhren von einem Ort zum anderen.

War er einer dieser Menschen gewesen? Hatte er gewusst, wo er hinging und warum? Er war sich nicht sicher, doch eines wusste er – er sollte nicht dieser Mann sein, der auf andere angewiesen war, der keine Kontrolle über seine Umgebung hatte, ganz zu schweigen von seinem eigenen Körper.

Er sollte der Mann sein, der anderen sagte, was sie zu tun hatten, er war der Verantwortliche.

„Wer ist er?"

Er wünschte, er könnte ihr antworten, doch seine Zunge fühlte sich schwer an. Sie war ein fremdartiger Gegenstand in seinem Mund, einer, den er nicht richtig bewegen konnte, um Worte zu formen, während sein Hals trocken war, so ausgedörrt, dass er kaum schlucken konnte.

„Ich glaube, er versucht zu sprechen." Eine andere Stimme. Diesmal eine männliche.

„Wasser. Hol etwas Wasser."

Diese brennende Hand legte sich in seinen Nacken und hob sanft seinen Kopf an.

„Trinken Sie, wenn Sie können."

Etwas Hartes presste sich an seine Lippen, und bei der Berührung mit Wasser wusste sein Körper, was zu tun war, und suchte nach mehr. Plötzlich war er verzweifelt, viel mehr von dieser kühlenden, tröstlichen Flüssigkeit zu bekommen.

„Jetzt langsam. Ich möchte nicht, dass Ihnen übel wird."

Er wollte sich nicht herumkommandieren lassen, doch war nicht dazu fähig, sich durchzusetzen, da die Hände, die ihn hielten, bestimmten, wie viel Wasser er bekam.

Er musste aufstehen. Er musste hier raus.

„Was soll das nun?"

Die Hände ließen seinen Kopf wieder langsam auf den Untergrund sinken und lagen nun in seinem Nacken. Sie rieben über seine Haut und streichelten ihn mit ihrer Hitze.

Sie mussten etwas gefunden haben, denn sein Hals wurde von einem Gewicht befreit.

„Hier ist eine Art Medaillon."

„Oh. Teilt es uns etwas mit?"

„Ja."

Nein. Die Panik überwältigte ihn erneut. Er verstand

nicht warum, doch tief in ihm wusste er, dass niemand davon Kenntnis haben sollte, wer er war. Er musste etwas schützen. Sich selbst? Jemand anderes? Er hatte keine Ahnung, doch er musste sich verstecken, musste nach Sicherheit suchen, oder alles wäre verloren.

Er versuchte, seine Hand zu heben, um die Finger wegzuschieben, bevor irgendetwas über ihn offenbart wurde – so verzweifelt er sich auch selbst danach sehnte, die Wahrheit zu wissen.

„Leopold. Darauf steht Leopold."

Abrupt öffneten sich seine Augen, denn der Name klang bekannt. Endlich ergab etwas Sinn. Etwas passte. Er hatte eine Antwort.

Doch die kleinen Erinnerungsfetzen lösten sich bei dem Anblick vor ihm in Luft auf.

Ein Gesicht. Ihr Gesicht. Er musste sich nicht mehr daran erinnern, wie sein Zuhause aussah.

Denn er hatte es gefunden.

* * *

GEORGIE VERLOR FAST DAS GLEICHGEWICHT, als er die Augen öffnete.

Sie waren vom faszinierendsten Blaugrün, das sie je gesehen hatte. Sie erinnerten sie an einen klaren Teich an einem sonnigen Tag – das Gegenteil des schmutzigen Flusses, aus dem sie diesen Fremden gezogen hatten.

Es ging ihm nicht gut, das war offensichtlich. Sie wusste, dass er versucht hatte, sich zu bewegen, und vermutlich geflohen wäre, wenn er denn dazu in der Lage gewesen wäre. All die fein getönten Muskeln seines Körpers spannten sich unter der zerrissenen Kleidung an, während er fast unkontrollierbar zitterte. Seine Lippen färbten sich bereits in einem unmenschlichen blauen Farbton, der dem sehr ähnlich war, den Georgie an den Leichen gesehen hatte, welche sie genau aus diesem Fluss gezogen hatte.

Die beiden anderen Detektive, die bei ihr waren, Frank und Marshall, bewegten sich für ihren Geschmack viel zu langsam. Sie zogen das Brett an Land, auf dem der Mann auf dem Wasser getrieben war, und suchten nach irgendwelchen anderen Anzeichen, wo er hergekommen oder was ihm zugestoßen sein könnte.

„Es muss von der Explosion stammen, die es heute gegeben hat", brummte Marshall und schaute auf die Themse, als könnte er dort alle Antworten finden.

„Aber alle Männer, die dafür verantwortlich waren, wurden gefasst", merkte Frank an, und Marshall zuckte mit den Schultern.

„Woher sonst sollte er kommen?"

Georgie ignorierte ihre Diskussion. Sie schaute nach unten und sah, dass die Augen des Fremden noch immer auf sie gerichtet waren. Also schüttelte sie den Kopf, denn sie wusste, sie musste sich von seinem Blick befreien. Der Blick, der ihn selbst bewegungslos gemacht hatte.

„Es wird Ihnen bald wieder gut gehen", sagte sie und ließ das Medaillon zurück auf seine Brust gleiten. „Wir werden Sie in ein Hospital bringen und man wird sie in kürzester Zeit wieder aufgewärmt haben."

Sie erwähnte das Blut, das in seinem Haar erkennbar war, genauso wenig wie die Beule darunter. Wie er einen solchen Schlag überlebt hatte, war unbegreiflich, doch andererseits hatte sie bereits ungewöhnlichere Dinge gesehen.

Bei ihren Worten wurde Panik in seinen Augen erkennbar, und mit einer plötzlichen, wackeligen und doch beeindruckenden Stärke, hob er seine Hände und erfasste über den Ärmeln ihrer schwarzen Jacke ihre Arme.

„Nein", knurrte er mit einer durch seinen trockenen Hals rauen Stimme. „Das dürfen Sie nicht."

„Nein?" Sie hob eine Augenbraue. Also war er mit dem Gesetz in Konflikt geraten. Sie unterdrückte ihre Enttäuschung. Unter dem Schmutz schien er ein schönes Exemplar eines Mannes zu sein, so viel war sicher. Doch wieso spielte es eine Rolle für sie, wer er war oder was er getan hatte? Er war nur ein Fall. Nichts, was für sie von Bedeutung war.

Und doch spürte sie irgendwie, dass sie für ihn ein Rettungsanker war. Er vertraute darauf, dass sie ihn in Sicherheit brachte.

„Sie dürfen mich nicht in ein Hospital bringen. Es wäre mein Tod."

„Ein Hospital? Wieso?"

„Ich weiß nicht."

Sie betrachtete ihn misstrauisch und versuchte herauszufinden, ob er die Wahrheit sagte. Sie hatte sich schon vielen Lügnern gegenübergesehen, doch durch die Panik in seinen Augen hatte sie das Gefühl, dass er an das glaubte, was er sagte.

„Sie wissen es nicht?", wiederholte sie ungläubig.

„Nein", sagte er mit noch immer rauer Stimme. „Ich weiß nur, dass mein Leben in Gefahr ist, und mich an einen solchen Ort zu begeben … Ich kann Ihnen nicht sagen, woher ich weiß, dass ich auf keinen Fall in ein Hospital gelangen darf. Ich weiß es einfach."

Georgie starrte ihn an und las in seinen harten Gesichtszügen. Sein Aussehen wirkte vornehm. Er hatte markante Wangenknochen und eine aristokratische Nase unter all den Blutergüssen und der matten Haut von seiner langen Zeit im Wasser.

Sein Haar war nass und schmutzig, doch soweit sie es sagen konnte, war es dunkelblond mit dunkleren Strähnen.

Genauso, wie er nicht zu verstehen schien, wieso er wusste, was er wusste, war sie sich sicher, dass das, was er sagte, der Wahrheit entsprach – oder, dass er zumindest wirklich glaubte, dass dem so war.

„Gut", murmelte sie. „Ich weiß nicht, warum ich es tue, aber ich glaube Ihnen."

Bei ihren Worten machte sich Erleichterung auf seinem Gesicht breit und er schloss die Augen wieder.

„Sind wir fertig?" Marshall kam zu ihr hinüber, eine Augenbraue erhoben, und Georgie nickte.

„Das sind wir."

Sie stieg von dem Karren hinunter und zog Marshall zur Seite. Er war einer ihrer engsten Freunde. Und wenn er auch nicht immer einer der besten Detektive der Bow Street war, so war er doch beständig und zuverlässig, jemand, auf den man immer zählen konnte. Seine Frau lud sie oft zum Abendessen zu ihnen ein, und Georgie betrachtete seine Kinder als ihre Nichten und Neffen.

„Wir können ihn nicht in ein Hospital bringen."

„Warum nicht?", fragte Marshall, die Hände in die Hüften gestemmt, und Georgie wusste, dass er sich darauf freute, Feierabend zu machen und zu seiner Familie zurück-zukehren.

„Er sagt, sein Leben sei in Gefahr."

„Dem wird so sein, wenn wir nicht dafür sorgen, dass er schnell ärztliche Hilfe bekommt."

„Ich weiß", sagte sie, hob ihre Kappe an und kratzte sich an den Locken, die sich darunter befanden. Sie war sich bewusst, dass ihr Leben leichter wäre, wenn sie alle abschneiden würde, doch sie waren die einzige Eitelkeit, an der sie festhielt. „Aber Marshall … die Panik in seinen Augen, als ich ihm sagte, wo wir ihn hinbringen würden und seine Erleichterung, als ich ihm versprach, dass wir es nicht tun werden … Ich kann dir nicht erklären, woher ich es weiß, dass es falsch wäre, es zu tun. Ich weiß nur, dass es so wäre."

„Georgie", sagte Marshall und schüttelte den Kopf. „Er ist

kein herrenloser Welpe. Der Mann könnte ein Verbrecher sein."

„Selbst wenn er das ist, ist er doch so sehr außer Gefecht gesetzt, dass er nichts ausrichten kann. Seine Kleidung ist bescheiden, doch dieses Medaillon, das er um den Hals trägt, ist aus hervorragendem Silber gemacht. Er hat etwas durchgemacht, so viel steht fest, doch irgendwie vermittelt er den Anschein von Wohlstand."

„Das bedeutet, er könnte einer der schlimmsten Sorte sein. Was sollen wir mit ihm machen, wenn wir ihn nicht in ein Hospital bringen?"

Georgie nahm einen tiefen Atemzug. Sie wusste, dass Marshall dies nicht mögen würde, doch sie sah keine andere Möglichkeit.

„Ich nehme ihn mit zu mir."

arme Flammen wachten über ihn, ihr Wabern gerade so außerhalb seiner Reichweite, als er erwachte. Sie hielten seinen Körper, der nun bis zur Hüfte entblößt war, in einer tröstlichen Umarmung. Eine Decke verbarg seine untere Körperhälfte und wahrte zumindest ein wenig den Anstand.

Als er seine Augen einen Spalt weit öffnete und an sich herunterschaute, fragte er sich, wer ihn wohl ausgezogen hatte. Alles, an was er sich von dem letzten Mal erinnern konnte, als er seine Augen geöffnet hatte, war das Gesicht seines Engels, seiner Retterin, die auf ihn herabgeschaut hatte. Obwohl er sich bewusst war, dass er in Erfahrung bringen sollte, wo – und wer – er war, ertappte er sich jetzt dabei, dass er sich fragte, wer die Frau war und wo sie sich nun befand.

Er versuchte sich aufzusetzen und zuckte zusammen, als sein Kopf zu pochen begann und der Schmerz um seine Ohren herum zu seinem Nacken wanderte, wo er sich diesen offensichtlich irgendwo angeschlagen hatte.

Er konnte sich nicht daran erinnern.

Er konnte sich an nichts erinnern.

Kaltes Metall rutschte über seine Brust und, als er danach griff, fühlte er eine Kette um seinen Hals mit einem runden Anhänger.

Leopold.

Genau.

Er erinnerte sich nun daran, wie der Engel diesen Namen an den Docks von dem Medaillon abgelesen hatte. Ihre sanfte Stimme war dabei so lebhaft gewesen, dass er sicher war, unter anderen Umständen ließ ihre fröhliche Natur die Welt heller erscheinen.

Unter Umständen, die nicht beinhalteten, einen halb ertrunkenen Mann aus dem Wasser zu ziehen.

Eine Reihe von Bildern blitzte durch seinen Kopf und er zuckte erneut zusammen, während er seine Hand an die Schläfe legte und den Schmerz zu vertreiben versuchte. Die Bilder schienen weder eine Verbindung noch eine Bedeutung zu haben, und doch sagten sie ihm genug.

Es begann mit aufflammendem Licht, dann ein Knall. Ein Kreis aus Männern, spritzendes Wasser.

Gefahr. Er erinnerte sich an Gefahr.

Die gleiche Abfolge von Bildern und Gefühlen hatte er durchlebt, als sie ihn auf die Docks gezogen hatten, und er hatte sich nochmal daran erinnert, als er das Gesicht der Frau zum ersten Mal erblickte.

Er wusste, dass jemand hinter ihm her war. Er konnte nicht erklären, warum er wusste, dass er nicht irgendwo sein sollte, wo man ihn finden konnte. Aber irgendwie wusste er tief in seinem Inneren, dass seine Identität für alle um ihn herum so unbekannt sein sollte, wie es bei ihm selbst der Fall war.

Mit einem Ächzen stemmte er sich auf seine Ellbogen

und schaute sich durch den Nebel, der seine Sicht trübte, im Raum um.

Er war spärlich eingerichtet, sauber und trotzdem sehr … behaglich.

Ein Gemälde gegenüber der Tür, welches eindeutig ein Amateur erschaffen hatte, das aber eine enthusiastische Pinselführung aufwies.

Abgenutzte Decken waren über die Möbel gelegt. Teegeschirr und Teller säumten nicht zur Zierde verschiedene Tische, genau wie Stapel von Büchern, die man augenscheinlich gelesen hatte und die nicht dazu gedacht waren, andere zu beeindrucken.

Der Raum war klein und wurde von einem Kamin dominiert, vor dem er auf einem weichen Bett aus Decken und Kissen lag.

Ein selbst gepflückter Blumenstrauß fügte Lila- und Grüntöne in der Nähe der Tür hinzu. Und während Leo – ja, Leo klang irgendwie richtig – nicht gesagt hätte, dass der Raum ein besonders weibliches Flair besaß, so war doch eindeutig, dass er zu jemandem gehörte, der wusste, wie man ein Haus in ein Heim verwandelte.

Einen schmalen Gang hinunter stand eine Tür offen, die zu einem Schlafzimmer gehören musste. Jemand ging an der Tür vorbei – ein Mann, wenn auch ein recht schmaler, der seine Jacke ausgezogen hatte und nun in einem Leinenhemd und einer blauen Weste herumlief.

Leo versuchte zu rufen, um nach ein wenig Wasser zu fragen, doch seine Stimme war vom Meerwasser und dem Nichtgebrauch zu sehr eingerostet.

Er lehnte sich zurück, akzeptierte seine Niederlage einen Moment, schloss die Augen und um ihn herum wurde alles dunkel. Er benötigte nur einen Augenblick, um sich auszuruhen, dann würde er sich dazu zwingen, aufzustehen und nach etwas zum Trinken zu suchen.

Nur einen Augenblick.

* * *

GEORGIE SAß auf der Kante ihres Sofas und starrte auf den Mann hinab – Leopold. Er war weitaus ansehnlicher, als ein Mann das Recht hatte zu sein. Sie konnte ihre Augen nicht davon abhalten, den Linien seiner festen, gebräunten Brust zu folgen, auf der goldene Haare wuchsen, dann weiter über seinen definierten Bauch zu wandern bis dorthin, wo Marshall dem Mann eine Decke über seine noch immer nassen Hosen gelegt hatte, bevor er den Kopf geschüttelt hatte und gegangen war.

Er hatte es mehr als deutlich gemacht, dass er mit diesem Arrangement ganz und gar nicht einverstanden war. Auch war er der Überzeugung, dass ihr gemeinsamer Kollege Drake vor ihrer Tür erscheinen würde, sobald er erfuhr, was vorgefallen war.

Georgie hatte ihn mit allem, was ihr zur Verfügung stand, bestechen und erpressen müssen, um ihn davon zu überzeugen, zu niemandem auch nur ein einziges Wort zu sagen – ganz besonders nicht zu Drake. Nicht jetzt. Er war frisch verheiratet und hatte selbst genug durchgemacht, sodass er auf seiner Liste nicht auch noch Georgies Probleme gebrauchen konnte, ganz gleich, wie eng ihre Freundschaft war. Wenn die Zeit kam, dass sie seine Hilfe benötigte, würde sie ihn benachrichtigen. Doch bis dahin würde sie dies hier handhaben. Den Ausschlag für Marshalls Zustimmung hatte ihre Andeutung gegeben, seiner Gemahlin zu erzählen, was Marshall wirklich von deren Blaubeer-Scones hielt.

Dies hatte ausgereicht, um ihn zum Schweigen zu bringen.

Sie lächelte noch einmal triumphierend. Tatsächlich war

es nicht schwierig gegen Marshall zu gewinnen, doch es war trotzdem stets sehr befriedigend.

Nun konzentrierte sie sich wieder auf den Mann, mit dem sie allein war.

Sie konnte die leichte Beklommenheit, die sich bei seinem Anblick in ihrem Bauch bemerkbar machte, nicht unterdrücken. Trotz der Tatsache, dass er gerade derart außer Gefecht gesetzt war und nicht harmloser hätte sein können, fühlte sie sich von ihm eingeschüchtert.

Und Georgie war niemals eingeschüchtert.

Sie blickte in das Feuer, aufgemuntert durch dessen Wärme, bevor etwas sie dazu brachte, wieder zu ihm zu schauen.

Seine Augen waren geöffnet.

Er starrte sie an.

Das wunderschöne Meergrün schnitt tief in sie, als könnten seine Augen durch sie hindurchsehen und jeden ihrer Gedanken erkennen. Sie wusste, dass diese Vorstellung albern war. Es gab da nichts zu sehen.

„Sie sind wach", stellte sie das Offensichtliche fest, und er blinzelte nur.

Er öffnete seinen Mund, doch als nur ein Knurren herauskam, erkannte sie, was er benötigte, und sprang sofort auf die Füße.

„Sie möchten sicherlich etwas Wasser trinken."

Seine Augenbrauen zogen sich einen Augenblick zusammen, als wollte er etwas einwenden, doch dann nickte er nur kurz. Sie eilte hinüber zum Wasserkrug und versuchte sich selbst davon zu überzeugen, dass sie nicht vor seinem rätselhaften Blick davonlief.

Georgie war niemals sprachlos. Sie war niemals verwirrt. Und sie lief ganz bestimmt niemals vor einem Mann davon.

Und sie würde jetzt auch nicht damit beginnen.

Sie holte nur etwas Wasser für ihn.

Mit einem Glas in der Hand durchquerte sie den Raum und war sich dabei bewusst, dass er sie betrachtete, bevor er sich in dem Zimmer umsah. Er bildete sich ein Urteil über sie und die kleinen gemieteten Räumlichkeiten, die sie sich vor zwei Jahren zu ihrem Zuhause gemacht hatte.

Eine Zeit lang hatte sie mit einer anderen Frau zusammengewohnt – einer Näherin –, doch sie war froh mit ihrer Entscheidung, allein zu leben, nachdem Moira geheiratet hatte. Es gewährte ihr mehr Freiheit – wie die Möglichkeit, gutaussehende Fremde aufzunehmen.

Sie schnaufte innerlich. Nicht dass sie dies vor dem heutigen Tag je getan hätte. Sie war froh, dass sie sich wenigstens für eine etwas weiblichere Kleidung entschieden hatte, wobei sie sich nicht erklären konnte, warum dies eine Rolle spielte.

„Hier", sagte sie, lehnte sich zu ihm und legte eine Hand an seinen Hinterkopf, um ihn zu stützen, während er trank. Er schluckte zu gierig und sie musste das Glas wegnehmen, da sie wusste, was passieren würde, wenn er es zu schnell verschlang.

Er entzog sich ihrem Griff und ließ seinen Kopf wieder zurücksinken. Dabei schaute er sie mit einer Intensität an, die tief aus seiner Seele zu kommen schien.

„Etwas Stärkeres."

„Etwas Stärkeres?", wiederholte sie überrascht von seiner dunklen Stimme. Sie war wie ein zartes Streicheln, tief und beinahe wie ein Bass, und brachte eine Saite tief in ihr zum Klingen. Sie erweckte in ihr das Bedürfnis, sich zurückzulegen und ihm dabei zuzuhören, wie er irgendetwas vorlas – selbst, wenn es sich dabei um einen Auszug aus der letzten Parlamentssitzung handeln sollte –, solange er nur nicht zu sprechen aufhörte.

„Haben Sie irgendeinen Brandwein?", fragte er. „Oder hat Ihr Gemahl welchen?"

Bei dieser Annahme hob sie die Augenbrauen, doch sie berichtigte ihn nicht. Sollte er doch ein Mann sein, der sie in ihrem Bett zu ermorden versuchte, war es wohl besser, ihn erst einmal in dem Glauben zu lassen, dass es in diesem Haus einen Gemahl gab.

Obwohl sie sich selbst beschützen konnte.

„Ich habe Whisky."

„Das wird genügen."

Sie nickte kurz und schenkte jedem von ihnen eine kleine Menge ein. Als sie sich wieder zu ihm umdrehte, stellte sie überrascht fest, dass er sich hingesetzt hatte, sein Rücken lehnte am Sofa. Sie kam zu ihm hinüber und reichte ihm eines der Gläser.

„Wie es scheint, fühlen Sie sich besser."

Er nickte, doch dann stöhnte er.

„Alles ist gut, bis auf meinen Kopf."

„Sie benötigen einen Arzt."

„Mir geht es gut."

„Lassen Sie mich einen Blick darauf werfen", sagte sie und nahm einen Schluck, bevor sie den Whisky neben sich auf den Tisch stellte.

Sie beugte sich über ihn und versuchte das Kribbeln zu unterdrücken, das seine Nähe über ihre Haut und ihre Wirbelsäule tanzen ließ. Sie spürte seinen Atem auf ihrem Arm, die Anspannung, mit der er seinen Kopf hielt, die Intensität seines Blickes, während er sie von oben bis unten betrachtete.

Sie wusste, was er sah. Eine Frau, die zu groß war, zu breit, und deren Gesichtszüge zu streng und markant waren. Eine Frau, die nichts an sich hatte, was man bewundern könnte.

Aber das spielte keine Rolle.

Sie half ihm, wie es jeder Detektiv der Bow Street getan hätte.

Wobei die meisten ihrer Kollegen sich nicht von einem schönen Antlitz und einer verzweifelten Bitte hätten überreden lassen, ihn mit nachhause zu nehmen.

Sie war eine Närrin. Doch nun war es zu spät, um ihre Entscheidung rückgängig zu machen.

Georgie ließ ihre Hände über seine seidigen Haare gleiten und fragte sich dabei, ob sie wirklich von einem solchen dunklen Blond waren oder ob der Schmutz, dem er während seiner Tortur ausgesetzt war, diese Farbe verursacht hatte. Eines war sicher – das Blut, das sich in seinem Nacken verkrustet hatte, trug seinen Teil zu dieser unnatürlichen Haarfarbe bei.

„Sie haben hier eine ganz schöne Schnittwunde", murmelte sie und vergaß für einen Augenblick ihre Reaktion auf seine Nähe, während sie die Verletzung genaustens inspizierte. „Sie müssen eine Menge Blut verloren haben. Das ist vielleicht auch der Grund dafür, warum Sie sich so schwach fühlen."

„Ich bin nicht schwach", brummte er. „Ich bin nur müde."

„Wenn Sie es sagen", meinte sie nur und kommentierte dies nicht weiter, denn offensichtlich ging es dabei um seine Ehre. Als sie mit ihrer Begutachtung fertig war, blieb sie bei ihm auf dem Boden und lehnte sich neben dem Kamin an die Wand. Sie genoss die Wärme, die dieser spendete. „Ich denke noch immer, dass Sie einen Arzt benötigen. Ich weiß nicht viel über Kopfverletzungen."

„Sobald meine Erinnerungen zurückkommen, wird es mir gut gehen."

Sie schüttelte ungläubig den Kopf. „Glauben Sie das wirklich? Dass Ihre Erinnerungen in einer Flut zurückkommen werden? Ich denke nicht, dass es so funktioniert."

Er runzelte die Stirn. „Sie werden irgendwann zurückkehren. Sie müssen einfach."

Georgie erkannte, im Moment konnte er die Tatsache nicht akzeptieren, dass er sich vielleicht niemals daran erinnern würde, wer er war, und ein neues Leben würde beginnen müssen. Sie hatte dies schon einmal beobachtet. Er war nicht der erste Mann, den man aus der Themse gefischt hatte, und würde wohl nicht der letzte gewesen sein. Zu viele von ihnen hatten über Jahre hinweg darauf gewartet, dass jemand kommen und „einen Anspruch" auf sie erheben würde. Doch sie wurden enttäuscht.

„Zumindest ist Ihnen Ihr Name bekannt." Sie zeigte auf das Medaillon, das viel zu gut in die Furche seiner Brust passte. „Leopold."

„Ja", meinte er. „Ich denke, ich bevorzuge Leo."

„Leo." Sie nickte langsam. „Er passt zu Ihnen. Erinnern Sie sich noch an irgendetwas anderes?"

„Nein", sagte er, doch, als er den Kopf zur Seite drehte, wusste sie, dass er ihr etwas vorenthielt.

„Sie lügen."

„Nein, das tue ich nicht."

„Doch", sagte sie in einem neutralen Tonfall. „Ich sehe es immer, wenn jemand lügt."

„Das ist eine kühne Behauptung."

„Es ist die Wahrheit", meinte sie und ihre Mundwinkel hoben sich. „Da können Sie sicher sein."

Er schnaufte und verschränkte die Arme vor der Brust.

„Außerdem", fügte sie hinzu, „wie sollten Sie sonst gewusst haben, dass Sie in Gefahr sind?"

Sein Gesichtsausdruck verdunkelte sich. „Ich *weiß* es einfach. Nur Erinnerungsfetzen blitzen in meinem Kopf auf. Wirklich nur Augenblicke. Und … sie sind töricht."

„Versuchen Sie trotzdem, mir davon zu erzählen."

„Ich mache mir Sorgen, dass diejenigen, die in meiner

Nähe sind, sich in Gefahr befinden. Was Sie einschließen würde."

„Ich kann auf mich selbst aufpassen."

„Da nun alles gesagt wurde, an was ich mich bezüglich meiner Person erinnere", meinte er, hob seinen Kopf und starrte in ihre Richtung, „erzählen Sie doch, wer Sie sind und was ich in Ihrem Heim tue."

KAPITEL 3

Sie schluckte und schaute nach unten, sodass er ihr Gesicht nicht länger sehen konnte.

Schade. Er schaute gern in ihr Gesicht.

Er mochte sie viel zu sehr.

Als sie den Raum betreten hatte, war ihr Blick über ihn gewandert, und er hatte sich gefühlt, als würde er in der Sonne baden.

Was albern war. Er war ein erwachsener Mann, dessen war er sich bewusst, und es stand ihm nicht zu, von einer Frau so verzaubert zu sein, die er nicht einmal kannte.

Doch hier saß er und konnte seinen Blick nicht von ihr losreißen.

„Wie heißen Sie?", beharrte er. Er musste alles über sie wissen, auch wenn es ihn plagte, dass sich ein Mann jenseits des Flurs verbarg und auf sie in ihrem Schlafzimmer wartete.

„Georgie."

„Das ist der Name eines Mannes."

Sie hob den Kopf und bedachte ihn für seine Unverfrorenheit wieder mit ihrer Aufmerksamkeit. Sie schien verärgert zu sein.

„Es ist die Kurzform von Georgina."

„Georgina." Er ließ ihren Namen über seine Zunge rollen. Er mochte ihn. „Ein wunderschöner Name."

Sie schnaufte, und ihre wenig damenhafte Reaktion entlockte ihm ein Lächeln. „Er passt nicht zu mir. Aber Georgie ist passend."

„Ich habe das Gefühl, dass es nicht angemessen ist, Sie mit Ihrem Vornamen anzusprechen. Wie lautet Ihr Familienname?"

Sie lachte wieder und betrachtete ihn mit gehobener Augenbraue. „Georgina Jenkins, doch alle nennen mich einfach Georgie. Also können Sie dies auch tun. Wie es scheint, sind Sie tatsächlich ein feiner Pinkel."

„Wie bitte?"

„Wir hatten die Vermutung, dass Sie ein Mann mit einem Titel sein könnten. Zum einen ist da Ihr silbernes Medaillon, und die Art, wie Sie sprechen, bestätigt nun unsere Annahme."

Er nickte langsam, bevor er an sich hinunterschaute.

„Wenn wir gerade von meiner äußeren Erscheinung sprechen …" Er hob einen Mundwinkel zu einem schiefen Lächeln und hoffte, sie aus dem Gleichgewicht zu bringen. Und obwohl sie nichts so leicht aus der Bahn zu werfen schien, konnte sie doch das Erröten nicht unterdrücken, das von ihrem Nacken über ihre Wangen wanderte.

„Von Ihrem Hemd ist nicht viel übrig geblieben", beantwortete sie seine unausgesprochene Frage. „Es tut mir leid, aber es existiert nicht mehr. Wir werden etwas anderes für Sie finden. Was Ihre Hose angeht, vor dem Feuer liegt eine weitere. Sie können sich gern umziehen, wenn Sie sich dazu in der Lage fühlen."

„Sie wollen mir nicht dabei helfen?"

Schockiert riss sie die Augen auf, doch sie war kein einfältiges Fräulein. Sie richtete ihren Blick ganz auf ihn.

„Versuchen Sie, mich zu verführen, Mylord?"

„Sie wissen nicht, ob ich ein ‚Mylord' bin."

„Ich kann es mir gut vorstellen", sagte sie trocken, „besonders, da ich nun mit Ihnen gesprochen habe."

Bei diesem Kommentar konnte er nicht anders, als zu lachen, und es klang in seinen Ohren eher eingerostet, wenn er sich auch nicht erklären konnte, warum dies der Fall war. Welche Art von Mann war er, dass er an sein eigenes Lachen nicht gewöhnt war? Wollte er dies überhaupt herausfinden?

„Wie lang ist meine Anwesenheit in diesem Haus willkommen?", fragte er wieder ernst und neigte den Kopf, um sie zu betrachten.

„Ich bin mir nicht ganz sicher. Sie sind derjenige, der mir erklärte, dass Sie in Gefahr sind, erinnern Sie sich?"

„Dessen entsinne ich mich. Doch ich fürchte, viel mehr weiß ich auch nicht."

„Der Grund ist Ihre Kopfverletzung", sagte sie mit einem Seufzen. „Ich werde einen Arzt rufen, ob es Ihnen gefällt oder nicht. Ich kenne den Mann. Er ist einer meiner Freunde und wird diskret sein. Wenn Sie nicht achtgeben, könnten Sie ohne Mitwirken anderer das Zeitliche segnen."

Wenn ihm das, was sie sagte, auch nicht gefiel, so schätzte er doch ihre direkte Art.

„Gut."

„Wirklich? Sie hören auf mich?"

„Das habe ich gerade gesagt, oder nicht?"

Für einen Augenblick schauten sie sich gegenseitig in die Augen, dann wanderten seine Augen an ihr hinunter. Sie trug ein marineblaues Kleid. Es war einfach und schmucklos, verlief eng bis unter ihre Brust und fiel dann umspielend bis zu ihren Füßen. Er konnte die Muskeln in ihren Armen sehen und war sich sicher, dass der Rest von ihr gleichermaßen stark sein würde. Sie folgte seinem Blick und schien in sich zusammenzusacken, als sie bemerkte, dass er sie begutachtete. Sofort wirbelte sie ihren Umhang herum, um ihn sich über den Rücken zu legen. Er hatte das Gefühl, dass sie sich vor ihm verstecken wollte, wenn er den Grund dafür auch nicht verstand.

„Gehen Sie nicht fort", wies sie ihn an, bevor sie das Zimmer verließ und in die Dunkelheit trat. Sie gab ihm nicht einmal die Gelegenheit zu antworten.

* * *

GEORGIE ERLAUBTE der kühlen Abendluft wie ein Balsam über sie zu streifen, als sie schnellen Schrittes zum Haus des Arztes ging.

Tatsächlich war sie erleichtert darüber, ihre kleinen Räumlichkeiten verlassen zu können. Dort war sie ihm zu nahe, fühlte sich zu unbehaglich. Mit *ihm* im Raum war es einfach zu heiß. Er war so groß, hatte eine so starke Ausstrahlung, dass er den ganzen Raum einzunehmen schien. In seiner Anwesenheit fühlten sich ihre Kleider zu eng an und das Atmen fiel ihr zu schwer. Sie hatte eine Entschuldigung gebraucht, um zu entkommen.

Nicht weit entfernt von ihrer Adresse in Cheapside klopfte sie an die Tür einer Wohnung, die sich im Erdgeschoss des Gebäudes befand, in dem sie mit vier anderen Frauen gewohnt hatte, denen es gelungen war, in London auf eigenen Beinen zu stehen.

Die Tür schwang auf und eine Frau im gleichen Alter wie Georgie erschien, ein Kind klammerte sich an ihr Bein.

„Georgie!"

„Wie geht es dir, Nan?"

„Danke, gut. Komm doch herein."

Georgie nickte zum Dank und trat in das kleine Heim. Sofort war sie umgeben vom Geruch eines Eintopfs, der über dem Feuer köchelte, und den Stimmen von Kindern, die um den Tisch liefen. Dies fühlte sich an wie Familie, und sie lächelte.

„Georgina Jenkins, ich hoffe, dies ist ein geselliger Besuch, doch ich hege die Befürchtung, dass es dazu niemals kommen wird."

„Carson", sagte sie und drehte sich zu dem Mann um, der ein Freund für sie wurde, als sie fast noch Kinder waren. „Es ist schön, dich zu sehen."

Er hob eine Augenbraue. „Aber?"

„Du hast recht. Ich bin gekommen, weil ich einen Mann bei mir zuhause habe, der deine Hilfe benötigt."

Um sie herum wurde es ruhiger und Nan hielt mitten im Aufräumen, mit dem sie heimlich begonnen hatte, als Georgie eingetreten war, inne und starrte sie an. *„Du* hast einen Mann?"

„Ist das so schwer zu glauben?", fragte Georgie und stützte die Hände in die Hüften, doch dann legte sie ihren Kopf in den Nacken und lachte beim Anblick von Nans schuldbewusstem Gesicht.

„Es war nur ein Spaß, Nan. Er ist nicht wirklich *mein* Mann, obwohl ich ihn irgendwie fand."

„Du neigst dazu, Streuner aufzusammeln", sagte Carson von der Tür her.

„Ich weiß nicht, ob ich ihn so bezeichnen würde", begann sie und fragte sich, wie sie die Situation erklären sollte, ohne zu viel zu verraten.

„Wie schwer ist er verletzt?", wollte Carson mit einem Stirnrunzeln wissen und legte bereits verschiedene Instrumente in seine Tasche.

„Es ist eine Kopfverletzung, daher kann ich deine Frage nicht genau beantworten", erklärte Georgie und lehnte sich gegen den abgenutzten Holztisch in der Mitte des Raumes. „Er zog sich eine ansehnliche Schnittwunde zu und ich gehe davon aus, dass er recht viel Blut verlor. Doch es lässt sich nicht gut einschätzen, da man ihn ein wenig schwimmen ließ."

„Bitte sage mir, dass er nicht in der Themse war."

„Das war er", bestätigte sie, woraufhin Carson stöhnte.

„Verletzungen, die mit einem Bad in der Themse einhergehen, verheilen nicht gut."

„Zum Glück kenne ich den besten Arzt in London, der sich um ihn kümmern wird."

Carson seufzte.

„Das ist zu viel des Lobes, Georgie."

„Oder nicht genug. Und dieser Patient sollte dazu in der Lage sein, dir genug zu bezahlen, um all die Male, die du Menschen ohne Aussicht auf Bezahlung behandelt hast, auszugleichen."

„Georgie …"

„Oh, versuche mir nicht weiszumachen, dass du das nicht getan hast. Ich weiß genau, was du für all diese Menschen tust, die zu dir kommen und dich mit Brot, Gemüse oder was auch immer sie besitzen, bezahlen. Du erhältst nicht einmal die Hälfte dessen, was sie dir schulden."

Er seufzte erneut und tauschte einen Blick mit Nan aus, während er eine Hand durch sein Haar gleiten ließ.

„Wie könnte ich kranke und verletzte Kinder einfach fortschicken? Ich stelle mir nur vor, wie ich mich fühlen würde, wenn es meine wären."

„Ich verstehe das, und deshalb bist du ein guter Mensch. Aber dieser Mann ist eine Art wohlhabender Lord."

„Wer ist es?"

„Nun, das ist das Problem", wand sie sich. „Ich weiß es nicht wirklich – und er auch nicht."

* * *

LEO WAR von sich selbst enttäuscht, weil er ein Gefühl von Freude verspürte, als sich die Tür öffnete. Er sagte sich, dem war nur so, weil er erleichtert war, dass sie unversehrt zu dieser dunklen Stunde zurückgekehrt war. Schließlich wusste er nicht, in welcher Umgebung sie sich hier befanden. Doch wenn er ehrlich war, musste er zugeben, dass mehr dahintersteckte.

Er klammerte sich an sie mit der gleichen Verzweiflung, mit der er sich an dem Stück Holz festgehalten hatte, das ihn über Wasser hielt. Es gefiel ihm nicht, dass er sie brauchte – sein Gefühl sagte ihm, dass er nie auf die Hilfe anderer angewiesen sein wollte – und er würde besser seine fünf Sinne beisammenhalten, bevor er noch etwas Dummes tat.

Es war nicht nur die Tatsache, dass sie vergeben war, er wusste schließlich auch nicht, wer er selbst war und welche Verpflichtungen er hatte. Außerdem hatte er keine Ahnung, ob jemand von ihm abhängig war und darauf wartete, dass er zurückkam.

Er glaubte nicht, dass eine Ehefrau auf ihn wartete, denn er war überzeugt davon, dass er dies wissen würde, oder nicht? Natürlich war ihm bewusst, dass er nicht sicher sein konnte, unverheiratet zu sein.

„Sie sind zurück.“

„Das bin ich. Und dies ist Mr. Swanson. Er ist Arzt.“

„Mr. Swanson“, sagte Leo und nickte zum Gruß.

„Das ist –“

„Ein Freund“, beendete Leo für sie, denn er wollte diesem Fremden seinen Vornamen nicht offenbaren, ob er nun ein Freund von Georgie war oder nicht.

„Gut“, sagte Mr. Swanson, obwohl Leo in seinem Gesichtsausdruck ein gewisses Misstrauen erkennen konnte, als der Mann seine Tasche öffnete und Leo bedeutete, zu ihm zu kommen. „Können Sie gehen?“

„Das kann ich", bestätigte Leo und Georgies Kopf schoss zu ihm herum.

„Sie sind allein umhergelaufen?"

„Ich war durstig, und Ihr Gemahl schien kein Interesse daran zu haben, nach mir zu sehen."

Der Arzt schaute von seinen Instrumenten auf und in Georgies Richtung.

„Dein Gema–"

Sie schüttelte so leicht den Kopf, dass Leo es fast nicht bemerkt hätte, doch dann hob sich einer seiner Mundwinkel. Also hatte die Frau ihn belogen. Sehr interessant.

„Kommen Sie herüber zum Tisch, wenn Sie können", sagte der Arzt und winkte ihn zu dem kleinen Esstisch für zwei Personen herüber. Leo nickte und stand auf.

Aber offensichtlich hatte er seine derzeitigen Fähigkeiten überschätzt und bei seinem Versuch, unverletzt zu wirken, strauchelte er und fiel beinahe auf das Sofa.

Doch Georgie war sofort bei ihm und hielt ihn fest. Mit der Geschwindigkeit einer Katze zog sie seinen Arm über ihre Schulter, um ihm dabei zu helfen, das Gleichgewicht zu halten.

Es ließ sich nicht übersehen, dass sie perfekt zu ihm passte, als wäre es ihr bestimmt, dort an seiner Seite zu sein.

„Nun, somit wäre bewiesen, dass Sie sowohl dickköpfig als auch stolz sind", sagte sie, und er konnte ein Grinsen nicht unterdrücken.

„Vielleicht tue ich dies nur, um Sie in meiner Nähe zu haben."

Seine Worte schienen sie zu überraschen, aber sie antwortete nicht darauf und führte ihn hinüber zu dem Stuhl, auf den der Arzt gezeigt hatte.

„Setzen Sie sich."

Leo gehorchte und erlaubte dem Arzt, mit seiner Untersuchung zu beginnen. Er hatte es nicht zugeben wollen –

weder sich selbst noch Georgie gegenüber –, doch er war etwas besorgt darüber, zu welchem Ergebnis der Mann kommen könnte. Was, wenn sich Leo nie daran erinnerte, wer er war? Wenn er niemals herausfand, wer ihn zu töten versuchte? Wenn er Georgie einer Gefahr aussetzte, die er nicht kannte?

Was, wenn Georgie nicht war, wer sie zu sein vorgab?

Er schob den letzten Gedanken sofort beiseite. Sie tat alles, um ihm zu helfen, und er nahm das Schlimmste von ihr an.

„Also Doktor?", fragte er schließlich, als der andere Mann nichts sagte. „Werde ich durchkommen?"

„Sie haben eine ziemliche Wunde", murmelte Mr. Swanson, ging um Leo herum und kniete sich vor ihn. Er schob seine braunen Haare aus den Augen. Offensichtlich war er in ähnlichem Alter wie Leo, und Leo konnte nicht erklären warum, doch er hatte das Gefühl, ihm vertrauen zu können. Er schien ruhig, geduldig und unvoreingenommen zu sein – genau wie ein Arzt sein sollte. Auch sagte ihm sein Gefühl, dass seine Erfahrungen mit Ärzten in der Vergangenheit nicht mit dieser hier mithalten konnten. „Die tiefe Schnittwunde ist nicht das Schlimmste. Sie hatte auch Kontakt mit dem Wasser der Themse."

Leo nickte.

„Georgie sagt, dass Sie keine Erinnerungen mehr haben."

„Fast keine."

Der Arzt schaute zu Georgie hinüber, bevor er sich wieder auf Leo konzentrierte.

„Leider gibt es nicht viel, was ich für Sie tun kann, außer Ihnen zu sagen, dass Sie sich ausruhen und die Wunde im Auge behalten sollten."

„Das ist nicht viel, Doktor."

„Wir können eine Paste auf die Wunde tun und sehen, ob sie den Heilungsprozess vorantreibt."

Er nahm ein paar Dinge aus seiner Tasche, während Georgie mit einer Schüssel an ihm vorbeiging. Dann machte er sich an die Arbeit, mischte etwas zusammen und gab Wasser hinzu. Schließlich wandte er sich wieder Leo zu, um die Paste aufzutragen.

„Ich werde mich darum kümmern."

Georgie sprang abrupt auf und griff nach der Paste. Der Arzt schaute sie zuerst fragend an, bevor er nickte und die Schale losließ.

Sie musste bemerkt haben, dass sein Blick noch immer neugierig war, denn sie erklärte: „Da ich diejenige sein werde, die es zukünftig aufträgt, stellen wir am besten sicher, dass ich es richtig mache." Sie ging um Leo herum, tauchte ihre Hand in die Schale und begann damit, die Paste auf seinem Hinterkopf zu verteilen.

Er hielt ganz still.

Ihre Berührung bewirkte etwas in ihm – trotz des unangenehmen Geruchs der Paste, die ihre Finger bedeckte.

Ein kleiner Funke flammte in seinem Bauch auf, und er musste die Augen schließen, um dieses Gefühl zu bekämpfen.

Um das Verlangen zu unterdrücken, sich umzudrehen, diese Finger von seinem Kopf zu nehmen und sie an seine Brust zu pressen.

Er wollte sie.

Doch er wusste nicht nur nichts über sie – er kannte sich nicht einmal selbst.

KAPITEL 4

Georgie konnte kaum atmen, während sie auf Leos starken Rücken schaute.

Sie berührte ihn kaum – ihre Finger platzierten die Paste nur an seinem Hinterkopf – doch es schien, als hätte sie durch diese zarte Verbindung etwas begonnen, von dem sie nicht wusste, wie sie es fortführen oder gar beenden sollte.

Bei ihrer ersten Berührung hatte sie eine solch starke Verbindung zu ihm gespürt, dass sie sofort innegehalten hatte. Nun strich sie den Rest so schnell auf die Wunde, dass er zusammenzuckte. Als sie die Schale auf dem Tisch abstellte, klapperte diese so laut, dass es sich anhörte, als hätte jemand eine Peitsche durch die Luft geschwungen, die um sie herum vor Anspannung dick zu sein schien. Sie ließ den Atem entweichen und machte schnell einen Schritt zurück, bevor sie sich schwer auf den Stuhl fallen ließ.

„Georgie?", sagte Carson mit einer gehobenen Augenbraue, während er erst zu ihr und dann zu Leo schaute. „Könnten wir unter vier Augen sprechen, bevor ich gehe?"

Sie nickte ruckartig und folgte ihm zur Tür. Er trat in die

nächtliche Luft hinaus und sie folgte ihm, ohne einen Blick zurück auf den Mann hinter ihr zu werfen.

Carson richtete seinen festen Blick auf sie.

„Was, zur Hölle, geht da drin vor sich?"

„Was meinst du?", fragte sie gespielt unschuldig.

„Du weißt genau, was ich meine. Du und dieser Mann? Wer ist er und was tut er hier? Ich kann dich nicht über Nacht mit ihm allein lassen."

„Carson", sagte sie mit einer möglichst festen Stimme, hob die Hand und legte sie auf seine Schulter. „Ich weiß es zu schätzen, dass du dich um mich sorgst. Er benötigt meine Hilfe, und ja, ich gebe zu, dass er eine gewisse … Anziehung auf mich ausübt." Ihr Gesicht brannte, doch Carson verdiente eine Erklärung. „Aber keine Angst, diese ist vollkommen einseitig."

„Diesen Eindruck hatte ich nicht."

„Oh Carson", meinte sie mit einem Lachen, das selbst in ihren eigenen Ohren gezwungen klang, und sie wusste, dass sie Carson damit nicht täuschen konnte. „Es ist unmöglich, dass das Interesse eines Mannes wie ihm an mir über die Fragen hinausgeht, wer ich bin und was ich mit ihm tue. Ich sah, wie er mich zuvor anschaute. Sein Gesicht zeigte den gleichen Schock wie bei allen Männern, wenn sie bemerken, dass eine Frau im Körperbau eher einem Mann gleicht. Er weiß nicht, wer er ist. Vielleicht wartet eine Frau auf ihn zuhause." Warum löste dieser Gedanke einen merkwürdigen Schmerz in ihr aus? „Doch er befindet sich in Gefahr und ich versprach ihm einen sicheren Ort, zumindest bis sein Gedächtnis zurückkehrt."

„Und was ist, wenn er sich nie erinnert?", stocherte Carson weiter. „Was ist, wenn er nicht der Mann ist, für den du ihn hältst? Was, wenn er heute Nacht etwas mit dir vorhat?"

Sie würde ihm nicht verraten, dass dieser Gedanke ganz

und gar nicht unwillkommen war, sondern Verlangen durch ihren Körper pulsieren ließ.

„Ich kann auf mich aufpassen", versicherte sie ihm. „Du musst dir keine Sorgen machen. Ich danke dir, dass du mit mir gekommen bist. Nun warten deine Frau und deine Kinder auf dich."

„Georgie –"

„Carson." Sie lächelte ihn an, legte ihm die Hände auf die Schultern und drehte ihn dann herum. „Mach dich auf den Weg. Ich werde dich morgen wissen lassen, was passiert ist."

Er schaute über seine Schulter zu ihr zurück. „Das gefällt mir nicht."

„Ich weiß. Doch, wie ich sagte, ich kann dies handhaben. Es gibt nichts, worüber du dir Sorgen machen musst."

Als er durch die Dunkelheit davonging, zurück zu der Art von Familie, nach der sich Georgie immer gesehnt hatte, wünschte sie nur, dass sie selbst an das glauben könnte, was sie gesagt hatte.

Als sie ihre Wohnung wieder betrat, pochte ihr Herz so laut, dass sie sich fragte, ob Leo es hören konnte.

Wie beschämend es sein würde, wenn er wüsste, wie groß ihr Verlangen nach ihm war. Er würde sie für eine Närrin halten.

„Wer ist er?", fragte er mit einem finsteren Blick, als sie die Tür hinter sich schloss. Er hatte sich zum Sofa bewegt und, während sie wusste, dass er es nie zugeben würde, hatte sie so eine Ahnung, dass ihm die Kopfverletzung sehr zusetzte.

„Er ist Arzt", antwortete sie. Seine Frage verwirrte sie.

„Ich meine, in welcher Beziehung er zu Ihnen steht."

Sein Gesichtsausdruck zeigte sicherlich eine derart große Beunruhigung, weil er nicht wollte, dass jemand etwas von seiner Anwesenheit hier wusste.

„Er ist ein Freund", antwortete sie einfühlsam, „und Ihr

Geheimnis ist bei ihm sicher. Ich habe ihm gesagt, dass wir ihn bezahlen werden, sobald … sobald Sie dazu in der Lage sind."

Offensichtlich verstand er, was sie damit meinte, denn er nickte. Sobald er sich daran erinnerte, wer er war und Zugang zu dem Vermögen hatte, das auf ihn warten musste.

„Sind Sie hungrig?", fragte sie und, als er zögerte, wusste sie, dass dem so sein musste. „Ich werde etwas zubereiten und ein Bad für Sie herrichten. Doch ich muss mich schon jetzt entschuldigen, denn ich bin keine gute Köchin. Ich habe etwas Brot und einen Eintopf, den Carsons Frau mir mitgab."

„Dann ist er verheiratet."

„Ja, das ist er."

„Und wer ist dieser Marshall, von dem Sie sprachen?"

Sie nahm zwei Schalen und platzierte sie auf der kleinen Theke, an der sie ihre einfachen Mahlzeiten zubereitete.

„Er ist …"

„Nicht Ihr Gemahl."

Sie drehte sich um und schaute über ihre Schulter zu ihm, wobei sich eine Haarsträhne aus ihren Haarnadeln löste. Ohne viel darüber nachzudenken, steckte sie sie wieder fest.

Mit einem schiefen Lächeln schaute er sie wissend an.

„Nein", sagte sie und seufzte, weil er sie durchschaut hatte. „Nein, er ist nicht mein Gemahl."

„Warum haben Sie gelogen?"

„Das tat ich nicht", sagte sie und drehte sich wieder, um der Intensität seines Blickes zu entgehen. Sie wollte nicht länger davon gefangen sein. Grundgütiger! Sie wünschte, sie hätte sichergestellt, dass er ein Hemd trug. Sie musste dies sofort ändern. „Sie haben lediglich eine Vermutung angestellt."

„Wer war dann zuvor hier?"

„Hier? Marshall half mir, Sie hierherzubringen."

„Ich verstehe."

Sie füllte die Schalen mit dem gewärmten Eintopf, den Nan ihr in einer Schüssel mitgegeben hatte, und konnte nicht anders, als mit dem Finger über die abgesplitterte Stelle zu streichen, bevor sie eine Schale an Leo weiterreichte. Er nahm sie dankend entgegen, und sie betrachtete ihn, als er vorsichtig einen Löffel davon in den Mund steckte. Er füllte den Löffeln nicht ganz und aß bedächtig. Also war er mit Sicherheit ein Mitglied der feinen Gesellschaft.

„Wieso waren Sie an den Docks?", fragte er und nahm ein neues Glas mit Whisky von ihr entgegen. Offensichtlich benutzte er ihn zur Linderung seiner Schmerzen und es schien zu wirken, denn seine Augen hatten den angespannten Ausdruck verloren.

„Es gehört zu meiner Arbeit, dort zu sein."

„Sie arbeiten an den Docks?" Seine Augen verengten sich und sie erkannte, was er dachte. Sie schüttete gerade den ersten Kessel voll heißem Wasser in die kleine Wanne, die sie zuvor aus ihrem Schlafzimmer gezogen hatte.

„Manchmal werde ich zu den Docks gerufen, aber nicht sehr oft, da dort normalerweise die Polizei der Themse zuständig ist", erklärte sie. „Man hat uns gerufen, nachdem man Sie fand. Ich arbeite für die Bow Street."

„Bow Street ...", murmelte er und schaute auf seine Hände, die nach einem bestimmten Muster auf den Tisch trommelten, ein Muster, das ihr bekannt war, wenn ihr auch nicht einfiel, woher.

„Ich bin eine Detektivin", sagte sie sanft. „Ich bin nicht sehr bekannt, doch genau das scheint von Vorteil zu sein."

„Eine Detektivin?", wiederholte er ungläubig und die sorgfältig erschaffenen Schutzmechanismen, die immer zum Einsatz kamen, wenn eine neue Person von ihrem Beruf erfuhr, gingen in Position.

„Ja", antwortete sie knapp. „Eine Detektivin. Und zwar eine gute."

„Ich habe nie das Gegenteil angenommen", meinte er und lehnte sich zurück, um sie zu betrachten. „Wie kamen Sie dazu?"

„Ich –" Sie schloss den Mund. Warum vertraute sie alle Geheimnisse ihres Lebens diesem Mann an, der sie vermutlich verlassen würde, sobald er sich daran erinnerte, wer er war? Was sicherlich die Tatsache beinhaltete, dass er zwar in einer Straße leben würde, die nicht weit von hier entfernt war, sich aber vom Stand her nicht weiter von ihr unterscheiden könnte.

Sie tat es, weil sie sich von ihm angezogen fühlte und dagegen machtlos war.

„Ich denke, wir sollten uns diese Geschichte für einen anderen Tag aufheben", sagte sie fest, nahm seine leere Schale und trug sie zum Waschtisch hinüber.

„Lassen Sie mich Ihnen damit helfen", sagte er und stützte seine Hände auf den Tisch, um aufzustehen. Doch sie schüttelte den Kopf.

„Sie müssen sich ausruhen. Außerdem bin ich sicher, Sie würden ohnehin nicht wissen, wie Sie es tun sollten."

Er hielt einen Moment inne, dann breitete sich ein Grinsen auf seinem Gesicht aus, weil er wusste, dass sie recht hatte.

„Ihr Bad ist bereit. Es tut mir leid, dass es nicht komfortabel ist, doch es sollte den Schmutz der Themse wegwaschen. Während Sie schliefen, brachte Marshall ein frisches Hemd und Hosen für Sie. Sie sind dort beim Feuer. Ich ziehe mich für die Nacht zurück. Wenn Sie etwas benötigen, ich bin gleich nebenan", sagte sie und deutete mit dem Kopf in Richtung ihres Schlafzimmers. „Klopfen Sie einfach. Und bitte fallen Sie nicht und achten Sie darauf, nicht zu ertrinken."

„Versprochen", sagte er. Der Abwasch war erledigt, und sie verschränkte die Hände und machte sich auf den Weg in ihr Schlafzimmer.

„Georgie?"

„Ja?" Sie blieb stehen.

„Danke."

Sie nickte, ging weiter und schloss die Tür fest hinter sich.

* * *

Die Frau hatte keine Ahnung, was sie ihm antat.

Und er beabsichtigte, es so zu belassen.

Leo konnte die Anziehung nicht erklären, die sie auf ihn ausübte, doch er dachte, dass sie ihn verzaubert haben musste, so berauscht war er von ihr. Es war ihm bewusst, dass er einiges an Whisky getrunken hatte, aber nicht der Alkohol ließ das Blut in seinen Adern pulsieren.

Sie war es.

Er zog seine übelriechenden Hosen aus, warf sie zur Seite und stieg in die Wanne. Sie hatte recht – die Wanne war viel zu klein und er musste wie ein Kind, mit bis zur Brust gezogenen Knien, darin sitzen, doch das heiße Wasser half ihm, seine schmerzenden Muskeln zu beruhigen.

Er legte seinen Kopf zurück, schloss seine Augen, doch ihr Gesicht erschien trotzdem hinter seinen geschlossenen Augenlidern.

Er konnte nicht sagen, was es an ihr war, das ihn so faszinierte. Sie war keine große Schönheit und doch war sie bemerkenswert. Ihre braunen Augen waren zu groß, ihre Nase zu lang und zwei leicht krumme Zähne erschienen, wenn sie lächelte.

Und doch war das Gesamtpaket irgendwie verführerischer als jede Frau, die er bisher kannte. Zumindest hatte er das Gefühl.

Wenn ihm sein Gefühl sagen würde, dass er ungebunden

war, würde er mit Sicherheit an ihre Schlafzimmertür klopfen und versuchen herauszufinden, ob sie an ihm so interessiert war, wie er an ihr. Doch das konnte er nicht. Es wäre nicht fair. Nicht ihr gegenüber, noch der Person, die er vielleicht zurückgelassen hatte.

Wenn er könnte, würde er gehen, um sich der Verlockung zu entziehen, doch im Moment konnte er nirgendwo sonst hin.

Und ehrlich gesagt, wusste er nicht, ob er die Stärke besäße, sie zu verlassen. Denn dann würde er sie vielleicht nie wiedersehen.

KAPITEL 5

Am nächsten Morgen wachte Leo erschrocken und mit wild schlagendem Herzen auf. Seine Atmung ging schnell. Als er sich umschaute, war er noch verwirrter als zu dem Zeitpunkt, als er zu Bett gegangen war. Er blinzelte schnell und versuchte sich zu erinnern, wo er war und was er hier tat.

Dann fiel es ihm wieder ein – zumindest die Ereignisse des letzten Tages.

Er schaute auf den leeren Kamin, doch anstatt eines Fröstelns überkam ihn das behagliche Gefühl, zuhause zu sein. Als sein Blick weiter durch den Raum wanderte, begann sein Herz wieder ruhiger zu schlagen, seine Atmung wurde gleichmäßiger. Die Anspannung ließ von seinen Schultern und seinem Nacken ab und er seufzte. Er war hier. Er war bei Georgie. Es würde ihm gut gehen.

Er berührte das Medaillon und drehte es um, rieb mit seinen Fingern über seine Oberfläche und bewunderte es. Es war eindeutig gut gearbeitet, kleine Edelsteine waren in das Silber eingelassen. Wer hatte dies für ihn gemacht und warum trug er es?

Er rieb mit einer Hand über sein Gesicht, als die Albträume in einer Flut zurückkehrten. Ein Schrei, ein Blitzen, ein Knall – und dann Dunkelheit.

Trotz des Schweißfilms auf seiner Haut, als die Panik erneut von ihm Besitz ergriff, hieß er die Albträume willkommen, wenn sie ihm nur etwas darüber verrieten, wer er war und was sich zugetragen hatte.

Aber nein. Sie reichten nur, um ihn zu warnen – doch er hatte keine Ahnung, wovor.

Er mühte sich, auf die Füße zu kommen, ging hinüber zum Waschtisch in der Ecke des Raumes und spritzte sich dort in dem Versuch, vollständig zu sich zu kommen, kaltes Wasser ins Gesicht. Er ließ seinen Blick noch einmal durch den kleinen Raum schweifen, um zu sehen, ob Georgie bereits aufgewacht war, aber dafür gab es keine Anzeichen. Durch das schmale Fenster sah er, dass auf der Straße außerhalb bereits Geschäftigkeit herrschte. In einer Umgebung, in der offensichtlich viel Handel betrieben wurde, gingen die Leute ihren morgendlichen Erledigungen nach.

Er wünschte, er könnte nach draußen gehen und etwas für sie beide zum Frühstück besorgen – *irgendetwas* tun, um Georgie zu zeigen, wie sehr er sie und ihre Hilfe zu schätzen wusste – doch er besaß nicht einmal eine Münze.

Ungeduldig ging Leo einige Minuten auf und ab. Er musste etwas tun – *irgendetwas* – und konnte nicht einfach herumsitzen. Er war lang genug untätig gewesen und trotz seiner Ungeduld war er doch froh darüber, nicht so schwach zu sein wie noch am Tag zuvor.

Etwas Schlaf war alles, was er gebraucht hatte, dachte er genau in dem Moment, als ihn ein Schwindelgefühl wanken ließ.

Er hielt sich mit der Hand am Tisch fest und ihm wurde klar, er würde nicht rausgehen können. Und doch konnte er nicht einfach untätig herumsitzen.

Er schaute zu Georgies Tür. Er sollte sie in Ruhe lassen. Das sollte er wirklich. Und doch …

Seine Füße hatten ihren eigenen Willen und machten zögerlich ein paar Schritte vorwärts. Er klopfte zart, schließlich wollte er sie nicht wecken, und dann doch lauter, als die Besorgnis ihn erfasste. Was, wenn ihr etwas zugestoßen war? Was, wenn, wer auch immer hinter ihm her war, seinen Aufenthaltsort herausgefunden und sich stattdessen an Georgie gerächt hatte, die nichts anderes getan hatte, als ihm zu helfen? Was, wenn –

Bevor ihm weitere schreckliche Szenarien einfielen, ergriff er den Türknauf und stürmte los – um dann wie angewurzelt stehen zu bleiben.

Sie stand seitlich zu ihm, der Spiegel vor ihr. Ihre Augen waren auf die Kleider neben sich gerichtet und sie schien zu entscheiden, was sie tragen wollte. Ihre Haare fielen ihr in weichen Wellen über die Schultern. Bei ihrem Anblick in nichts weiter als ihrem Unterkleid, das nicht viel verbarg, schluckte er schwer.

Er konnte jede Linie ihres Körpers sehen, von ihren hervorstehenden Brustwarzen bis hin zur Wölbung ihres Hinterteils.

Und ihm gefiel, was er sah.

Sie hatte all die Weichheit einer Frau, ihre Kurven lockten ihn, und doch strahlte ihr Körper eine solche Kraft aus – ihr Hinterteil war fest, ihre Schultern breit und wohlgeformt, ihr Bauch flach.

Ein rasendes Verlangen erfasste ihn mit einer solchen Kraft, dass er sich nicht vorstellen konnte, jemals in seinem Leben etwas mehr gewollt zu haben.

Was genau das Problem war – zusätzlich zu der Tatsache, dass er eingetreten war, ohne um ihre Erlaubnis gebeten zu haben, und sie ihn für einen Mistkerl halten würde, wenn sie wüsste, dass er sie auf diese Art beobachtete – wie ein lüsterner Schuft.

Die Abscheu vor sich selbst ließ ihn zurückweichen, während er sich fragte, welche Art von Schurke er wirklich war.

Er hob eine Hand, um seine Augen zu bedecken, da er nicht glaubte, auf andere Weise dazu in der Lage zu sein, seine Augen von ihr abzuwenden, und im gleichen Moment drehte sie sich um.

Sie begegnete seinem Blick und Schock zeigte sich in ihren Augen, aber auch Schmerz und Bedauern. Sofort drehte sie sich wieder zurück und versteckte sich hinter einem Kleidungsstück, das sie schnell ergriff.

„Es – es tut mir leid", stotterte er und machte einen Schritt rückwärts. Es war ihm bewusst, dass er die Situation vermutlich noch schlimmer machte, doch er konnte sich nicht einfach ganz zurückziehen. „Ich hätte Sie nicht – ich meine, ich sorgte mich, als Sie auf mein Klopfen nicht antworteten, und ich –"

„Gehen Sie einfach", sagte sie, ihre Stimme gedämpft von dem Hemd, das sie über den Kopf zog, die Muskeln ihres Rückens spannte sich dabei kraftvoll an.

Er war gefesselt von ihrem Anblick, stand wie angewurzelt da, doch die üppigen braunen Locken kamen durch das Loch des Hemdes zum Vorschein, und er tat etwas, von dem er hoffte, nicht oft Grund dazu zu haben – er rannte.

* * *

Es war nicht Georgies Angewohnheit, viel Zeit darauf zu verwenden, sich zurechtzumachen. Sie trug einfache Kleidung, die dazu geeignet war, sich gut darin bewegen zu können. Die Verbrecher Londons interessierte es nicht, wie ihr Gesicht zurechtgemacht war – meistens jedenfalls –, daher verwandte sie weder Rouge noch Kohle.

Auch ihr Haar war üblicherweise einfach zu einem Zopf zusammengenommen, den sie dann auf ihrem Kopf feststeckte, damit er sie nicht störte.

Doch heute nahm sie sich weitaus mehr Zeit als sonst. Nicht, weil sie ihr äußeres Erscheinungsbild vorteilhafter gestalten wollte – um Gottes willen, sie konnte nicht zulassen, dass Leopold so etwas dachte –, sondern weil sie einen Augenblick benötigte, um ihre Fassung wiederzugewinnen, was immer das auch bedeutete.

Als sie ihr Schlafgemach schließlich verließ, hielt sie ihren Kopf hoch erhoben. Leo saß unbehaglich am Küchentisch.

„Hören Sie bitte, Georgie, es tut mir leid. Ich –"

Sie winkte ab.

„Sie müssen sich nicht dafür entschuldigen, was Sie bei dem Anblick, der sich Ihnen bot, dachten."

„Aber genau darum geht es ja. Ich –"

„Sie sahen mich in einem fast unbekleideten Zustand und Sie fühlten sich abgestoßen. Ich verstehe. Den meisten Männern würde es so gehen. Ich habe die Schultern eines Arbeiters, wie die Mutter meiner Freundin zu sagen pflegte. ‚Benutze deine Arme nicht mehr', sagte sie, ‚oder deine Schultern werden noch breiter, und kein Mann will eine Frau, die stärker ist als er.' Ich verstehe Ihre Reaktion. Ich bin nicht gebaut wie eine Frau. Ich bin nicht gerade ein Diamant erster Güte, oder wie auch immer in Ihren Kreisen die Frauen genannt werden, die von jedem bewundert werden. Aber ich habe Sie nicht in mein Schlafzimmer eingeladen."

Sie verstummte und bemerkte, wie schnell ihre Atmung ging. Daher drehte sie sich von ihm weg und begann in der kleinen Ecke des Raumes Kaffee zu kochen. So versuchte sie die Scham zu verstecken, die sie, wie sie sich selbst sagte, nicht fühlen sollte.

„Georgie. Würden Sie mich bitte zu Wort kommen lassen?"

„Ich möchte nicht hören, was Sie zu sagen haben", erklärte sie und weigerte sich, sich umzudrehen. Sie war gerade zu verlegen, um seinem Blick zu begegnen. Als sie zuvor aufgeschaut und ihn dabei ertappt hatte, wie er dastand und sie beobachtete, hatten seine Augen nicht nur Abscheu gezeigt, sondern er war mit einer Grimasse zurückgetreten und hatte sich die Hand vor seine vornehmen Augen gehalten. „Wenn Sie das nächste Mal etwas sehen, das Ihnen nicht gefällt, drehen Sie sich einfach um und gehen Sie", beendete sie, kam aus der Ecke und stellte seinen Kaffee so ungestüm vor ihm ab, dass die Flüssigkeit überschwappte und eine Pfütze auf dem Tisch hinterließ.

„Verdammt", fluchte sie und machte sich auf die Suche nach einem Tuch, um den Tisch abzuwischen.

„Beeindruckend", merkte er an und, als sie schließlich den Kopf hob und zu ihm schaute, deutete er auf sie. „Ihr Fluchen."

„Ach ja", meinte sie, wischte mit dem Tuch über den Tisch und führte ihren eigenen Kaffee an ihre Lippen. Sie war noch nie ein großer Teetrinker. „Eine weitere meiner allzu männlichen Eigenarten."

„Werden Sie nun endlich den Mund halten, Frau, und mir die Gelegenheit geben, zu sprechen?"

Sie verschluckte sich an ihrem Kaffee und spie ihn ob seiner Dreistigkeit aus. Er erhob sich, um ihr auf den Rücken zu klopfen.

„Geht es Ihnen gut?"

„Ja", krächzte sie.

„Nun, das Gute an Ihrem Missgeschick ist, dass Sie kaum sprechen können und ich endlich die Gelegenheit habe, etwas zu sagen."

Sie warf ihm einen finsteren Blick zu.

„Erstens wollte ich Ihr Schlafgemach nicht uneingeladen betreten. Ich klopfte, doch Sie gaben keine Antwort.“

Sie war so damit beschäftigt vor sich hin zu summen, da sie seine Anwesenheit in ihrer Wohnung genoss. Eine weitere Blamage.

„Mich überkam die Angst, Ihnen könnte etwas zugestoßen sein – dass meine Gegenwart Schwierigkeiten in Ihr Haus brachte. Ich musste sicher gehen, dass es Ihnen gut ging.“

Sie dachte über seine Worte nach und erkannte, dass sie Sinn ergaben. Es wärmte sie irgendwie, dass ein Mann bei ihr war, der sich genug um sie sorgte, um auf ihr Wohlergehen zu achten. Doch es entschuldigte noch immer nicht die Art, wie er reagiert hatte.

Er schaute für einen Augenblick zu Boden und räusperte sich, bevor er fortfuhr.

„Meine Reaktion … hatte nichts mit Ihnen zu tun.“

Sie hob ungläubig eine Augenbraue.

„Ich verabscheute mich selbst … weil ich Sie anstarrte, wo ich doch kein Recht dazu habe, und weil mir … gefiel, was ich sah.“

„Es hat Ihnen gefallen?“ In ihrer Stimme klang Ungläubigkeit mit. Kein Mann hatte ihr je zuvor gesagt, dass er ihr Äußeres gern anschaute. Nicht dass sie viele Gelegenheiten dazu hatte, danach zu fragen, was man über ihr Erscheinungsbild dachte.

Denn die Wahrheit war, dass die meisten Männer, die sie kannte, Georgies Freunde waren. Viele Männer mochten Georgie, manchmal waren sie sogar lieber mit ihr zusammen als mit ihren Frauen. Doch sie mochten sie auf die gleiche Art wie andere Männer. Sie behandelten sie, wie einer von ihnen und nicht wie ein Exemplar des weiblichen Geschlechts.

Sie nahm es ihnen nicht übel. Sie trug schließlich ihren

Teil dazu bei durch die Art, wie sie sich kleidete, wie sie sich verhielt und durch ihren Beruf. Schon früh hatte sie erkannt, wie Männer sie sahen, und anstatt gegen die Rolle, die man ihr zugedacht hatte, anzukämpfen, hatte sie sie willkommen geheißen.

Wieder räusperte sich Leo und fühlte sich offenkundig unbehaglich, da er von einer Seite des Raumes zur anderen schaute, bevor er ihrem Blick begegnete.

„Ja, ich mochte, was ich sah."

Sie nickte. Sie wusste seine Entschuldigung und den Versuch, sie zu besänftigen, zu schätzen, doch sie würde sich von schönen Worten nicht beeinflussen lassen.

„Sie glauben mir nicht", sagte er, verschränkte seine Arme vor der Brust und schaute ihr noch tiefer in die Augen. Sein Blick war zu forschend und er sah zu viel. Sie war diejenige, von der man erwartete, mehr über andere herauszufinden. Niemand durfte ihr zu nahekommen.

„Es spielt keine Rolle", sagte sie und versuchte sich wegzudrehen. Doch er hielt sie an den Schultern fest.

„Sie erklärten mir, dass Sie immer sehen, wenn Menschen lügen."

„Das stimmt."

„Nun, dann überwinden Sie Ihre Selbstzweifel und schauen Sie mich an. Sie werden erkennen, dass ich die Wahrheit sage."

Sie wollte mit dem Fuß aufstampfen und ihm sagen, dass er sie in Ruhe lassen sollte, dass sie niemanden benötigte, um ihr die Realität noch einmal vor Augen zu führen, doch es war ihr auch klar, dass er nicht aufgeben würde, bis sie tat, um was er sie bat. Schließlich seufzte sie, drehte sich um und starrte ihn an.

Und es schockierte sie zu sehen, dass er tatsächlich die Wahrheit gesagt hatte.

KAPITEL 6

Sie ging nicht wie eine Dame.

Sie ging schnell, zielstrebig, wie eine Frau auf einer Mission – und er nahm an, das war sie auch.

Schwindelgefühle drohten ihn zu überwältigen, doch Leo war fest entschlossen, sich vor Georgie weder von ihnen übermannen zu lassen noch irgendwelche Anzeichen von Schwäche zu zeigen. Sie hatte ihn schon in unangenehmen Momenten gesehen. Er wollte es nicht zur Gewohnheit werden lassen.

„Wissen viele Menschen davon, dass die Bow Street weibliche Detektive hat?", fragte er und ging hinter ihr her, obwohl ihm bereits der Schweiß auf die Stirn trat.

„Es gibt nur eine weibliche Detektivin. Und nein, nicht viele haben Kenntnis davon", antwortete sie mit einem Kopfschütteln. „Es ist auch besser, wenn es so bleibt."

Sie drehte sich mit einem eindringlichen Blick zu ihm, und er nickte verstehend. Er brauchte all seine Konzentration, um einen Fuß vor den anderen zu setzen, ohne umzufallen, und auch, um sich selbst davon abzuhalten, zu starren.

Als Georgie an diesem Morgen aus ihrem Schlafzimmer

gekommen war, war er zu der erschreckenden Erkenntnis gelangt, warum er in seinem noch angeschlagenen Zustand angenommen hatte, dass sich ein Mann im Haus befand.

Denn es war Georgie selbst gewesen.

Sie trug ein Leinenhemd und Hosen, die sich auf fast skandalöse Weise an ihre Beine schmiegten. Er hatte schlucken müssen, als sie sich umdrehte. Nun gerade einmal einen Schritt hinter ihr zu gehen … war eine Qual. Unter ihrer gut sitzenden schwarzen Jacke, die schon fast zu genau angepasst war, als dass sie für einen Mann geeignet gewesen wäre, trug sie eine marineblaue Weste. Ein schwarzer Hut war tief über ihr lockiges Haar gezogen, und doch schauten genug Haare heraus, um jedem, der sich wunderte, zu verraten, dass sie eine Frau war.

Obwohl es auch schon offenkundig war, wenn man auf ihre Rückseite schaute.

„Wohin gehen wir?"

Sie drehte den Kopf, um ihn anzuschauen, und er nahm an, dass er nicht gerade wie die Gesundheit in Person aussah, denn sie blieb abrupt stehen.

„Geht es Ihnen gut?"

„Ja, alles bestens."

„Sind Sie sicher? Vielleicht ist dies doch zu viel für Sie. Wir können zurückgehen."

„Mir geht es gut. Wohin gehen wir?"

„Zu den Docks", sagte sie, drehte sich um und ging weiter, wenn auch nun etwas langsamer. „Ich möchte die Stelle aufsuchen, wo wir Sie fanden, und sehen, ob sich bei Ihnen irgendeine Erinnerung regt. Vielleicht erkennt Sie auch jemand."

„Ich wurde im Wasser gefunden. Haben Sie noch weitere Informationen bezüglich der Explosion erhalten?"

„Ja, das habe ich", erklärte sie mit einem Nicken. „Auf einem Schiff, das sich kurz vor der Mündung zur Themse befand und Schwarzpulver geladen hatte, kam es unerwartet zu einer Explosion. Offensichtlich handelte es sich dabei um einen Unfall, doch wir halten es für verdächtig, dass der Vorfall sich so nah bei London ereignete und Sie sich an Bord befanden. Im Moment möchte ich, dass Sie sich zu erinnern versuchen. Fällt Ihnen irgendetwas über das Schiff ein oder darüber, wie Sie dorthin gelangten, wo wir Sie fanden? Erinnern Sie sich an irgendetwas aus der Zeit, als Sie nicht ganz bei Bewusstsein waren? Als Erstes müssen wir herausfinden, warum Sie sich überhaupt an Bord des Schiffes befanden."

Sie blieb plötzlich mitten auf der Thames Street stehen und drehte sich so schnell auf dem Absatz um, dass er beinahe in sie hineingerannt wäre. Er musste nach ihren Armen greifen, um sie nicht umzuwerfen.

Dann erlaubte er seinen Händen, sie ein paar Sekunden länger festzuhalten, als es notwendig war, bis sie mit gehobener Augenbraue auf seine Hände schaute. Also ließ er sie schließlich wieder los.

Sie nahm einen Atemzug, als versuchte sie sich daran zu erinnern, warum sie angehalten hatte, und er konnte erkennen, wann es ihr wieder einfiel.

„Leopold", sagte sie, ihre braunen Augen schauten suchend in die seinen. „Die Wahrheit ist, dass ich es wirklich nicht sagen kann, ob Sie jemals ihre Erinnerungen zurückgewinnen. Ich kenne mich mit solchen Dingen nicht aus, aber Carson sagte, es könnte genauso gut sein, dass sie Ihnen für den Rest Ihres Lebens verwehrt bleiben. Doch ich verspreche, Ihnen dabei zu helfen, herauszufinden, wer Sie sind. Der beste Weg für mich dabei ist, meine Nachforschungen fortzuführen. Wenn ich Ihre Identität herausgefunden habe, werde ich Sie dorthin – oder zu der Person – zurückbringen, wo sie hingehören."

Er versuchte zu lächeln, um die Panik nicht sichtbar

werden zu lassen, die ihn bei ihrer Andeutung, seine Erinnerungen könnten vielleicht niemals zurückkehren, überkam. „Ich bin kein Welpe, der sich verlaufen hat", sagte er und eine seiner Augenbrauen wanderte nach oben.

„Nein", meinte sie mit einem Kopfschütteln. „Sie sind viel zu eigensinnig, um ein Welpe zu sein."

Und damit drehte sie sich wieder um und ging in ihrem energischen Schritt weiter. Er nahm einen tiefen Atemzug und musste rennen, um sie einzuholen. Sie war größer als die meisten Frauen, dachte er bei sich, während er sie von hinten betrachtete, doch er war ein Mann von ansehnlicher Statur und einen Kopf größer als sie. Ihr Kopf befand sich für ihn in der perfekten Höhe, um sie zu küssen, doch er wusste, so etwas laut auszusprechen, würde sie nur wütend machen. Denn aus einem Grund, den er nicht kannte, dachte sie, er würde sich über sie lustig machen, wenn er irgendetwas über die Anziehungskraft äußerte, die sie auf ihn ausübte. Und er war nicht in einer Situation, ihr mehr als Freundschaft anbieten zu können.

Nicht, bis er wusste, welche Lebensumstände ihn erwarteten – weshalb es am besten war, mit ihren Nachforschungen fortzufahren, bis sie Früchte trugen.

„Wir sind da", sagte sie, als der üble Geruch der Themse sie zusammen mit einer Kakophonie von Geräuschen empfing. Die Fischer waren gerade von ihrem morgendlichen Fang zurückgekehrt, und die Dockarbeiter entluden früh angekommene Schiffe und riefen sich Anweisungen zu, während sie in einer Reihe die Waren weitergaben.

Georgie blieb stehen, schaute die lange Reihe von Schiffen an, und während Leo von all dem überwältigt war, schien Georgie an ein solches Chaos gewöhnt zu sein. „Hier entlang", sagte sie. „Lassen Sie uns am Anfang der Docks beginnen und uns dann bis nach unten durcharbeiten. Sie können dabei sehen, ob Ihnen irgendetwas bekannt vorkommt, und wir werden herausfinden, ob Sie jemand erkennt."

Wie es schien, hatte er keine andere Wahl, als ihr zu folgen, was er auch tat, obwohl sein Kopf ob der extremen Beanspruchung all seiner Sinne heftig zu schmerzen begann.

„Wie sollen wir in diesem Gedränge irgendetwas oder irgendjemanden erkennen?", fragte er, doch im gleichen Moment hörte er, wie jemand Georgies Namen rief, und er drehte sich mit ihr um.

„Georgie!" Es war ein junger Mann, der wirkte, als wäre er kaum zwanzig Jahre, doch nach seiner feinen Kleidung zu urteilen, war er im Stand eines Kaufmanns anzusiedeln. „Ich habe nach dir gesucht", sagte er fast atemlos, als er sie einholte.

„Benson", nannte Georgie ihn beim Namen, ein Lächeln im Gesicht, was Leos Magen sich ähnlich wie bei Eifersucht krümmen ließ. „Wir haben uns schon lange nicht mehr gesehen!"

Dann umarmte sie den Mann kurz, was Leos Kehle fast ein Knurren entlockt hätte, welches er gerade noch herunterschlucken konnte. Er hatte kein Anrecht auf Georgie, warum also verhielt er sich wie ein eifersüchtiger Liebhaber? Sobald er wusste, wer er war, würde er sie verlassen – da war er sich sicher. Vielleicht war es nur, dass er sich wünschte, *diese* Frau – die lachende, fröhliche, freundliche Frau, die sie bei jedem anderen war – würde sich auch bei ihm zeigen anstatt derjenigen, die ihn stets mit Verachtung zu betrachten schien.

„Ich habe Neuigkeiten", sagte Benson, bevor er fragend hinüber zu Leo schaute.

Georgie warf Leo einen entschuldigenden Blick zu. „Wenn es Ihnen nichts ausmacht, ich bin gleich wieder zurück."

Er nickte, und sie und der Mann entfernten sich. Doch

sie gingen nicht weit, und Leo konnte kleine Stücke ihrer Unterhaltung aufschnappen. Nach einigen Minuten schien Georgies Gesichtsausdruck immer besorgter zu werden, und schließlich nickte sie, bedankte sich und kehrte zu Leo zurück, während Benson davonging.

„Um was ging es in dem Gespräch?" Er konnte sich nicht davon abhalten, diese Frage zu stellen, und sie betrachtete ihn, als versuchte sie zu entscheiden, ob sie ihm vertrauen konnte oder nicht.

„Es gibt nun schon seit einiger Zeit Gerüchte über eine Veränderung im Umgang mit Verbrechen", sagte sie schließlich und ließ ihren Blick dabei hin und her schweifen, als wollte sie sicherstellen, dass niemand zuhören konnte.

„Tatsächlich? Und um was für eine Veränderung handelt es sich dabei?"

„Um das Strafmaß. Es geht darum härtere Strafen zu verhängen, um mögliche Kriminelle abzuschrecken." Sie rieb sich mit einer Hand über die Stirn.

„Ist das etwas Schlechtes?", fragte er mit einem Stirnrunzeln, da er ihre Besorgnis nicht verstand.

„Ich denke, das hängt davon ab, wer man ist", sagte sie sarkastisch, und er stemmte seine Hände in die Hüften, während er sie frustriert anstarrte.

„Erklären Sie mir, was Sie damit meinen."

„Ich meine, dass die Strafen zurzeit nicht dem Verbrechen entsprechen. Sie entsprechen dem eigenen Status im Leben. Eine Frau ohne Beziehungen, finanzielle Mittel und Möglichkeiten, den Unterhalt zu verdienen, stiehlt, um ihr Kind ernähren zu können. Sie wird wegen Hysterie als verrückt erklärt und sie landet in einer Einrichtung. Ein Mann der oberen Gesellschaftsschicht ermordet einen Landstreicher und es passiert nichts. Er führt sein Leben einfach weiter."

Leo seufzte. Er konnte ihre Verärgerung verstehen und trotzdem wunderte er sich, was sie damit zu tun hatte.

„Es ist nun einmal, wie es ist, Georgie. Was soll man dagegen tun? Ich weiß, dass ein feiner Herr mehr Freiheiten zu haben scheint, doch er trägt auch viel mehr Verantwortung, denken Sie nicht?"

Sie schnaubte. „Welch ein Zufall, dass diese Herren auch die Gesetze machen, nicht wahr?" Sie schüttelte den Kopf. „Wenn sie keine Verbesserungen beschließen, dann sollten sie einfach alles lassen, wie es ist. Ich tue alles, was ich kann, um herauszufinden, wer hinter diesem Vorhaben steckt, und hoffe, ihn davon überzeugen zu können, es sein zu lassen."

Der Gedanke gefiel ihm ganz und gar nicht. Obwohl Georgie davon überzeugt war, dass er der Oberschicht angehörte, wusste er nicht wirklich, wo er sich auf der Leiter der Stände wiederfinden würde. Doch sie hatte recht damit, dass sich die Rechte je nach Schicht unterschieden. Wenn sie sich gegen einen Mann auflehnte, der mehr Macht besaß, als sie erwartete, könnte sie in Schwierigkeiten geraten.

„Ich hoffe, Sie gehen vorsichtig vor."

Sie betrachtete ihn. „Ich bin immer vorsichtig. Ich benötige niemanden, der auf mich aufpasst."

Ihm wurde klar, dass dies nicht die richtige Vorgehensweise bei Georgie war, und er nickte.

„Kommt Ihnen etwas vertraut vor?" fragte Georgie und beobachtete ihn, während sie das Thema wechselte.

Er verschränkte die Arme vor der Brust und schaute sich um. „Nein. Und ich fühle mich hier auch nicht wohl, was mir sagt, dass es sich vermutlich nicht um einen Ort handelt, den ich oft aufsuchte."

„Gut", meinte Georgie mit einem Seufzen, zog eine Taschenuhr aus ihrer Jacke und warf einen Blick darauf. „Ich bin bereits spät dran."

„Gehen Sie zur Bow Street?"

„Nein." Sie schüttelte den Kopf. „Ich … treffe mich mit Freunden."

Leo kämpfte gegen das Verlangen zu erfahren, mit wem sie sich traf. Ihr Privatleben interessierte ihn einfach zu viel, obwohl es ihn doch nichts anging. „Gut."

„Ich werde mit Ihnen bis zu meiner Wohnung gehen und mache mich dann weiter auf den Weg."

Warum klang Wohnung bei ihr so einladend? „Ich benötige kein Kindermädchen. Ich finde den Weg auch allein."

Sie verengte die Augen. „Ich bin mir nicht sicher, ob mir das gefällt. Sie kennen die Umgebung nicht und vielleicht verlaufen Sie sich oder Ihnen wird es schwindlig. Und was tun Sie dann? Sie könnten –"

„Georgie", unterbrach er sie und machte mit seinem Ton klar, dass er keine weitere Diskussion akzeptieren würde. „Sie benötigen niemanden, der auf Sie aufpasst. Und ich ebenso wenig. Zeigen Sie mir die Richtung und mir wird es gut gehen."

Ihr Gesicht zeigte widersprüchliche Gefühle, bevor sie schließlich nachgab. Sie ging mit ihm in die New Queen Street und erklärte ihm dann den Weg. „In diese Richtung", sagte sie. „Ich werde in ein paar Stunden zurück sein."

„Georgie?", sagte er, als sie sich zum Gehen umdrehte.

„Ja?"

„Viel Spaß!" Er wünschte, er wüsste mehr, könnte mehr sagen, doch das war im Augenblick nicht möglich.

Sie nickte mit einem vorsichtigen Gesichtsausdruck und machte sich auf den Weg.

KAPITEL 7

Georgie wusste, ihren Freundinnen würde auffallen, dass sie zerstreut war, aber sie konnte dem Treffen mit ihnen auch nicht einfach fernbleiben. Dann würden sie auf jeden Fall wissen, dass etwas vorgefallen war. Also achtete sie darauf, dass ihr Gesicht ein Lächeln zeigte, und setzte sich, um mit ihnen in einem kleinem Teeladen Tee zu trinken – wobei sie sich für einen Kaffee entschied.

In dem feinen Raum mit seinen hellrosa, blauen und gelben Wänden, die mit zarten Aquarellmalereien bedeckt waren, fühlte sie sich fehl am Platz. Doch dies war einer von Alices Lieblingsläden, und die feine Süße der Plätzchen, die hier gebacken wurden, reichte aus, um Georgie dazu zu verleiten, diesem Ort als Treffpunkt zuzustimmen.

Erfreulicherweise gehörte Rose heute die ganze Aufmerksamkeit, die mit ihrer großen Liebe, Lord Perry Belmont, nun glücklich war.

„Erzähle uns mehr über die Hochzeit", sagte Alice verträumt. „Es wird schön sein, wieder in Lyme Regis zu sein."

Rose nickte mit einem Strahlen, das ihnen sagte, wie sehr

sie sich darauf freute, nachhause zurückzukehren. Denn es war auch der Ort, an dem sie und Perry sich niederlassen wollten, zumindest bis dieser die Pflichten als Graf Sheriden übernehmen würde.

„Es wird eine recht kleine Hochzeit werden, und darüber freuen wir uns sehr", sagte sie. „Perrys Mutter würde sich eine große Hochzeit wünschen, wie sie sie vermutlich für seinen Bruder vorgesehen hatte, doch seit dessen Tod haben sie und der Graf nach und nach akzeptiert, dass Perry noch immer er selbst ist und seine eigenen Entscheidungen trifft, auch wenn er nun Lord Richmond ist."

„Eine sehr fortschrittliche Art zu denken", meinte Alice, die als Schwester eines Barons und mit einem Marquess als Schwager mit der feinen Gesellschaft vertrauter war.

„Das stimmt", sagte Rose, neigte den Kopf zur Seite, und ein zartes Lächeln umspielte ihre Lippen, während sie über ihre Situation nachdachte. „Ich hätte wirklich nie geglaubt, dass ich von ihnen akzeptiert würde. Doch sie scheinen mit allem, was Perry entscheidet – und auch damit, dass er mich wählte – einverstanden zu sein."

Georgie lächelte, während sie ihren Kaffee in der Tasse kreisen ließ und hineinschaute. Sie freute sich für ihre drei Freundinnen, sie hatten alle die Liebe gefunden, doch sie musste zugeben, dass es Momente gab – normalerweise, wenn sie allein zuhause war und nur das Feuer ihr Gesellschaft leistete –, in denen sie sich wünschte, sie könnte eines Tages auch einen Partner finden.

Jemanden wie Leo, dachte sie, obwohl sie erst einmal ergründen musste, ob dies überhaupt jemals möglich wäre.

„Neulich sah ich Lady Anne", sagte Madeline. Sie war eine schmale, blonde Frau, deren Äußeres die meisten zu der irrtümlichen Annahme verleitete, sie sei schwach. Auch Georgie hatte dies zuerst gedacht, als sie sie im letzten Jahr durch ihren Kollegen, Drake, kennenlernte. Aber Madeline hatte in einer lebensbedrohlichen Situation mehr Stärke bewiesen als jede andere Person, die Georgie kannte, in gewöhnlichen Situationen.

Drake und Madeline waren nun verheiratet, und Georgie konnte sich kein Paar vorstellen, das besser zueinander passte.

„Wie geht es ihr?", fragte Rose mitfühlend. Lady Anne Fitzgerald sollte die Gemahlin von Perrys Bruder werden, und nach dessen Tod nahmen die beiden Familien an, dass sie Perry heiraten würde. Doch alles hatte sich geändert, als Perry Rose traf.

„Es geht ihr tatsächlich recht gut", versicherte ihnen Madeline. „Erinnerst du dich an den Tag, als Perrys Pferde auf der Rotton Row durchgingen?"

„Wie könnte ich dies jemals vergessen?", fragte Rose trocken, und Madeline nickte verstehend.

„Ja, nun, als Mr. Clark sie an diesem Tag rettete, war das offenbar nicht das letzte Treffen der beiden. Sie haben seit diesem schicksalhaften Tag recht viel Zeit miteinander verbracht."

„Was hält ihre Familie davon, dass ein Kaufmann ihr den Hof macht?", wollte Alice mit großen Augen wissen. Clark arbeitete mit Madeline zusammen und, obwohl er ihr Teilhaber in der Steinfabrik war, war es schwer vorstellbar, dass er gut genug für die Tochter eines Adligen war.

„Ich bin mir nicht sicher, ob sie schon etwas von dieser Verbindung wissen" erklärte Madeline und zuckte dabei leicht zusammen.

„Nun, ich bin froh zu wissen, dass sie wieder die Liebe gefunden hat", meinte Rose sanft. „Wie es schien, liebte sie Perrys Bruder sehr. Und es war sehr romantisch, wie Clark sie rettete."

„Obwohl du das meiste davon verpasst hast, weil du zu

dieser Zeit damit beschäftigt warst, Perry zu retten." Alice lachte.

„Trotzdem konnte ich das Romantische daran erkennen", sagte Rose.

Für einen Moment schwiegen sie, bis Alice ihren scharfsinnigen Blick auf Georgie richtete. „Du bist heute ungewöhnlich still."

„Ich?", fragte Georgie und schluckte. Sie wusste, dass Alice nie etwas entging. „Ich höre euch einfach zu."

Alice zuckte mit der Augenbraue. „Du erwartest von uns, zu glauben, dass du nicht etwas zu unserer Unterhaltung beizutragen hast?"

„Ich bin froh, dass Lady Anne glücklich ist", sagte Georgie wahrheitsgemäß. „Und natürlich kann ich die Hochzeit kaum erwarten, Rose. Ich freue mich auch darauf, Lyme Regis wieder zu besuchen. Es ist recht ... friedlich dort."

„Ja, nicht wahr?", sagte Alice mit einem strahlenden Lächeln. „Gibt es irgendwelche neuen Fälle im Moment, die interessant sind?"

„Oh, nichts von Wichtigkeit", sagte Georgie unbekümmert. Sie wusste nicht, warum sie ihnen nicht von Leo erzählte. Normalerweise erzählte sie ihnen von jedem Fall, der nicht der Geheimhaltung unterlag. Doch obwohl sie wusste, sie sollte sie um Hilfe bitten, um Leos Identität herauszufinden, wollte ein kleiner Teil von ihr ihn für sich selbst behalten. Außerdem war sie sicher, dass diese Frauen, die ihr inzwischen näherstanden, als jeder andere in London außer Marshall, sie vermutlich sofort durchschauen und ihre Gefühle für ihn erraten würden.

Gefühle, die sie selbst nicht ganz verstand.

Es war besser, alles für sich zu behalten. Zumindest im Moment.

„Wir haben einen Fall von ... Gedächtnisverlust, in dem ich Nachforschungen anstelle, doch das ist alles, was ich sagen kann", erklärte sie geheimnisvoll, da sie ihre Freundinnen nicht anlügen wollte.

„Wie interessant", meinte Alice und schaute Georgie über ihre Teetasse hinweg mit einem taxierenden Blick an. „Wenn du mehr erzählen darfst, denke daran, dass wir immer gern eine gute Geschichte hören."

„Das weiß ich", sagte Georgie und stellte ihre leere Tasse auf den Tisch. „Nun, Ladys, es war schön, mit euch Zeit zu verbringen, doch ich mache mich besser auf den Weg. Ich muss noch in der Bow Street vorbeigehen."

„Wir werden bald mehr Zeit mit dir verbringen", sagte Alice und erhob sich. „Schließlich werden wir in zwei Wochen nach Lyme aufbrechen. Du fährst doch mit uns in der Kutsche, nicht wahr?"

„Zwei Wochen?", wiederholte Georgie. Sie hatte die Zeit ganz vergessen. Natürlich freute sie sich auf Roses Hochzeit, doch sie hatte nicht daran gedacht, wie bald sie bereits stattfinden würde. Was würde sie mit Leopold tun? „Ja", sagte sie und bemerkte die fragenden Blicke ihrer Freundinnen. „Zwei Wochen. Ich würde sehr gern mit euch in der Kutsche reisen."

Es sei denn, sie hatte einen weiteren Gast bei sich. Wie viel konnte sich in zwei Wochen ändern?

* * *

LEO FLUCHTE, als er sich den Finger an dem Topf verbrannte, während er versuchte, ihn aus dem Feuer zu holen.

Er hätte es besser wissen sollen. Doch wie um alles in der Welt bewerkstelligte man eine solche Aufgabe.

Er rieb sich über die Schläfe, während er sich in dem kleinen Raum umsah. Er war noch immer einladend. Er war noch immer so geschmückt, dass er behaglich wirkte. Aber er war nicht länger ordentlich. Und er sah nicht länger so aus, als wäre Georgie noch nicht lange fort.

Würde sie nachhause kommen und ihn nicht vorfinden, könnte sie tatsächlich denken, dass eine Gruppe von Dieben eingebrochen war und jeden Schrank durchwühlt hatte.

Aber nein. Er allein hatte dies angerichtet.

Er war ziemlich stolz auf das Ergebnis seiner Bemühungen. Nur wusste er nicht, wie Georgie reagieren würde.

Gleich würde er es herausfinden, denn er hörte, wie sich die Tür schabend öffnete.

„Leo? Ich –"

Sie stand im Türrahmen umgeben vom Licht der untergehenden Sonne und erinnerte ihn an die Sonnengöttin. Eine entsetzte Sonnengöttin.

„Was ist hier geschehen?"

„Ich habe das Abendessen zubereitet."

„Sie haben – was?"

Ihre aufgerissenen Augen starrten nun auf ihn, gefangen zwischen Staunen und Entsetzen.

„Sie haben so viel für mich getan, also wollte ich auch etwas für Sie tun. So kam mir die Idee, Abendessen für Sie vorzubereiten. Nur … scheint es, als hätte ich nie zuvor gekocht. Ich bat die Frau auf dem Markt um Rat und, obwohl sie zuerst herzhaft darüber lachte, gab sie mir schließlich ein paar Anweisungen. Ich habe ein paar Münzen in Ihrer Schublade gefunden, aber ich werde sie Ihnen zurückzahlen, sobald ich dazu in der Lage bin. Das verspreche ich …"

Es fiel ihm auf, dass er grundlos plapperte, und verstummte kurz.

„Wie auch immer. Bitte schön."

Er griff einen Teller und hielt ihn ihr entgegen. Dieser war gefüllt mit einer recht ansehnlichen Portion leicht verbranntem Huhns, Kartoffeln und Gemüse, bei dem er sich nicht sicher war, ob er dessen Name kannte.

„Ich – danke Ihnen.“

Er starrte sie einen Augenblick an, als er erkannte, dass eines ihrer Augen … feucht war. Waren das wirklich – nein, das konnte nicht sein. Nicht bei Georgie.

„Weinen Sie?“

„Nein.“

„Ich weiß, ich habe ein ziemliches Chaos angerichtet, aber ich werde alles wieder sauber machen. Ich verspreche es. Ich wusste nur nicht, wo alles war und was genau ich tun sollte.“

Er warf die Hände in die Luft und dann schniefte sie. Ihm drehte sich der Magen. Er hatte das Falsche getan. Er hätte es wissen sollen. Es schien nicht zu den Dingen zu gehören, die er normalerweise tat. Doch er war nicht in der Lage gewesen, einfach untätig zu bleiben. Trotz seiner eigenen gegenteiligen Zusicherung hatte er keine Ahnung, wo er in London hingehen könnte, um das Geheimnis seiner eigenen Identität zu entschlüsseln.

Also hatte er versucht, das Abendessen zu kochen.

„Ich weine nicht“, sagte sie entschieden, als sie weiter in den Raum trat. „Ich weine nie.“

„Nein?“

Hoffnung erfüllte seine Brust. Vielleicht hatte sie sich irgendeine Art von Krankheit zugezogen. Nicht dass er ihr das wünschen würde. Unsinn! Er hatte keine Ahnung, was er gerade wollte.

„Es ist nur … niemand außer meiner Mutter hat je für mich gekocht. Zumindest kann ich mich nicht daran erinnern. Und ich selbst hasse es wirklich zu kochen. Nachhause zu kommen und sich keine Gedanken darüber machen zu müssen, was ich zubereiten könnte, nun …“ Sie zuckte mit den Schultern. „Vielleicht bin ich etwas überwältigt. Es war ein anstrengender Tag.“

„Würden Sie sich also gern … setzen und essen?“

Sie nickte. „Sehr gern.“

Sie zog ihre Jacke aus und hängte sie über die Rückenlehne des Stuhls. Der behagliche Moment, den sie gerade teilten, die Tatsache, dass sie sich in seiner Anwesenheit so wohl fühlte, dass sie nur in Hemd und Weste bei ihm saß, wärmte ihn von innen.

Sie schaute nicht zu ihm, als sie einen Bissen nahm. Dann einen weiteren. Schon bald füllte sie ihre Gabel mit so viel Enthusiasmus, dass er unsagbar stolz war.

„Was halten Sie von meinem Essen?" Er musste einfach fragen.

„Es ist tatsächlich sehr gut", sagte sie und schaute mit einem Grinsen zu ihm auf. „Gut gemacht."

Nun, dies war so viel besser als ihre Tränen. „Gut", sagte er süffisant. „Das freut mich."

Sie aßen für einen Moment in freundschaftlicher Stille, und er beobachtete sie. Es erfüllte ihn mit Zufriedenheit, dass er derjenige war, der für ihr Essen gesorgt hatte, dass er sich um sie gekümmert hatte – wenn auch in einer unerheblichen Art.

„Warum tragen Sie Männerkleidung?"

Sein nächster Atemzug blieb in seiner Brust stecken. Er wollte die Frage eigentlich nicht laut aussprechen. Sie hatte ihn jedoch den ganzen Tag geplagt, und wie es schien, war er ein Mann, der immer aussprach, was ihm durch den Kopf ging.

Ihre braunen Augen schossen nach oben und begegneten den seinen, als ihr Messer auf den gesprungenen Teller fiel. Sie hielt einen Augenblick inne und studierte ihn, als wollte sie herausfinden, warum er ein solche Frage stellte.

„Während meiner Arbeit finde ich mich manchmal in Situationen wieder, in denen ich schnell laufen und mich auf eine Art bewegen muss, die mit Röcken nicht möglich ist", sagte sie. „Männerkleidung ist wesentlich praktischer dafür."

Er nickte. „Ich verstehe. Aber Sie tragen auch Frauenkleidung?"

„Ich trage immer, was am sinnvollsten für die Aufgaben des Tages ist", erklärte sie – nicht ohne einen verteidigenden Unterton. „Und außerdem …"

„Ja?"

„Nicht nur die Kleidung ist befreiend. Auch das, was Männer tun können, ist vorteilhaft. Ich mag es, zu tun, was immer mir gefällt, und – wie soll ich es ausdrücken – die Menschen zu verwirren. Manchmal wünschte ich, ich wäre als Mann geboren."

Sie musste den Schock in seinem Gesicht bemerkt haben.

„Nicht auf diese Art, obwohl ich weiß, es gibt Frauen, die wirklich glauben, dass es ihnen bestimmt war, ein Mann zu sein, und wie einer leben. Aber ich wollte sagen, dass wir Frauen viel mehr tun könnten, dass man uns ernster nehmen und nicht jede kleine Freiheit, nach der wir streben, hinterfragen würde, wenn wir die gleichen Möglichkeiten und Chancen wie Männer hätten. Ergibt das für Sie Sinn?"

Er nahm ein Stück Brot und starrte sie an, während er kaute. „Ich denke, wenn Sie es so ausdrücken, ergibt es Sinn."

Sie nickte. „Ich weiß, dass die meisten Leute denken, ich sei halb verrückt. Besonders –" Sie schüttelte den Kopf und beendete ihren Gedanken nicht. Nun konnte er sehen, wie ein flüchtiger Ausdruck von Schmerz auf ihrem Gesicht erschien. Sie zuckte mit den Schultern. „Ich muss zugeben, dass es mich nicht sonderlich interessiert, was diese Menschen denken."

„Bei der Art, wie Ihre Hosen sich an Ihr Hinterteil schmiegen, muss Ihnen die Hälfte der Männer Londons hinterherlaufen."

„Machen Sie sich über mich lustig?" Sie starrte ihn mit verärgert verengten Augen an, und er seufzte voll Ungeduld, während er seinen Kopf schüttelte.

„Keineswegs. Warum fällt es Ihnen so schwer, einfach zu glauben, was ich sage?"

„Weil", sagte sie milder und schaute auf ihren Teller", niemand jemals solche Dinge zu mir gesagt hat."

Dann mussten alle Männer, die jemals glaubten, dass sie etwas anderes als eine Frau war, die Komplimente verdiente, Dummköpfe sein. Trotzdem war er froh über ihre Erfahrungen, da sie ihm die Möglichkeit boten, der Erste zu sein.

„Erzählen Sie mir, wie Sie dazu kamen, als Detektiv zu arbeiten."

„Das gefällt Ihnen nicht, nicht wahr?"

„Das habe ich nie gesagt. Stellen Sie keine Vermutungen an."

„Gut", sagte sie mit einem kurzen Nicken. „Es tut mir leid."

„Also …"

Sie zuckte mit den Schultern, stand auf und trug ihren Teller hinüber „Ich kannte meinen Vater nie."

Ein trauriger Umstand, wenn auch nicht wirklich schockierend, da es häufig vorkam.

„Erzählen Sie weiter."

„Meine Mutter war sowohl Mutter als auch Vater für mich. Zusammen konnten wir alles durchstehen. Sie gab ihr Bestes, arbeitete als Näherin, doch als sie älter wurde, wurden es auch ihre Augen und sie hatte Schwierigkeiten damit, ihre Arbeit zu verrichten. Schon bald konnte sie kaum noch sehen und war nicht mehr fähig, zu nähen. Ich tat, was ich konnte, lief durch die Straßen und verdiente ehrliches Geld, indem ich Nachrichten überbrachte und die Pferde mancher Männer festhielt. Dies tat ich üblicherweise gekleidet wie ein Junge."

Sein Herz schmerzte bei dem Gedanken daran, dass sie so jung dazu gezwungen war, zu arbeiten. Doch er wusste, dass diese Geschichte noch schlimmer würde. „Und dann?"

„Wir konnten nicht genug Geld verdienen, um davon zu leben. Also beging meine Mutter … Diebstahl."

„Was hat sie gestohlen?"

„Essen. Brot. Leinen." Ihre Worte kamen leise heraus, fast nur ein Flüstern. Ihre Hände waren zu Fäusten geballt und lagen vor ihr auf der Arbeitsfläche. „Bei ihrer ersten Tat wurde sie zu zwei Wochen in der Besserungsanstalt verurteilt. Beim zweiten Mal einen Monat. Aber dann …" Ihre Stimme brach. „Sie wusste, dass ich allein war, machte sich Sorgen, was mit mir passierte, wer sich um mich kümmern würde. Als sie das erste Mal inhaftiert war, war ich zwei Wochen auf mich allein gestellt. Beim zweiten Mal einen Monat lang. Ich war zehn Jahre alt. Sie weinte jede Nacht, bis sie überzeugt waren, dass sie verrückt war. Dann entschieden sie, dass sie es war."

Sie drehte sich ganz von ihm weg, ihre Stimme war wie ein leises Echo im Raum.

„Sie verlegten sie nach Bedlam. Dort ist sie noch immer."

KAPITEL 8

Warum hatte sie ihm das erzählt? Sie schloss fest die Augen in der Hoffnung, dass er vielleicht verschwinden würde, wenn sie ihn nicht anschaute, und sie nicht wie eine Närrin erscheinen würde, obwohl sie sich so fühlte.

Natürlich war dem nicht so.

Als sie die Augen wieder öffnete, stand er stattdessen direkt vor ihr, seine starken Hände umfassten sanft ihre Arme.

„Das ist lächerlich. Sie versuchte nur, ihre Familie zu ernähren und für ihre Tochter zu sorgen."

Georgie nickte ruckartig.

„Nun, es ist der Grund, warum ich eine Detektivin wurde. Ich möchte, dass die Gerechtigkeit gewinnt, wenn sie zu gewinnen verdient. Bei solchen Bagatellverbrechen … entscheide ich selbst, welche Strafe angemessen ist."

Er runzelte die Stirn und sie wartete darauf, dass er sie fragte, warum sie der Meinung war, dass sie diese Entscheidung treffen durfte. Doch zum Glück blieb diese Frage aus.

„Deshalb sind Sie so bedacht darauf sicherzustellen, dass

die Reformen für härtere Strafen nicht beschlossen werden", murmelte er und sie nickte.

„Nicht nur wegen meiner Mutter", sagte sie. „Es gibt viele Menschen wie meine Mutter. Menschen, die nur ihre Familie ernähren wollen, aber aus dem einen oder anderen Grund alles verloren haben. Ich kann einen Kaufmann respektieren, der sich ein gutes Leben aufgebaut hat, der durch harte Arbeit zu einem Vermögen kam. Doch manchmal ärgert es mich einfach, dass eine Person nur wegen der Familie, in die sie geboren wurde, bevorzugt behandelt wird."

Er runzelte die Stirn, während er zu ihr schaute. „Sie müssen vorsichtig sein. Das klingt sehr nach Anarchie."

„Und Sie klingen sehr nach der Oberschicht, aus der Sie meiner Meinung nach stammen."

Sie atmete nun heftiger und ihr Herz ging schneller aufgrund seiner Nähe und ihrer Leidenschaft für dieses Thema. Er sagte, er würde es verstehen, doch sie fragte sich, ob er sie nur besänftigen wollte. Sie war sich sicher, dass er sich um all dies niemals große Sorgen machen musste, und für einen Augenblick beschäftigte sie dieser neue Gedanke.

„Wenn ich Ihnen sagen würde, dass ich Ihnen etwas zeigen möchte, würden Sie mich dann morgen begleiten?"

„Natürlich", sagte er und überraschte sie damit, dass er nicht zögerte, obwohl er nicht einmal wusste, um was es sich dabei handelte. „Wo wollen Sie hingehen?"

„Das ist eine Überraschung", meinte sie und fragte sich, ob er seine Zustimmung zurücknehmen würde, wenn sie ihm sagte, was sie geplant hatte. „Und dann …", begann sie und nahm einen tiefen Atemzug, bevor sie hinzufügte, „kam mir noch etwas anderes in den Sinn."

„Und das wäre?"

„Alice sagt, dass morgen eine Abendgesellschaft stattfindet. Die Eltern ihrer Schwägerin sind die Gastgeber. Sie ist ein großes Ereignis. Die Keswicks sind wohlhabende Kaufleute und laden stets eine gesunde Mischung von Gästen zu ihrer jährlichen Gesellschaft ein. Ich dachte, wir sollten hingehen."

„Sollten wir das?"

„Ja", sagte sie entschlossen. „In diesem Jahr handelt es sich um eine Maskerade, also würden wir anonym teilnehmen. Die Gefahr für Sie, erkannt zu werden, wäre geringer, wenn Sie sich am Rand aufhalten, aber Sie hätten die Möglichkeit, umherzugehen und zu schauen, ob irgendetwas oder irgendjemand Ihre Erinnerung weckt. Falls Sie sich wohlfühlen, könnten wir Sie einigen Leuten vorstellen, denen wir vertrauen können."

„Sie vertrauen Menschen aus der Oberschicht?"

Sie nickte. „Ich mag die bevorzugte Behandlung dieser Menschen verurteilen, doch ich bin nicht zu eigensinnig, um zu erkennen, dass es unter den Menschen mit einem Titel auch gute gibt. Meine Freundin Alice ist mit dem Bruder eines Marquess verheiratet und sie hat viele Verbindungen, die sich in früheren Situationen als vertrauenswürdig erwiesen haben. Madeline und Drake werden auch dort sein. Drake ist auch ein Detektiv und Kollege."

„Ach tatsächlich?"

Schwang in seiner Stimme etwa Eifersucht mit? Nein. Das konnte nicht sein. Eine ihrer Augenbrauen bog sich nach oben, während sie ihn anschaute. „Er ist mit meiner Freundin verheiratet, obwohl ich ihn schon länger kenne. Er ist einer meiner engsten Freunde."

„Ich verstehe."

„Was denken Sie? Werden Sie mich dorthin begleiten?"

„Wenn ich Sie an meinem Arm führen darf, wie könnte ich mich da weigern?"

Sie rollte mit den Augen und wollte sich umdrehen, doch

er griff nach ihr und hielt sie am Arm fest. Langsam drehte er sie wieder zu sich.

„Georgie", sagte er und seine Stimme war kaum mehr als ein Flüstern. „Warum hören Sie nicht damit auf?"

„Was meinen Sie?", fragte sie und hörte ihre eigene Atemlosigkeit.

„Wie oft muss ich Ihnen noch sagen, wie reizend Sie sind, bis Sie es mir glauben?"

„Es ist nur … ich weiß, dass Sie sich nicht daran erinnern, wer Sie sind. Doch ganz gleich, woher Sie kommen, gibt es dort ganz sicher jede Menge Frauen, die an Ihnen interessiert sind. Ich kann nicht glauben, dass ich irgendetwas an mir habe, das auf Sie verlockend wirkt, wenn niemand sonst es in mir sieht."

Er starrte sie einen Augenblick an, seine Augen so eindringlich, dass sie ein Frösteln nicht unterdrücken konnte. Sie war ehrlich zu ihm – das war ihre Art – und sie sah keinen Grund dazu, dass er sie anlügen sollte.

Aber wie konnte das, was er sagte, die Wahrheit sein?

Es blieb ihr allerdings nicht die Zeit, darüber nachzudenken, da er sich zu ihr lehnte und ihre Lippen mit seinen bedeckte.

Verblüfft verharrte Georgie einen Moment, bewegte sich nicht, während sie herauszufinden versuchte, ob dies wirklich passierte.

Der Kuss war so wunderbar, wie sie ihn vorhergesagt hätte, und schon bald hörte sie ganz auf zu denken, während sie sich erlaubte, sich dem hinzugeben, was er ihr anbot.

Als sie so nah beieinanderstanden, roch er geradezu göttlich. Der Duft ihrer Lavendelseife war irgendwie vollkommen anders, wenn er sich auf seiner Haut befand. Er schmeckte wie Wein und Zimt und Verlangen.

Verlangen nach ihr?

Ihr Körper wurde in seinen Armen fast weich wie Wachs,

und seine Antwort darauf war einfach, dass er sie noch fester an sich drückte. Bis seine Zunge den Rand ihrer Lippen berührte und ihr Körper abrupt zum Leben erwachte. Nun presste sie sich noch fester gegen ihn und legte ihre Arme um seinen Hals. Sie gab genauso leidenschaftlich wie er, bewegte ihre Lippen voll Hingabe über seine, während seine Zunge mit der gleichen Entschlossenheit, wie er alles zu tun schien, in ihren Mund vordrang.

Seine große Hand spreizte sich auf ihrem Hinterkopf und hielt ihn an Ort und Stelle, und zum ersten Mal in ihrem Leben war Georgie von der Stärke einer anderen Person überwältigt. Wie gut es sich anfühlte, wenn ein Mann sie in seinen Armen hielt, als beabsichtigte er sie noch besser kennenzulernen. Er ließ Feuer durch ihre Gliedmaße tanzen, und sie begann aus ihrem tiefsten Inneren auf eine Weise für ihn zu brennen, die sie nie für möglich gehalten hätte.

Dann ließ er ihre Lippen so ungestüm, wie er sie erobert hatte, wieder los. Sie machte einen Schritt zurück und wäre bei dem plötzlichen Verlust seines Halts beinahe umgefallen.

„Ich – was gerade – warum haben Sie –"

„Stellen Sie die Tatsache, dass Sie eine wunderschöne und faszinierende Frau sind, die regelmäßig daran erinnert werden sollte, nie wieder in Frage", sagte er grimmig, und sie konnte als Antwort auf seine Aufforderung nur nicken. Wobei es eher ein Befehl war als eine Aufforderung, doch sie schien keinerlei Kraft mehr in sich zu haben, um mit ihm zu diskutieren.

Er drehte sich von ihr weg und strich mit einer Hand durch sein Haar, das eindeutig ein wenig zu lang war.

„Ich gehe zu Bett", erklärte er und machte ein paar Schritte, bevor er ungelenk innehielt, als er bemerkte, dass sein Bett sich eigentlich in der Mitte des Raumes befand, in dem sie gerade standen. Georgie hätte gelacht, wenn sie nicht zu verwirrt gewesen wären.

„Ich nehme an, das bedeutet, dass ich mich entfernen sollte", sagte sie ruhig. Ihr gesamter Körper war in einem solchen Aufruhr, dass sie ihn nur allzu gern verließ, um ein wenig Zeit allein zu haben. „Gute Nacht, Leo."

Sie fühlte seine Augen bei jedem Schritt auf sich, als sie sich mit zittrigen Beinen auf den Weg zu ihrem Schlafzimmer machte.

* * *

Leo wartete bereits auf Georgie, als sie am nächsten Morgen aufwachte.

Tatsächlich war er kaum in der Lage gewesen, Schlaf zu finden. Jedes Mal, wenn er seine Augen geschlossen hatte, hatte er sie gesehen. Jedes Mal, wenn seine Finger die Decke berührt hatten, war es Georgies Haut, die er spürte. Bei jedem Geräusch hatte er sich vorgestellt, wie sie sich in ihrem Bett hin und her wälzte, genauso gequält wie er.

Er hatte sie geküsst, um die Wahrheit seiner Worte zu unterstreichen.

Es hatte ihn all seine Selbstbeherrschung gekostet, sich von ihr zurückzuziehen, bevor noch mehr zwischen ihnen passieren konnte.

Zumindest sagte es ihm, dass er vermutlich ein besserer Mann war, als er ursprünglich angenommen hatte. Denn wäre er der Schuft, für den er sich gehalten hatte, hätte er die Nacht mit dieser Frau in seinen Armen verbracht.

„Guten Morgen", sagte sie, ihre Stimme auf gezwungene Art munter. „Haben Sie gut geschlafen?"

„Nein."

Bei dem vorwurfvollen Unterton hielten ihre Hände mit dem Kessel, den sie über dem Feuer platzieren wollte, inne. Er konnte ihn selbst hören, doch es war ihm gleichgültig. „Es tut mir leid, das zu hören. Ich weiß, dass dies nicht der bequemste Schlafplatz ist, aber –"

„Georgie."

Er war plötzlich neben ihr, und sie erschrak, als sie es bemerkte.

„Ich konnte nicht schlafen, weil ich nicht damit aufhören konnte, an dich zu denken. Daran zu denken, wie es sich anfühlte, dich in meinen Armen zu halten, deine Lippen unter meinen. Darüber nachzudenken, wie dein Körper reagieren würde, wenn ich jemals die Gelegenheit hätte, ihn zu berühren, Haut auf Haut."

Er konnte sich nicht davon abhalten, seine Hände über ihre Seiten gleiten zu lassen, an ihrer Taille vorbei, über ihre Hüften und dann wieder zurück.

„Ich musste mich zu Bett begeben, denn ich hätte alle Bedenken zum Teufel gejagt und dich direkt hier auf dem Küchentisch genommen, wäre ich auch nur einen Moment länger mit dir zusammen gewesen."

Ihre ohnehin bereits großen, fragenden Augen blinzelten schnell.

„Du – das hättest du getan?"

„Oh ja."

„Würdest du es noch immer tun?"

„Ob ich es noch immer tun würde?", sagte er höhnisch. „Ich würde dich zu jeder Zeit an jedem Ort nehmen, jeden Tag." Er verstummte kurz. „Wenn ich könnte. Doch ich kann nicht – und du verdienst etwas Besseres."

Sie verschränkte ihre Finger mit seinen. „Ich – ich weiß nicht, was ich sagen soll."

„Ich habe das Gefühl, ein Mann zu sein, der gewöhnlich bekommt, was er will", brummte er. „Und ich sehne mich nach dir. Schrecklich sogar. Doch ich kann nicht mehr zwischen uns passieren lassen. Nicht, bis ich weiß, dass ich frei bin."

„Du bist ein Mann von Ehre."

„So scheint es", sagte er mit einem Kopfschütteln. „Verflucht."

Nun lachte sie, ein lautes und langes Lachen, das er öfter hören wollte und von dem er wusste, dass er es verzweifelt vermissen würde, wenn er nicht mehr bei ihr war. Er betete, dass er erfahren würde, ungebunden zu sein, wenn er seine Identität herausfand. Dass es ihm freistehen würde, zurückzukommen und Georgie angemessen den Hof zu machen, um ihr zu zeigen, wie sehr sie es verdiente, die Wertschätzung eines Mannes zu erfahren. Und er würde ihr auf jeden Fall große Wertschätzung entgegenbringen.

Heute trug sie ein Kleid aus einem weichen Leinen, das sehr weiblich wirkte, und doch aus einem Dunkelgrün war, dass noch immer zu ihr passte. Er ergriff den Stoff in der Nähe ihrer Taille und rieb ihn zwischen Daumen und Zeigefinger, während er einzuschätzen versuchte, wie oft das Kleid wohl schon getragen wurde. Er fragte sich, ob sie seinetwegen derart weibliche Kleidung gewählt hatte – oder ob sie es getan hatte, weil er ihr gesagt hatte, wie sehr er es genoss, sie in Hosen zu sehen, und sie ihn einfach ärgern wollte.

Sie schaute auf seine Finger und ahnte offensichtlich genau, was er dachte, denn sie entfernte sich von ihm und wanderte umher.

„Gestern, während wir außer Haus waren, vergaß ich dir zu sagen, dass ein Freund noch ein paar weitere Kleidungsstücke für dich brachte."

„Ein weiterer männlicher Freund?", fragte er.

„Tatsächlich nicht", entgegnete sie mit einem Kopfschütteln, während sie ihnen beiden Kaffee eingoss. „Eine Freundin, die solche Kleidung besaß."

„Zu welchem Zweck?"

Es überraschte ihn, als ihr Gesicht dunkelrot wurde und

sie sich von ihm wegdrehte. Sie räusperte sich, bevor es ihr zu murmeln gelang: „Als Kostüm."

„Kostüm? Arbeitet sie am Theater?"

Georgie schüttelte den Kopf und Leo brauchte einen Augenblick, bis er verstand.

„Oooh …" Er lachte. „Ich verstehe. Rollenspiele."

„Ja", bestätigte sie und musste das Wort regelrecht herauswürgen. Dann wirbelte sie herum und strich eine verirrte Locke aus ihrer Stirn. Sie nahm einen Schluck von ihrem Kaffee, doch er musste noch zu heiß gewesen sein, denn sie spuckte ihn sofort wieder in die Tasse.

„Geht es dir gut?", fragte er und eilte an ihre Seite.

„Ja, danke", sagte sie und fuchtelte mit der Hand, um ihn zu verscheuchen. „Dort ist ein wenig Brot, wenn du hungrig bist."

„Danke", sagte er und nahm sich welches. „Hast du ein wenig Zucker?"

„Ja", antwortete sie und reichte ihn hinüber. Sie bewegten sich zusammen in der Küche, als täten sie dies bereits seit Jahren. Sie schaute ihn mit großen Augen an. „Magst du deinen Kaffee auf diese Art?"

Er fügte seiner Tasse einen Löffel des Zuckers hinzu und nahm einen Schluck. „Ja", bestätigte er und ein Lächeln breitete sich auf seinen Lippen aus. „Woher wusstest du das?"

„Ich bin mir nicht sicher", sagte sie, wobei ihr eigenes Lächeln aus irgendeinem Grund etwas verblasste. „Aber hoffentlich ist das ein gutes Zeichen."

„Das hoffe ich auch", erklärte er leidenschaftlich. „Und nun erzähle mir, wohin du mich mitnehmen wirst."

KAPITEL 9

Was, zur Hölle, stimmte mit ihr nicht? Georgie hatte das Bedürfnis, sich selbst ins Gesicht zu schlagen. Sie benahm sich schlimmer als eine naive Debütantin. Natürlich hatte sie selbst keine großen Erfahrungen, und doch hatte sie in ihrem Leben schon mehr gesehen als die meisten anderen Frauen ihres Alters.

Aber, wenn die Themen, durch die sie normalerweise geschickt manövrierte, in einer Unterhaltung mit Leo aufkamen, schienen sie eine ganz andere Bedeutung zu haben.

Es war ihr kaum möglich gewesen, die Herkunft der Kleider zu erklären, die er nun mit in ihr Schlafzimmer genommen hatte, um sie anzuziehen. Und schon der Gedanke daran, dass er seine Kleidung wechselte, ließ alle möglichen Arten von Feuer über ihre Haut tanzen. In dem Versuch die Reaktion ihres Körpers zu verstecken, hatte sie sich den Mund verbrannt und es war ihr kaum gelungen, ihren Unmut darüber, dass er sich an etwas aus seiner Vergangenheit erinnerte, zu verbergen. Sie sollte sich darüber freuen, doch stattdessen war sie selbstsüchtig und verärgert, da sie wusste, je schneller er seine Erinnerungen wiedererlangte, desto schneller würde er aus ihrem Leben verschwunden sein, für immer.

Sie war die einzige weibliche Detektivin in London und sie hatte ihre Nerven und ihr Denkvermögen in den furchtbarsten Situationen behalten. Sicherlich würde sie sich selbst in der Anwesenheit eines Mannes unter Kontrolle halten können, der sich nicht einmal bewusst an etwas aus seiner Vergangenheit erinnerte.

„Komm", sagte sie, sobald er aus ihrem Schlafzimmer zurückkehrte. Sie tat ihr Bestes, um die Tatsache zu ignorieren, dass die Hosen nicht nur dem Modestil von vor zehn Jahren entsprachen, sondern auch ein klein wenig zu eng saßen und die besten Vorzüge seiner unteren Hälfte preisgaben. „Du wirst bald herausfinden, wohin wir gehen. Was denkst du über einen Marsch von knapp einer halben Stunde?"

Sie durchquerte den Raum und ließ ihre Finger in seine Haare gleiten, drehte seinen Kopf und nahm die Wunde in Augenschein. Bei ihrer Berührung erstarrte er, vermutlich glaubte er, sie wollte ihm wieder nahe sein, doch als er erkannte, was sie tat, entspannte er sich wieder.

„Hast du diese Stelle gereinigt?", wollte sie wissen und zeigte auf das verkrustete Blut in seinen Haaren.

„Ich habe es versucht."

„Komm her", sagte sie, nahm ein Stück Leinen und befeuchtete es. Dann strich sie damit über sein Haar. Sie beeilte sich, damit sie keine Zeit hatte, zu bemerken, wie seidig es sich zwischen ihren Fingern anfühlte. Schließlich öffnete sie das Gefäß mit der Paste, das Carson dagelassen hatte, und tupfte ein wenig davon auf die Wunde.

„Au!", rief er bei ihrer Grobheit, und sie murmelte eine Entschuldigung, bevor sie das Gefäß wieder verschloss.

„Fertig?", fragte sie ihn, und er nickte.

„Fertig."

„Sollen wir eine Kutsche mieten?", wollte sie wissen und schaute ihn etwas abschätzend an.

Mit einem Kopfschütteln versicherte er ihr: „Mir geht es gut."

„Gut", sagte sie. Er folgte ihr aus der Tür und sie begannen ihren Marsch durch London.

Es amüsierte Georgie, wie fasziniert Leo auf ihrem Weg zu sein schien und sie versuchte alles durch die Augen eines Mannes zu sehen, der vermutlich nie viel zu Fuß durch diese Straßen gegangen war – oder sogar noch nie in dieser Umgebung war. Je weiter sie gingen, desto mehr änderte sich der Anblick. Die Kaufleute und die Menschen von Cheapside, die ihre Einkäufe erledigten, wurden ersetzt durch eine ruhigere Nachbarschaft, in der die Verarmten und Verzweifelten lebten.

Instinktiv trat er näher an Georgie heran, hielt sie am Ellbogen und presste sie an seine Seite. Sie schaute zu ihm, eine Seite ihrer Lippen bog sich nach oben.

„Nervös?", fragte sie unbeschwert, und er schüttelte den Kopf, während er vorsichtig von einer Seite zur anderen schaute. „Keine Angst, ich werde dich beschützen."

Er benötigte einen Augenblick, bis ihm richtig klar wurde, was sie gesagt hatte. Bei seinem Gesichtsausdruck, der Überraschung und Verärgerung erkennen ließ, konnte sie nicht anders, als zu lachen.

„Ich weiß deine Besorgnis zu schätzen, Leo, wirklich, doch die Wahrheit ist, dass ich mich durch diese Straßen bewege, seit ich meinen erst Schritt gemacht habe."

„Georgie", rief eine Stimme und unterstrich ihre Aussage. Sie kam von der Tür einer Taverne an der Ecke.

„Hallo Fred", rief sie zurück, während sie ihren Weg fortsetzten, und zog Leo kurz zur Seite, um zu verhindern, dass ein Eimer mit Schmutzwasser, der über ihnen ausgeschüttet wurde, ihn durchnässte.

„Woher kennst du ihn?", fragte Leo.

„Fred? Er besitzt diese Taverne, solange ich mich erinnern kann. Er kümmert sich um jeden. Und wenn du dich jemals fragst, was in dieser Nachbarschaft vor sich geht, er weiß es, oder zumindest weiß er, wen du fragen kannst."

„Und in welcher Nachbarschaft genau befinden wir uns?"

Nun war sie an der Reihe, ihn überrascht anzuschauen. „Lambeth."

„Oh."

„Hast du schon einmal davon gehört?"

„Ich bin mir sicher, dass dem so ist. Ich weiß aber nicht, wie oft ich schon hier war. Es kommt mir nicht sonderlich vertraut vor."

„Nun, das ergibt Sinn", sagte sie und nahm einen tiefen Atemzug. „Aber manchmal benötigt man einen anderen Blickwinkel, um etwas wirklich zu verstehen."

Sie hielt vor einem Gebäude an, das drei Stockwerke besaß, Reihen von passenden viereckigen Fenstern waren das Einzige, das die rote Backsteinfassade unterbrach.

„Wo sind wir?"

„Am Waisenhaus", sagte sie und tat alles, um ihren Gesichtsausdruck neutral zu halten, als sie sich umdrehte und ihn recht schockiert vorfand. „Ich wollte dir zeigen, was passiert, wenn Menschen für unbedeutende Vergehen eingesperrt werden."

„Was hat ein Waisenhaus damit zu tun? Du kannst mir nicht erzählen, dass diese Kinder Kriminelle sind!"

„Das sind sie nicht, zumindest die meisten von ihnen", sagte sie sanft. „Aber die Eltern vieler von ihnen haben sich eines solchen Vergehens schuldig gemacht. Ich habe zwei Jahre meines Lebens hier verbracht, bis ich alt genug war, um für mich selbst zu kämpfen."

„Oh", sagte er ohne weiteren Kommentar. Das war auch verständlich, denn was gab es da noch zu sagen? Er räusperte sich. „Aber ist das fair, Georgie? Ich möchte nicht, dass sich diese Kinder fühlen, als wäre ich nur hier, um sie bemitleidend anzustarren, oder weil du mir eine Lektion erteilen willst. Ich –"

„Sei nicht albern", sagte sie mit einem bösen Blick. Es ärgerte sie, dass er dachte, sie würde so etwas tun. „Ich komme jede Woche hierher. Sie warten auf mich. Und du wirst die Überraschung sein."

Bevor er etwas darauf antworten konnte, war sie bereits durch die Eingangstür und ließ ihm keine andere Wahl, als ihr zu folgen.

Rufe mit ihrem Namen begrüßten sie.

Georgie strahlte, als die Kinder zu ihr rannten, und sie nahm sich die Zeit, jedes von ihnen zu begrüßen. Das Alter der Waisenkinder war sehr unterschiedlich und sie achtete darauf, dass sie sich so viel Zeit für die älteren nahm, wie für die jüngeren – diese benötigten meistens genauso viel Aufmerksamkeit, wenn nicht noch mehr.

„Wie läuft es mit dem Unterricht?", fragte sie die Kinder interessiert. Sie wünschte, sie könnte mehr Zeit aufbringen, um ihnen zu helfen, doch zum Glück hatten sie nun gute Frauen und Männer hier, die alles taten, was sie konnten, damit diese Kinder ein besseres Leben fanden als das, welches sie bisher kannten.

Sie führten Georgie zu dem Sitzbereich, wo sie die Betreuer begrüßte, bevor sie sich niederließ und ein Buch aus ihrer Tasche nahm.

„Ich habe euch eine neue Geschichte mitgebracht", sagte sie, während die Kinder sie erwartungsvoll anschauten. „Sie handelt von einer Prinzessin und dem Prinzen, auf den sie gewartet hat. Und ich habe eine Überraschung – ich habe einen Prinzen mitgebracht, der mir dabei helfen wird, vorzulesen!"

Alle Gesichter drehten sich zu Leo, der zögerlich im

Türrahmen stand. Er näherte sich langsam und ließ sich ein wenig beklommen neben Georgie nieder.

„Ich glaube nicht, dass ich oft mit Kindern zu tun hatte"; murmelte er und sie öffnete ermutigend das Buch.

„Das ist kein Problem", meinte sie. „Alles, was du tun musst, ist lesen."

Er begann langsam, stockend, aber dann erwärmte er sich für seine Rolle, besonders, da die Kinder in seine Stimme recht verliebt zu sein schienen. Georgie konnte es ihnen nicht verdenken – ihr zuzuhören war geradezu fesselnd und sie erinnerte Georgie an flüssige Schokolade, die über ihre Zunge floss.

Am Ende war er genauso schockiert wie alle anderen, als er hörte, dass die Prinzessin den Drachen besiegte und sich selbst rettete.

Anschließend löcherten die Kinder ihn mit Fragen. Anstatt ihnen auszuweichen, beantwortete er jede einzelne langsam, bedächtig und mit so viel Wertschätzung, wie er sie jedem Erwachsenen entgegenbringen würde.

Georgie war genauso entzückt wie alle anderen, lehnte sich zurück und konnte nicht anders, als die Szene zu beobachten. Nach einer Stunde begann sie damit, ihre Sachen wieder einzupacken, und Leo kam zu ihr, um zu helfen, während die Kinder zu ihren täglichen Unterrichtsstunden zurückkehrten.

„Siehst du den kleine Jack dort?", fragte Georgie.

Er nickte.

„Sein Vater wurde abgeführt, weil er ein Paar goldener Kerzenhalter von seinem Arbeitgeber stahl. Und Sally mit den roten Zöpfen?"

Er zeigte keine Reaktion, als wollte er es nicht wissen.

„In ihr Zuhause wurde eingebrochen. Ihr Vater wurde ermordet und, als ihre Mutter sie beschützte und einen der

Angreifer erschoss, wurde sie wegen Mordes angeklagt. Sie wartet auf die Verkündung des Urteils."

„Aber –"

„Ich weiß", sagte Georgie, ihre Lippen verzogen sich zu einer harten Linie. „Es ist nicht gerecht. Doch es gibt niemanden, der für diese Menschen kämpft."

„Außer dir", meinte Leo leise. „Du tust es."

„Ich tue, was ich kann", sagte sie und ihre Hände ballten sich vor Frustration zu Fäusten. „Aber das reicht nicht. Es wird niemals reichen. Ich kann mich nur immer um eine Sache kümmern, doch ich besitze nicht die Macht, eine dauerhafte Veränderung herbeizuführen. Und nun versuchen diejenigen, die nichts über diese Menschen wissen, alles noch schlimmer zu machen."

Sie wusste, dass ihre Frustration und Verzweiflung sichtbar waren, wollte sie aber nicht länger verbergen und drehte sich zu ihm um. „Was soll ich nur tun?"

Er legte ihr eine Hand ins Kreuz und wünschte, er könnte mehr tun, aber nicht hier, wo sie von so vielen Menschen umgeben waren. „Ich weiß es nicht, Georgie", sagte er sanft, seine Augen liebkosten sie. „Aber, was auch immer du brauchst, ich bin für dich da."

Sie nickte kurz, bevor sie sich von den Kindern verabschiedeten und sie ihn zurück auf die Straße führte.

„Lass uns noch an einem weiteren Ort anhalten, ehe wir nachhause zurückkehren."

„Gut", sagte er und konnte seine Besorgnis nicht verbergen. „Wohin gehen wir?"

„Bedlam."

* * *

NUN, einer Sache war sich Leo sicher – er war noch nie zuvor in Bedlam gewesen.

Wenn Georgie auch darauf bestand, dass sie auf sich selbst aufpassen konnte, blieb er doch dicht bei ihr, als sie sich Bethlehem, der Anstalt für Geisteskranke, näherten. Er wusste, dass hier alle möglichen Arten von Menschen behandelt wurden und wollte instinktiv so nah wie möglich bei Georgie bleiben. Man konnte nie wissen.

Sie kannte die Aufseher, einer von ihnen ließ sie mit einem Lächeln ein. Nachdem sie ihr Vertrauen gewonnen hatte, erklärte Georgie, erlaubten sie ihr, ihre Mutter einmal in der Woche zu sehen. Er folgte ihr durch einen langen Gang und an einer Empore vorbei, wo Frauen von ihren Zellen auf sie starrten.

„Hier", sagte sie und blieb stehen. Der Aufseher bedeutete ihnen einzutreten, und er folgte Georgie still, bevor sie in der Tür eines kleinen Raumes stehenblieb, der aussah, wie eine Art Besucherzimmer.

Nun eilte Georgie zu ihrer Mutter und umarmte sie. Sie glich Georgie, aber sie war nicht nur älter, sie wirkte auch deutlich härter. Sie war ungepflegt. Doch trotz ihres schmutzigen Gesichts war ihr Lächeln herzlich und echt, als sie ihre Tochter in die Arme schloss, bevor sie sie wieder einen Schritt zurückdrängte.

„Georgie. Wie ich sehe, bist du noch immer in einem Stück."

„Natürlich, Mutter", meinte Georgie.

„Und du hast einen Freund mitgebracht."

Die Augen der Frau richteten sich auf Leo, der einen Schritt weiter vortrat. Er wusste nicht, was er sagen sollte, und begrüßte sie schließlich freundlich.

„Mrs. Jenkins. Es freut mich, Sie kennenzulernen."

Das entlockte ihr ein Lachen, eines, das Georgies so sehr glich, außer dass ihres mit einem Husten und einer Art Keuchen endete. „Das ist das erste Mal seit Jahren, dass ich dies zu hören bekomme. Welche Art von Freund sind Sie also für meine Georgie?“

„Nun …“ Das war eine Frage, auf die ihn keine vornehme Erziehung – die er mit Sicherheit genossen hatte – vorbereiten konnte.

„Einfach ein Freund, Mutter“, erklärte Georgie ruhig. „Ich helfe ihm durch eine schwierige Lage.“

„Ich verstehe“, sagte Mrs. Jenkins. „Nun, machen Sie meiner Georgie keine Schwierigkeiten, hören Sie? Und, was auch immer Sie tun, brechen Sie ihr nicht das Herz.“

„Mutter!“

„Ich sage nur, was gesagt werden muss“, meinte Mrs. Jenkins verteidigend. „Du bist ein Juwel, Georgie.“

Sie schaute ihre Mutter an und rollte mit den Augen, bevor sie sich in eine Unterhaltung stürzten. Georgie brachte sie bezüglich ihres Lebens auf den neusten Stand, während Leo sich zurücklehnte und zuhörte. Als sie sich schließlich wieder auf den Weg machten, griff Mrs. Jenkins nach seinem Arm und zog ihn näher.

„Passen Sie auf sie auf! Können Sie mir das versprechen?“, sagte sie mit einem flehenden Blick. „Sie versichert mir immer, dass es ihr gut geht, aber … sie braucht jemanden, der auf sie achtgibt.“

Leo schaute eindringlich in die Augen der Frau, seine Antwort kam nicht von seinen Lippen, sondern aus seinem tiefsten Inneren.

„Ich verspreche es, Mrs. Jenkins“, gelobte er. „Sie haben mein Wort.“

KAPITEL 10

„Bist du dir hierbei sicher?", rief Leo Georgie zu, die im anderen Zimmer wartete, und drehte sich vor dem Spiegel in ihrem Schlafzimmer hin und her. Er konnte nicht wirklich sagen, wie er sich dabei fühlte, in diesem Raum zu sein, und hatte sich nicht davon abhalten können, mit lustvollen Gedanken auf das Bett zu starren.

So lange hatte er gedankenverloren nur dagestanden, dass Georgie nach ihm gerufen und gefragt hatte, ob es ihm gut ging, woraufhin er sich in aller Eile umgezogen hatte.

Nun klopfte sie an die Tür und trat schließlich mit seiner Erlaubnis ein. Im Spiegel sah er, wie sie sich von hinten näherte und ihn anstarrte.

„Sehr elegant, Mylord."

„Ich bin mir nicht sicher, ob Mylord –"

„Oh, da gibt es für mich keinen Zweifel", sagte sie bestimmt, und er erkannte, dass dies nicht gerade etwas war, was bei ihr auf Bewunderung stieß. „Ich bin als Detektivin gut genug, um wenigstens das zu erkennen."

Er drehte sich mit verengten Augen zu ihr um. „Bitte sage

mir nicht, dass du dich über dich selbst ärgerst, weil du meine Identität noch nicht herausgefunden hast."

Sie wandte sich von ihm ab, hob aber ihr Kinn dabei. „Ich sollte mehr tun. Marshall und ich haben gemeinsam mit der Polizei der Themse die Explosion genauer unter die Lupe genommen, doch jeder hält sie für einen Unfall. Das Schiff an sich ist aber weit gereist. Es kam ursprünglich aus New South Wales."

Er runzelte die Stirn. An eine Schiffsreise hatte er keinerlei Erinnerungen. So etwas würde er doch sicher wissen ... „Es ist nicht deine Schuld. Ich habe dir nicht viel Gelegenheit gelassen, etwas herauszufinden, indem ich nicht zuließ, dass du andere richtig nach mir befragst", sagte er. „Hoffentlich werden wir heute Abend etwas erfahren."

„Vielleicht", war alles, was sie dazu sagte, dann ging sie zur Tür. „Bist du fertig?"

Er nickte und durchquerte den Raum mit schnellen Schritten. „Bevor wir gehen ..." Er konnte sich nicht davon abhalten. Konnte nicht anders, als sich dicht hinter sie zu stellen und seinem Atem zu erlauben, ihr Genick zu kitzeln. Es gefiel ihm, als sie fröstelte. „Ich kann nicht zulassen, dass wir dieses Haus verlassen, ohne dass ich dir gesagt habe, wie schön du heute Abend aussiehst."

Und sie war schön. Sie sah verführerisch aus, zumindest in seinen Augen. Ihr Kleid aus roter und schwarzer Seide lag an den richtigen Stellen eng an und stellte wunderbar geformte Schultern und den cremeweißen Bereich um ihr Genick und ihre Schlüsselbeine zur Schau. Eine passende rote und schwarze Maske bedeckte ihr Gesicht, während ihr Haar in üppigen Locken über ihre Schläfen fiel.

Er war von ihr bezaubert und konnte nicht anders, als eine dieser zarten Haarsträhnen zu ergreifen und auszuprobieren, wie sie sich zwischen seinen Fingern anfühlte.

Es war, als hätte er die Seide in der Hand, in die ihr Körper gehüllt war.

Und in seiner roten Weste mit der schwarzen Hose passte er zu ihr.

„Danke", sagte sie und senkte den Kopf leicht. „Du siehst auch nicht schlecht aus."

„Wo hast du die Kleidungsstücke für heute Abend gefunden? Hast du sie wieder von der Freundin, die Rollenspiele mag?"

Ihre Wangen wurden so rot wie ihr Kleid.

„Nein, ich habe mir diese von Alice geliehen?"

„Alice?"

Sie nickte. „Eine recht neue Freundin, aber nichtsdestotrotz eine sehr enge. Sie ist Mrs. Luxington, vermählt mit Benjamin Luxington, Bruder des Marquess von Dorrington."

Sie neigte den Kopf zur Seite und fragte: „Kommen dir diese Namen bekannt vor?"

Seine Stirn legte sich in Falten, während er sein Gedächtnis durchsuchte, aber wie es schien, war dort noch immer nichts zu finden.

„Nein."

„Das macht nichts. Wenn wir sie treffen, sie gehört zu den Personen, denen wir trauen können. Wobei es sein kann, dass sie dich in eines ihrer Bücher packt."

Bevor er nachfragen konnte, was Georgie damit meinte, war sie bereits aus der Tür und er konnte ihr nur folgen.

Als er sie einholte, rief sie bereits eine Mietkutsche, und er rückte seine Maske zurecht, um in der abendlichen Dämmerung besser sehen zu können.

„Gehen wir heute Abend nicht zu Fuß?", fragte er neckend, und sie schüttelte den Kopf.

„Nicht am heutigen Abend. Die Keswicks sind zwar unkonventionelle Kaufleute, aber es wäre trotzdem nicht angemessen, wenn wir zu Fuß dort erscheinen würden. Wir werden in einer Mietkutsche bereits auffallen, aber ich glaube, keiner von uns beiden hat gerade die Mittel für eine eigene Kutsche."

Er nickte. In der Kutsche entschied er sich für den Platz neben ihr, lehnte sich zurück und drückte sein Bein gegen ihres. Es war eine gestohlene Berührung, eine die harmlos war – solange sie nicht wusste, was ihre Nähe mit seinem Herzen und seinen Gefühlen anstellte. Er rieb sich über seine Braue, wo sich eine Schweißperle bildete und herunterzutropfen drohte.

Inzwischen näherte er sich dem Punkt, an dem er eine Entscheidung treffen musste, sollte er sich nicht an seine Vergangenheit erinnern.

Verließ er Georgie oder kam er ihr näher und beging vielleicht eine Sünde ihr und einer Frau gegenüber, an die er sich nicht entsinnen konnte?

Schließlich brach Georgie das Schweigen, indem sie sich räusperte und ihren Blick vom Fenster zu ihm gleiten ließ.

„Ich dachte, wir sollten den Ballsaal ohne großes Aufheben betreten. Die Maske verdeckt den größten Teil deines Gesichts, aber falls sich dort jemand befindet, dem du gut bekannt bist, wird er dich vielleicht trotzdem erkennen. Wir werden uns am Rand aufhalten und im Schatten bleiben, während du schaust, ob dir irgendetwas oder irgendjemand vertraut vorkommt. Leider machen die Masken es auch für dich schwierig, andere zu erkennen, doch die Sicherheit geht vor. Was auch immer du tust, vermeide es zu tanzen."

„Wenn wir nur wüssten, wie gefährlich es für mich werden kann, falls jemand *mich* erkennt."

„Nun, ich möchte dein Leben auf jeden Fall nicht schon wieder aufs Spiel setzen."

„Ach?" Er konnte nicht anders, als ihr zuzuzwinkern, war sich aber nicht sicher, ob sie es in dem schwachen Licht sehen konnte. „Wärst du traurig, wenn mir etwas zustoßen sollte?"

Sie richtete sich gerader auf. „Nun, natürlich wäre ich das. Es wäre schließlich mein Verschulden."

Er ließ es dabei bewenden, wenn ihn auch der Gedanke, dass sie sich vielleicht um ihn sorgte, von innen wärmte.

Der Weg war nicht weit und schon bald hielt die Kutsche an. Georgie erlaubte Leo tatsächlich, ihr herauszuhelfen. Es fühlte sich so natürlich an, als ihre behandschuhten Finger in seinen ruhten – wenn auch nur für einen Augenblick –, was ihm ein Lächeln entlockte.

„Komm." Sie überraschte ihn, als sie seine Hand weiter festhielt und ihn von der vorderen Tür wegzog. Zielstrebig führte sie ihn um das Haus herum. „Wir werden durch die Türen zum Garten eintreten, damit wir unseren Gastgebern nicht angekündigt werden."

Er konnte ihr nur durch den von Bäumen gesäumten Hof folgen und mit ihr die Stufen zur Terrasse hinaufgehen.

„Du scheinst bewandert darin zu sein, durch Gärten zu schleichen."

„Auf was genau willst du anspielen, Mr. Edelmann?"

„Ich wollte dich nur ein wenig necken."

„Ich weiß", sagte sie und schaute zu ihm zurück. Es freute ihn, dass sich ein Grinsen auf ihrem Gesicht zeigte.

„Es gehört zu meiner Arbeit, bei der ich *normalerweise* recht gut bin."

„Lasse ich deine Fähigkeiten schwinden?"

„So in der Art."

Sie führte ihn durch die Türen und, wie sie es vorhergesagt hatte, fanden sie sich am Rand des Ballsaals wieder. In diesem wirbelten Paare herum, meist in lebhafte Farben gekleidet, die bei einer Maskerade offensichtlich erlaubt waren. Als er gedankenverloren nach einem Branntwein griff, erkannte er, dass Georgie recht hatte – er war auf solchen Gesellschaften zuhause. Er fühlte sich so wohl, als wäre dies eine Situation, in der er sich oft befunden hatte.

Als er zu Georgie hinüberschaute, sah er, dass sie ihn beobachtete. Ihre gebogenen Lippen sagten ihm, dass sie wusste, was er dachte, und sich darüber freute, recht zu haben.

Die Erkenntnis, dass sie an einem Punkt angekommen waren, wo sie genau erraten konnten, was der andere dachte, verursachte eine gewisse Unruhe in seinem Bauch. Es war sowohl verwirrend als auch beruhigend. Doch es ergab keinen Sinn, wobei man das bezüglich der gesamten Situation mit Georgie sagen konnte.

„Georgie!"

Eine dunkelhaarige Frau trat zu ihnen, einen Mann, der offensichtlich ihr Gemahl war, im Schlepptau. Sie drehte sich sofort zu Leo und betrachtete ihn äußerst interessiert. „Und wen haben wir hier?"

„Alice", zischte Georgie, wenn auch mit einem Lachen. Leo lächelte die Frau freundlich an. „Dies ist Mr. Smith, ein Freund eines Freundes. Es besteht kein Grund, ihn so zu beäugen."

„Entschuldigen Sie, Mr. Smith. Darf ich Ihnen meinen Ehemann vorstellen, Mr. Luxington?"

Luxington begrüßte Leo freundlich. Er schien sehr nett zu sein und seine Maske verdeckte nicht viel seiner Gesichtszüge, die Leo vollkommen unbekannt vorkamen.

„Sind Sie neu in London?", fragte Luxington, und Leo beantwortete seine Frage etwas ausweichend. „Ich … mache mich erneut mit der Stadt vertraut", sagte er. „Miss Jenkins ist so freundlich, mir dabei behilflich zu sein."

„Nun, der Ball der Keswicks ist für viele der Höhepunkt des Jahres", mischte sich Alice ein und schaute dabei neugierig zwischen Georgie und Leo hin und her. „Ich wünschte, Rose wäre hier. Aber sie ist nach Lyme Regis zurückgekehrt, und wir werden sie vermutlich erst wieder zu ihrer Hochzeit sehen."

„Ach ja, die Hochzeit!", meinte Georgie. „Ich hätte sie fast vergessen."

„Wir werden unsere Reise planen müssen. Aber zuerst, Georgie, muss ich noch ein Versprechen halten. Ich hoffe, dass Mr. Smith es nicht als unhöflich erachtet, aber Lord Ingersoll hat nach dir gefragt. Ich stimmte zu, in seinem Namen einen Tanz mit dir zu sichern, sobald ich dich finde. Wenn er dich in diesem Kleid sieht, wird er mir sehr dankbar sein."

„Oh Alice, du weißt, ich kann – ich tanze nicht", sagte Georgie und schüttelte den Kopf. „Und Lord Ingersoll? Warum sollte er etwas mit mir zu tun haben wollen?"

„Er findet dich faszinierend."

„Aber –"

Bevor sie mehr sagen konnte, trat ein kleiner aber umgänglich erscheinender Mann vor sie.

„Miss Jenkins, würden Sie mir die Ehre dieses Tanzes erweisen?"

„Ich –"

Sie schaute sich in der Runde um, unfähig Worte zu finden, und Leo war sich nicht sicher, welche Rolle ihm hierbei oblag. Er wollte nichts mehr, als ihre Hand gewaltsam von dem Gentleman fernzuhalten, doch das würde nur ungewollte Aufmerksamkeit auf ihn selbst lenken. Außerdem, welches Recht hatte er, von Georgie irgendetwas zu verlangen? Er winkte mit der Hand in Richtung der Tanzfläche und gab ihr so seine nicht erforderliche Erlaubnis.

„Keine Sorge", sagte er mit einem erzwungenen Lächeln. „Mir wird es hier mit deinen Freunden gut gehen."

„Sagen Sie, kennen wir uns?", fragte der junge Lord, während er zu Leo schaute, welcher einen Schritt zurück in den Schatten trat.

„Sie müssen mich mit jemandem verwechseln."

Georgie hob das Kinn und nickte entschlossen, bevor sie ihre Hand in die des Lords legte. „Also lassen Sie es uns versuchen", sagte sie und erlaubte ihm, sie auf die Tanzflächen zu führen. Leo musste das Knurren unterdrücken, das seiner Kehle zu entweichen drohte.

Schon bald gesellte sich ein Paar zu Leo und den Luxingtons, das Mrs. Luxington als Madeline und Drake vorstellte. Sie erklärte auch, dass Drake ein Kollege von Georgie war und Leo wusste, dass er die beiden höflich begrüßen sollte, doch er hatte gerade keine Zeit für sie. Er konnte sich nicht davon abhalten, Georgie zu beobachten, wie sie sich mit Lord Ingersoll – wer auch immer er war – drehend über die Tanzfläche bewegte. Sie sprach mit ihm, lachte, und schon bald entschied Leo, dass er dies nicht länger ertragen konnte, während seine Hände sich zu Fäusten ballten.

„Entschuldigen Sie mich", sagte er zu den beiden Paaren, die bei ihm standen, und eilte dann durch die Türen, durch die er mit Georgie gekommen war. Er wusste, dass er unhöflich war, als er sich an anderen Gästen vorbeidrängte, doch es war ihm gleichgültig. Er empfand ein überwältigendes Verlangen danach, sich weit von hier zu entfernen. Er wollte nicht länger ein Eindringling in Georgies Leben sein, wollte nicht mehr in dieser Übergangssituation sein, aus der er einfach keinen Weg fand. Er musste fliehen. Er musste –

„Leopold Belmont", säuselte eine Stimme in sein Ohr. „Ich dachte, es wäre unmöglich, denn ich wähnte Sie tot – seit langer Zeit."

Leo wehrte sich im Griff des Mannes, grub seine Finger in das Fleisch seiner Unterarme, während dessen Hände Leos Kehle umfassten. Er schaute sich nach anderen Gästen um, doch sie befanden sich zu weit in dem dunklen Garten.

„Ich bin –" Er rang nach Luft, seine Luftröhre ließ nur wenig durch. „Betrachten Sie mich als tot und lassen Sie mich gehen. Ich werde Ihnen aus dem Weg gehen, wer auch immer Sie sind."

Der Mann lachte ihm ins Ohr. „Was Sie nicht sagen. Doch ich denke, das geht nicht. Ihre pure Anwesenheit ist ein zu großes Risiko. Ein Risiko, das ich nicht eingehen kann."

„Wer – wer sind Sie?"

„Ach, Sie erkennen meine Stimme nicht? Ist es schon so lange her? Was für eine Schande. Ihr Bruder ist weitaus umgänglicher als Lord Richmond, denken Sie nicht?"

Während der Mann sprach, gab Leo seinen Kampf gegen ihn auf. Er benötigte mehr Erklärungen und hoffte, dass er durch sie einige Erinnerungen wiedererlangte. Erinnerungen daran, wer er selbst war und was er getan haben könnte, das diesen Mann so erzürnt hatte. Er bereitete sich gerade darauf vor, dem Mann anschließend auf den Kopf zu schlagen, als dessen Arm plötzlich verschwand. Schnell drehte er sich um, um herauszufinden, wer ihn gerettet hatte, und war schockiert, als er sah, dass der Mann in einen Faustkampf mit niemand anderem als … Georgie verwickelt war. Als sein Angreifer sich hinter ihr aufrichtete, rammte sie ihm einen Ellenbogen in die Nase, woraufhin er seine Hände vors Gesicht schlug und rückwärts stolperte. Sie drehte sich geschickt, ihr in Slippers steckender Fuß schnellte hoch und landete in seinem Gemächt. Die Wirkung war vielleicht nicht so groß, als hätte sie Hosen und Stiefel getragen, doch sie hatte gut gezielt und ausreichend Kraft aufgewandt, dass der Mann, der formelle Kleidung trug, sich sofort vornüberbeugte.

„Was fällt Ihnen ein?", sagte sie wütend, lehnte sich vor, griff in sein Haar und zog sein maskiertes Gesicht nach oben. Leo bewunderte die Tatsache, dass sie keineswegs heftig atmete. „Lassen Sie ihn in Ruhe."

„Brauchen Sie eine Lady, die Sie verteidigt, Ri –"

Bevor der Mann jedoch seinen Satz beenden konnte, trat

Leo vor ihn und ließ seine Faust in dessen ohnehin schon blutende Nase fliegen. Bei dem Aufschrei des Mannes eilten Gäste auf die Terrasse über ihnen, und Leo ergriff Georgie am Arm und zog sie zurück.

„Du musst in diesen Skandal nicht verwickelt werden", murmelte er. „Lass uns gehen."

Sie rannte hinter ihm her, ein Protest auf den Lippen, doch er gab ihr keine Gelegenheit, ihn zu äußern.

„Es ist es nicht wert, mir zu helfen, Georgie", sagte er, als sie um die Ecke zur Frontseite des Hauses bogen. Nun zog er sie mit sich und sah sich auf der Straße nach einer Mietkutsche um.

„Leo, langsam!", rief sie und riss an seinem Arm. „Warum hast du ihn den Satz nicht beenden lassen? Er wollte etwas Wichtiges offenbaren. Ich denke, er wusste, wer du bist. Niemand kümmert es, ob ich Teil eines Skandals bin! Ich bin ein Niemand. Wir sollten zurückgehen. Wir sollten –"

Er schüttelte bereits den Kopf. Er wusste vielleicht nicht genau, wer er war und was er getan hatte, doch je mehr er über sich selbst und sein Leben erfuhr, desto weniger war er davon überzeugt, dass er zurück in dieses Leben wollte. Wer genau war er und was hatte er getan, dass es Menschen gab, die so verärgert darüber waren, dass sie ihn tot sehen wollten?

Obwohl er wusste, dass er Antworten brauchte, hatte er das Gefühl, dass Georgie nichts mehr mit ihm zu tun haben wollte, wenn sie schließlich alles über ihn herausfanden.

Es war wohl besser, wenn er als tot galt.

KAPITEL 11

Georgie schlief die ganze Nacht sehr unruhig. Obwohl sie nicht glaubte, dass er irgendwelche seiner früheren Erinnerungen zurückgewonnen hatte, war es doch deutlich, dass er etwas wusste – das er nicht mit ihr teilen wollte. Vertraute er ihr nicht? Oder konnte er die Wahrheit nicht ertragen?

Es brach ihr ein Stück aus ihrem Herzen, denn sie begann zu verstehen, dass sie diejenige sein wollte, an die er sich wandte, diejenige, der er seine Sorgen anvertraute, so wie sie es bei ihm getan hatte. Verflucht, sie hatte ihm jedes Detail ihres Lebens gezeigt. Das Mindeste, was er tun sollte, war, ihr zu erlauben, ihm zu helfen – was unmöglich war, wenn er nicht dazu gewillt war, offen mit ihr zu sein.

Sie zog sich eilig an, heute Hosen, ein Hemd und eine Jacke, – sie musste sich in der Bow Street blicken lassen – und verließ bereit dazu, ihm die Meinung zu sagen, ihr Schlafzimmer.

Doch der andere Raum war leer.

Vielleicht war er losgegangen, um Frühstück zu besorgen, überlegte sie und erinnerte sich mit einem Lächeln an das

Abendessen, das er für sie zubereitet hatte. Sie hatten eine ganze Stunde dazu benötigt, alles wieder zu säubern, aber es war die Arbeit wert gewesen.

Während sie wartete, würde sie den Kaffee kochen, den er sehr zu mögen schien. Sie war sich sehr wohl bewusst, dass sie gern etwas für ihn zubereitete, was ganz und gar untypisch für sie war. Sie war viel zu sehr daran gewöhnt, nur für sich selbst zu sorgen.

Doch als sie den Raum durchquerte und an die Arbeitsplatte trat, fand sie sie – die Nachricht, die direkt neben dem Kessel stand, damit Georgie sie auch nicht übersehen konnte.

Georgie,

Seine Schrift wirkte finster, schwer, und es ließ ihr Herz schmerzen, die Worte auf dem Papier zu lesen.

Ich kann es kaum glauben, dass ich dich verlasse, doch mir bleibt keine andere Wahl. Ich hätte dich niemals der Gefahr aussetzen dürfen. Ich weiß, dass du jetzt vermutlich aufgebracht sagst, dass du auf dich selbst aufpassen kannst, und da gebe ich dir recht, aber je länger ich bei dir bleibe, desto größer wird die Gefahr für dich – die Gefahr, die meine Feinde darstellen und ich.

Es tut mir leid, dir dies in einer Nachricht mitzuteilen, doch es scheint, dass ich kein Mann bin, der gern Abschied nimmt. Ich hoffe, dass wir uns in der Zukunft irgendwann unter besseren Umständen wiedersehen werden.

Bis dahin danke ich dir für alles.

Leo

Georgie legte den Brief mit zitternden Händen auf den verschrammten Holztisch zurück. Es fühlte sich an, als hätte sie einen Schlag in die Magengrube erhalten, und sie hielt sich an der Tischplatte fest, um sich zu stabilisieren. Er hatte sie verlassen. Mitten in der Nacht, wie ein Feigling.

Sie schlug mit der Faust auf den Tisch und alles, was darauf lag, hob mit einem Klirren ab.

„Verfluchter Mistkerl!", schrie sie und ließ ihrem Ärger

freien Lauf, wenn auch nur, um die Angst im Zaum zu halten. Sie kannte Leo kaum, wusste seinen Nachnamen nicht einmal, und doch hinterließ sein plötzliches Verschwinden eine Leere in ihrem Herzen und ihrem Leben, die sie zuvor nicht gekannt hatte.

Denn dies war ihre Schuld. Sie hatte ihn im Stich gelassen. Sie war so damit beschäftigt gewesen, ihn mit ihrem Leben vertraut zu machen und ihm näherzukommen, dass sie die Nachforschungen praktisch vergessen hatte, die zu unternehmen, sie ihm versprochen hatte. Die Nachforschungen, die sie beide zusammengehalten hätten.

Doch das war nun nicht mehr wichtig, denn er war fort.

Sie nahm die Tasse, aus der er immer seinen Kaffee getrunken hatte, und zog den Arm zurück, um sie durch den Raum zu schleudern, hielt sich aber gerade noch davon ab. Die kurzfristige Befriedigung wäre die Zeit nicht wert, die sie benötigen würde, um wieder aufzuräumen.

Verdammt sei ihre praktische Veranlagung.

Sie wollte sich gerade umdrehen, als sie neben ihrer eigenen Tasse etwas glänzen sah, hielt inne und griff danach.

Leos Medaillon. Sie schloss die Faust so fest darum, dass das Metall sich in die weiche Haut ihrer Hand grub, doch mit einem Zischen hieß sie den Schmerz willkommen. Warum hatte er es zurückgelassen? Hatte er wirklich geglaubt, sie wollte eine solche Erinnerung an ihn?

Nun, dachte sie, als sie es auf die Arbeitsfläche legte, dann blieb ihr nichts anderes zu tun, als an die Arbeit zurückzukehren und etwas Nützliches mit ihrer Zeit anzufangen. Sie war ihrer Arbeit unter dem Vorwand, sich um diesen Fall zu kümmern, tagelang ferngeblieben, und würde schon bald mit ihren Freunden nach Lyme Regis zu Roses Hochzeit aufbrechen.

Zumindest hatten Rose und Perry ihr Glück gefunden. Oder so viel davon, wie ihnen möglich war, da Perry irgendwann zum Grafen würde, der die Verantwortung für eine ganze Grafschaft trug – ein Leben, das sich keiner der beiden gewünscht hatte.

Georgie seufzte. Die Umstände, in die man geboren wurde, waren solch ein Klotz am Bein.

Sie schlüpfte in ihre Jacke und verließ ohne einen Blick zurück zu der Stelle beim Feuer, wo Leo geschlafen hatte, das Haus. Sie glaubte nicht, dass ihr kleines Zuhause jemals wieder dasselbe sein würde.

LEO STAND mit hängenden Schultern an der Backsteinmauer und schaute auf die geschäftige Straße vor ihm. Ein paar Blicke landeten auf ihm, doch die meisten Leute gingen vorbei, ohne ihn wahrzunehmen. Sie waren mit ihren eigenen Gedanken und den Herausforderungen des Tages beschäftigt. Er rieb sich über das Gesicht, als sich Schwermut über ihn legte wie ein Mantel aus Furcht.

Es war ihm keine andere Wahl geblieben, als zu gehen. Denn er entwickelte innige Gefühle für Georgie.

Für eine Frau, die viel zu gut für ihn war und ihn niemals würde haben wollen, wenn sie wüsste, wer er war und wozu er fähig war. Er war nicht nur ein Mann, den sie verachten würde, sondern auch einer, der nicht frei war, um sie zu lieben.

Wenn er nur ganz neu beginnen könnte. Aber das war unmöglich. Nicht hier. Nicht in London. Dass man ihn gestern erkannt hatte, bedeutete, es war nur eine Frage der Zeit, bis man seinen Tod wieder anstreben würde.

Wäre er geblieben, würde er Georgie in noch größere Gefahr bringen, als er es ohnehin schon getan hatte. Er hoffte, dass sie verstand, warum er gegangen war, und nicht zu viel Hass in ihrem Herzen bewahren würde.

Wenn sie dazu bestimmt waren, zusammen zu sein, würden sie sich eines Tages wiederfinden. Dies war alles, an was er sich klammern konnte.

Schließlich sprang die Tür auf, die er beobachtet hatte, und Georgie trat heraus. Heute trug sie wieder ihre Hosen, erkannte er mit einem traurigen Lächeln. Sie ging in die entgegengesetzte Richtung, und er folgte ihr mit den Augen so lange wie möglich. Sie bewegte sich so schnell, als versuchte sie, so viel Abstand zwischen sich und ihr Zuhause zu bringen, wie sie konnte. In dem kurzen Augenblick, als sie sich in seine Richtung gedreht hatte, wirkte ihr Gesicht aufgewühlt, aufgebracht.

Und er war der Grund dafür.

Er betete, dass sie verärgert genug über ihn sein würde, um die Nachforschungen aufzugeben und zu versuchen, ihn hinter sich zu lassen. Er wollte nicht, dass sie sich wegen ihm weiter in Gefahr brachte. Deshalb hatte er das Einzige getan, von dem er wusste, wie er es bewerkstelligen konnte, und hatte sie verlassen.

Nun drehte er sich auf dem Absatz um.

Er hatte ein Ziel. Er musste heimlich die Mittel besorgen, die er dazu benötigte, um eine Unterkunft für sich zu mieten, zumindest bis er alles klären konnte. Er konnte nicht auch noch andere in Gefahr bringen. Jeder glaubte, dass er tot war, und im Moment war es besser so. Er hoffte nur, dass sich die Neuigkeit von seiner Rückkehr durch den Vorfall am vergangenen Abend nicht verbreiten würde.

Denn als er an diesem Morgen aufgewacht war, war alles anders.

Er war als Leopold Archibald Belmont, Viscount Richmond und zukünftiger Graf von Sheriden aufgewacht.

Die Erinnerungen waren zurück.

Und nun wünschte er, sie wären nie wiedergekommen.

* * *

DREI WOCHEN SPÄTER.

„WAS IST LOS MIT DIR?", verlangte Alice zu wissen.

„Was meinst du?" Georgie zwang sich zu einem Lächeln.

Es war drei Wochen her, dass sie Leo das letzte Mal gesehen hatte. Drei Wochen, in denen sie versucht hatte, ihn aus ihren Gedanken zu vertreiben. Drei Wochen, in denen sie nicht verhindern konnte, dass sie ihn vermisste.

Sie schob die Gedanken an ihn beiseite, zumindest für den Moment. Dies war ihr letzter Abend in Lyme. Sie und ihre Freunde hatten die ansehnliche Reise hierher vor einer Woche unternommen. Nachdem sie die Hochzeit von Rose und Perry genossen hatten, waren sie noch einen Tag länger als die meisten Gäste geblieben, denn sie gingen davon aus, dass es einige Zeit dauern würde, bis sie Rose das nächste Mal sahen. Es war das zweite Mal, dass Georgie hier war, und sie schätzte die Zeit weit fort von London. Fast ihr ganzes Leben hatte sie dort verbracht und kaum die Stadtgrenzen überschritten. Sie verstand gut, warum Rose und Perry diesen Ort so liebten. Hier war es ruhig und wunderschön. Wenn das Meer gegen das Ufer wogte, verhalf ihr das zu einer kleinen Verschnaufpause von ihren Gedanken.

Gedanken, die sich immer wieder um einen Mann drehten, an den zu denken ihr nicht zustand.

„Alice, lass sie in Ruhe", murmelte Madeleine. „Es muss Georgie auch einmal erlaubt sein, sich nicht in ihrer üblichen Fröhlichkeit zu zeigen."

„Aber sie ist nun schon seit Wochen so. Seit der Abendgesellschaft bei den Keswicks, als der mysteriöse Mr. Smith sie begleitete."

„Das hat nichts mit Mr. Smith zu tun", unterbrach

Georgie und spürte, wie Rose auf ihrer anderen Seite unruhig wurde. „Und nun seid bitte leise! Rose und Perry wollen etwas sagen."

„Wir bedanken uns bei euch für euer Kommen", sagte Rose und ließ ihren Blick um den Tisch wandern.

„Es war uns ein Vergnügen", erklärte Alice mit einem strahlenden Lächeln. „Wir hätten eure Hochzeit auf keinen Fall verpassen wollen."

„Und auch herzlichen Dank an dich, Georgie", sagte Rose und überraschte sie, als sie nach Georgies Hand griff. „Ich weiß, wie schwierig es für dich ist, deine Arbeit zurückzulassen."

„Überall in England müssen Verbrechen aufgeklärt werden", sagte Georgie mit einem Lächeln. „Warum nicht in Lyme Regis?"

„Hoffen wir, dass hier alles etwas ruhiger zugeht – denn das liebe ich an diesem Ort", meinte Rose. „Wie lief es in der Bow Street in letzter Zeit?"

„Überraschend ruhig", antwortete Georgie mit einem Schulterzucken. „Mir wurde schon fast langweilig."

Seit Leo gegangen war.

„Sag das besser nicht", meinte Drake, schüttelte heftig den Kopf und wackelte mit dem Zeigefinger. „Du weißt doch, was passiert, wenn wir etwas in der Art sagen, Georgie. Das ist keine gute Idee."

Georgie konnte nicht anders, als zu lachen, und musste feststellen, wie gut es ihr tat, hier mit ihren Freunden zusammen zu sein. Solange sie nicht allzu viel Zeit für sich allein hatte, in der sich die Gedanken, die sie unterdrücken wollte, einzuschleichen versuchten, würde es ihr gut gehen.

„Du bist viel zu abergläubisch, Drake. Ich sage nur, wie es wirklich war. Mach dir keine Sorgen und lass uns diesen Abend ohne Arbeit genießen."

Drake nickte zwar, doch seine Beklommenheit war

offensichtlich. Aber alles war vergessen, als das Abendessen serviert wurde und die sieben Anwesenden mit einer ersten zügellosen Runde Trinksprüche begannen.

Dann öffnete sich die Tür, schlug gegen die Wand und offenbarte eine sehr nasse Frau.

„Ist das Lady Anne", murmelte Georgie zu Alice. Diese nickte mit weit aufgerissenen Augen und starrte auf die Frau.

Lady Anne war auch bei der Hochzeit gewesen, aber sie waren alle davon ausgegangen, dass sie an diesem Tag aufgebrochen war. Es musste merkwürdig für sie gewesen sein, an einer Hochzeit teilzunehmen, bei der sie die Braut hätte sein können.

„Lady Anne?", sagte Rose, erhob sich und ging zu ihr hinüber, während alle anderen einfach weiter in ihre Richtung starrten. „Was tun Sie hier? Geht es Ihnen gut?"

„Ich musste zu Ihnen zurückkehren" erklärte sie mit einem Schluchzen, ihre schockierten Augen wanderten von einem zum anderen. „Es gibt etwas, was Sie wissen müssen, Perry."

„Ach ja?"

„Leo ist am Leben!"

Georgies Messer fiel mit einem lauten Geräusch auf ihren Teller.

Obwohl sie sich der lauter werdenden Stimmen um sich bewusst war, herrschte für Georgie Stille, die Zeit stand still.

Sie starrte die Frau vor sich an. Die zarte blonde Frau, die trotz ihres momentanen Zustands wunderschön war, hatte Perrys Bruder offensichtlich geliebt. Nun wurde Georgie klar, dass sie nie dessen Vorname gekannt hatte. Man hatte stets von ihm als Lord Richmond gesprochen.

Lord Richmond. Leo. Leopold Belmont. Ihr Magen drehte sich und ihr wurde plötzlich übel. Ihre Gedanken rasten zurück zu dem Mann in den Gärten der Keswicks. Er hatte ihn beinahe bei seinem Namen genannt. Und Leo hatte ihn unterbrochen. Aber warum? Hatte er es gewusst und zu verhindern versucht, dass sie entdeckte, wer er war?

„Was ist mit dir?", zischte Alice und stupste sie. Doch Georgie brachte keinen Ton heraus und schüttelte nur den Kopf.

Sie sollte Erleichterung darüber verspüren, dass sie nun wusste, wer Leo war. Wenn sie ihn nochmals ausfindig machen konnte, würde er nachhause zurückkehren und seinen rechtmäßigen Platz einnehmen können.

Ein Platz, der weit entfernt von ihr war. Mit Lady Anne an seiner Seite.

Grundgütiger.

Sie blendete all die Stimmen um sich herum aus, bis sie hörte, wie Perry Lady Anne fragte, woher sie wusste, dass dem so war. Da konzentrierte sie sich wieder.

„Mein Cousin erzählte, dass er ihn auf der Abendgesellschaft der Keswicks sah. Ich sagte ihm, dass er sich irren musste, schließlich handelte es sich in diesem Jahr dabei um eine Maskerade und vielleicht war es nur ein Mann, der Leo glich. Er schien nicht überzeugt, und dann bestätigte einer seiner Freunde, ihn im Garten gesehen zu haben – ohne Maske."

So sehr Georgie diesem Raum und den Geheimnissen entkommen wollte, nun kam sie langsam der Wahrheit näher und die Detektivin in ihr bestand darauf zu bleiben.

„Wer ist dieser Freund Ihres Cousins?", fragte sie und alle schauten sie neugierig an. Sie wunderten sich wohl, warum sie ein solches Detail wissen wollte.

„Lord Lovelace."

„Lord Lovelace?", knurrte Drake geradezu, und Benjamin sprang auf und ging im Raum hin und her.

„Mein Bruder hat ihn ein paar Mal erwähnt", sagte Benjamin und strich sich mit der Hand durch die Haare. „Und es klang nicht, als würde er dem Mann Sympathie entgegenbringen. Ich weiß nicht, was dieser Mann getan hat, aber es muss etwas mit Freddie zu tun haben. Miles möchte nicht darüber sprechen."

„Hätte Lord Lovelace einen Grund dazu zu lügen?", fragte Madeleine, doch keiner von ihnen hatte eine Antwort darauf.

Lady Anne stand im Türrahmen und rang die Hände. Rose ergriff ihre Hände und führte sie zu einem Stuhl direkt neben Georgie.

„Anne", sagte Rose fest und ging vor ihr in die Hocke. „Geht es Ihnen gut?"

Anne nickte. „Ich denke schon. Es war nur ein Schock."

„Warum waren Sie allein draußen im Regen?"

„Ich rannte von der Kutsche aus. Meine Mutter begleitete mich, doch sie weigerte sich, in den Regen zu treten. Wir erhielten die Nachricht meines Cousins, als wir gerade nach London aufbrechen wollten. Ich bestand darauf, dass wir zuerst noch hier anhielten, denn Perry musste es erfahren."

Sie schaute auf zu Roses Gemahl, der sich noch immer gegen die Wand lehnte, sein Gesicht zeigte Schock.

„Ich kann es kaum glauben", murmelte er. „Nach all der Zeit. Aber wo hat er sich aufgehalten und warum ist er nicht nachhause zurückgekehrt?"

„Ich glaube, bei diesen Fragen kann ich helfen", sagte Georgie und alle drehten sich mit großen Augen zu ihr um.

Nun ja, sie konnte ihnen tatsächlich einiges von dem erzählen, was sie wissen mussten, wenn sie auch nicht sagen konnte, wo er ein ganzes Jahr lang geblieben war, bevor er wieder auftauchte. Aber wie könnte sie auch nur eines von Leos Geheimnissen preisgeben, wenn sie nicht einmal wusste, was ihn überhaupt von seiner Familie ferngehalten hatte? Sie musste ihn erst finden und all dem auf den Grund gehen.

„Ich werde alles tun, was ich kann, um ihn zu finden", versprach sie.

„Genau wie ich", sagte Drake, und Georgie schloss für einen Augenblick die Augen. Sie wünschte wirklich, Drake würde sich da raushalten. Doch wie sollte sie ihrem Kollegen erklären, warum sie dies allein tun musste?

Darauf würde sie später eine Antwort finden müssen. Im Moment nickte sie einfach kurz mit einem steifen Lächeln.

„Nun", sagte Rose und tätschelte Annes Knie. „Sie müssen überglücklich sein."

Anne schaute auf, ließ ihren Blick durch den Raum gleiten und in ihren Augen schimmerten Tränen, während ihre Lippen zitterten. „Ich bin froh, dass er lebt, falls das, was mein Cousin sagt, wahr ist. Leo war ... ist eine ziemliche Macht und tief in seinem Herzen ein guter Mann. Doch da ist noch etwas anderes", flüsterte sie. „Ich liebe ihn nicht mehr."

Niemals hätte Leo gedacht, dass er einmal ein solches Leben führen würde. Er war in eines der vornehmsten Häuser Mayfairs eingebrochen. Ja, es war sein eigenes Zuhause, doch niemand hätte ihm dies geglaubt, wenn man ihn erwischt hätte. In seinen gebrauchten Kleidern, von denen die Jacke lange Zeit nicht mehr gewaschen worden war, sah er kein bisschen mehr aus wie ein zukünftiger Graf.

Und er hatte Geld und Kleidung gestohlen. Obwohl auch dies ihm eigentlich gehörte. Trotzdem würde sich immer noch jeder, der ihn in seinem derzeitigen Zustand träfe, wundern, wie ein Mann wie er so weit sinken konnte. Und nun hatte er ein Zimmer in einem zwielichtigen Wirtshaus gemietet. Hoffentlich würde er nicht allzu viel Zeit hier verbringen müssen. Doch es ließ sich nicht einschätzen, wann er in sein Zuhause und sein Leben würde zurückkehren können.

Er strich mit einer Hand durch sein Haar und zwang sich dazu, ein Bild von Lady Anne Fitzgerald heraufzubeschwören, ein Bild der Frau, die er offensichtlich geliebt hatte und heiraten wollte.

Doch wann immer seine Gedanken zu seiner zukünftigen Gemahlin wanderten, konnte er nur an Georgie denken.

Er ging hinüber zur Waschschüssel und spritzte Wasser in sein Gesicht, bevor er für sein abendliches Vorhaben schwarze Kleider anzog. Lord Lovelace hatte ihn im Garten der Keswicks angegriffen – und es war nicht das erste Mal gewesen, dachte Leo grimmig. Es schmerzte noch immer, dass dieser Mann ihn vor über einem Jahr besiegt und dann auch noch ein ganzes Jahr von Leos Leben gestohlen hatte. Nun musste Leo herausfinden, ob Lovelace Komplizen hatte und wie er die Schuld des Mannes beweisen konnte. Erst dann konnte Leo wirklich sein altes Leben wieder aufnehmen. Denn er musste sicherstellen, dass sie weder für ihn noch für seine Familie wieder eine Gefahr darstellen würden.

Und dann … würde er wohl wieder Lord Richmond werden.

Er war sich nicht sicher, ob er Lady Anne tatsächlich noch heiraten konnte. Er nahm an, er könnte es aus Pflichtgefühl tun, aber aus Liebe? Er konnte nicht sagen, ob solche Gefühle für sie noch existierten. Er mochte sie noch immer, doch nun war er sicher, dass das, was er zuvor für sie empfunden hatte, keine Liebe war. Liebe war das, was zwischen Georgie und ihm zu wachsen begonnen hatte.

Nur war er sich bei einer Sache ganz sicher. Georgie würde ihn nicht heiraten. Nicht, wenn sie herausfand, wer er war und was er getan hatte.

Und sie würde es herausfinden. Solche Geheimnisse kamen stets von selbst ans Licht.

Nun schlüpfte er aus dem Wirtshaus, seinen Hut tief ins Gesicht gezogen. Er hatte ein Zimmer in Cheapside, nicht weit von Georgies Wohnung entfernt, gefunden. Er sagte sich selbst, dass es ein purer Zufall war, doch wem machte er etwas vor? Er wollte in ihrer Nähe sein. Auch wenn er sie nicht wirklich berühren konnte, so könnte er sie vielleicht von weitem sehen. Es war auch ein Risiko, da er ihr begegnen könnte, doch er war vorsichtig.

Er winkte eine Mietkutsche heran, die ihn nach Mayfair fahren sollte, und konnte die Erinnerungen an seine Fahrt mit Georgie in einem solchen Gefährt nicht unterdrücken. Wenn er da nur gewusst hätte, dass es eines der letzten Male sein würde, dass sie zusammen waren. Er würde sich den Moment noch intensiver eingeprägt haben. Er wäre einfach dankbar dafür gewesen, mit ihr zusammen sein zu dürfen, anstatt sich nach mehr zu sehnen.

Die Kutsche hielt einen Block von Lord Lovelaces Stadthaus entfernt, und Leo bezahlte, bevor er ausstieg. Er schlich sich die Straße hinunter und bog um die Ecke in den Hof. Bei dem Gedanken daran, was er zu tun im Begriff war, hämmerte sein Puls.

„Benötigst du Hilfe?"

Es gelang ihm gerade so, den Aufschrei zu unterdrücken, der seiner Kehle zu entweichen drohte, und er wirbelte herum. Eine Gestalt stand im Schatten. Er konnte sie nicht richtig sehen, doch diese Stimme würde er überall erkennen.

„Georgie", zischte er. „Was tust du hier?"

„Was *ich* hier tue?" Sie trat in das schwache Licht. „Ich glaube kaum, dass ich diejenige bin, die Fragen beantworten sollte. *Du* musst einiges erklären!"

Sie nahm einen zittrigen Atemzug, und es freute ihn, dass ihr Wiedersehen ihr genauso zusetzte wie ihm.

„Ich weiß, dies ist nicht die richtige Zeit noch der Ort, um darüber ausgiebig zu sprechen. Doch da du hier an Lord Lovelaces Haus bist, gehe ich davon aus, du weißt, dass du Leopold Richmond bist."

Er konnte nur nicken. „Ja."

„Wann kam die Erinnerung zurück?"

„Wie du schon sagtest, dies ist weder die Zeit noch der Ort, um darüber ausgiebig zu reden."

„Wann kam die Erinnerung zurück?"

Er seufzte und griff sich mit der Hand in die Haare. „Am Morgen nach der Maskerade."

„Ich verstehe." Offensichtlich verärgert, nickte sie knapp. „Und du wolltest nicht bleiben und es mir erzählen. Du hast es vorgezogen, eine Nachricht zu hinterlassen, in der nicht einmal etwas davon stand. Ich nehme an, das war einfacher."

„Georgie –"

„Es spielt keine Rolle mehr", sagte sie, hob eine Hand und weigerte sich, ihn anzuhören. „Ich hätte dich in Ruhe gelassen, damit du tun kannst, was auch immer du zu tun beabsichtigst, aber ich habe mein Wort gegeben, dich zu finden. Also tat ich es."

„Wie –"

„Das werde ich dir später erzählen. Sag mir nun, was wir an Lord Lovelaces Haus tun."

„Ich habe meine Gründe dafür, hier zu sein, Georgie", sagte er und trat näher an sie heran. „Ich habe keine Ahnung, woher du wusstest, dass ich hierherkommen würde, doch du musst dies nun auf sich beruhen lassen. Ich muss mich selbst darum kümmern."

„Das darfst du erzählen, wem immer du möchtest. Doch Tatsache ist, dass du kein Recht dazu hast, dieses Haus ohne Erlaubnis zu betreten. Was hast du also vor?"

Er trat noch näher heran. Sie wich nicht zurück, sondern hob ihr Kinn und begegnete seinem Blick. Sie besaß genau die richtige Größe. Für eine Frau war sie groß, was gut für ihn war, denn auch er war von beachtlicher Statur.

„Stelle mich nicht auf die Probe."

„Georgie", sagte er und setzte all seinen Charme ein, als er einen Zeigefinger unter ihr Kinn legte. „Du würdest mich niemals zur Rechenschaft ziehen."

Sie bedachte ihn mit einem herausfordernden Blick. „Ich kenne dich nicht einmal."

Er ließ seinen Finger ruckartig sinken, als hätte ihre Haut ihn verbrannt. Sie hatte recht. Sie kannte ihn nicht. Wusste nicht, wer er wirklich war.

„Nun gut", knurrte er. „Du kannst mit mir kommen. Aber wir müssen sehr vorsichtig sein."

„So scheint es." Er konnte regelrecht hören, wie sie mit den Augen rollte. „Wie oft bist du bisher in ein Haus eingebrochen?"

„Einmal."

„In dein Zuhause?"

„Ja." Er schaute überrascht zu ihr. „Woher weißt du das?"

„Deine Eltern kontaktierten mich und Drake und informierten uns, dass es dort einen Einbruch gab, während sie wegen Perrys Hochzeit verreist waren."

Bei diesen Worten schoss sein Kopf erneut zu ihr herum und er griff nach ihrem Arm. Er hatte nicht gehört, was er zu hören geglaubt hatte – oder?

„Was sagtest du gerade?"

„Ich sagte, deine Eltern kontaktierten mich, und –"

„Georgie", fiel er ihr ins Wort und hielt sich davon ab, sie zu schütteln, denn er war sich sicher, sie wusste genau, was er meinte. „Sagtest du, dass Perry geheiratet hat?"

„Genau", bestätigte sie mit einem Nicken.

„Wen?"

Sein Herz schlug schneller. Hatte Perry Anne geheiratet? Der selbstsüchtige Teil von ihm hoffte fast, dass er es getan hatte. Denn das würde bedeuten, dass Leo frei wäre. Aber es würde auch heißen, dass sich Perry grundlos an eine Frau gebunden und Leo ihm unbeabsichtigt die Chance auf sein

Glück gestohlen hatte. Oh Gott! Er verdeckte sein Gesicht mit der Hand und, als er zwischen den Fingern hindurchschaute, bemerkte er, dass Georgie ihn äußerst interessiert betrachtete.

„Keine Angst", sagte sie schließlich. "Er hat nicht deine Anne geheiratet. Rose Ellis wurde seine Gemahlin, eine Frau, die er in Lyme Regis traf."

„Oh", meinte Leo und seine Schultern fielen herab. „Gott sei Dank."

„Ja. Bleiben wir nun hier im Schatten stehen und warten darauf, dass man uns entdeckt? Oder gehen wir hinein?"

„Ich war bereits einmal hier", erklärte Leo, griff ihre Hand und zog sie in die Richtung, in der sich, wie er wusste, die Türen zum Garten befanden. Sie versuchte, ihm ihre Hand zu entreißen, doch er hielt sie fest. „Ich weiß nicht, ob sie die Hintertüren abgeschlossen haben."

„Es wäre dumm von ihnen, wenn es nicht so wäre."

Er zuckte mit den Schultern. „Die Menschen werden selbstgefällig, zumindest in solchen Umgebungen."

„Was genau hast du vor zu tun, wenn du erst einmal im Haus bist?"

„Ich muss in Lord Lovelaces Arbeitszimmer gelangen und nach Beweisen dafür suchen, dass er mein Verschwinden arrangierte. Ich wüsste auch gern, mit wem er zusammenarbeitet."

„Und was willst du dann tun?"

„Ihn davon überzeugen, wie schlecht es für seine Gesundheit sein würde, sollte er nicht aufgeben."

Er hörte die Schärfe in seiner Stimme, sah Georgies harten Blick und schaute schnell zur Seite. Deshalb war es besser, dass sie nicht mehr darüber wusste, wer er wirklich war, und keine Ahnung davon hatte, wie weit er gehen würde, um seinen Willen zu bekommen. Besonders, wenn es dabei um etwas ging, das sie nicht gutheißen würde – sondern tatsächlich die gegenteilige Reaktion bei ihr hervorrufen würde.

„Lass uns gehen."

Er führte sie die Treppen hinauf und ließ schließlich ihre Hand los, um mit seiner zu versuchen, die Tür zu öffnen.

Verschlossen.

„Verdammt", fluchte er und sie schob ihn mit der Hüfte aus dem Weg. Sie war ähnlich wie er ganz in Schwarz gekleidet, in Hosen, Jacke und Stiefeln. Ihr Haar war zu einem Zopf zusammengenommen, der sich um ihren Hals wand und in der Öffnung ihres Hemdes verschwand.

„Beweg dich", wies sie ihn an und er schluckte. Er war fast vollkommen überwältigt von ihren köstlichen Kurven und der Art, wie sie das Kommando übernahm.

Er hatte immer geglaubt, sich eine Frau zu wünschen, die sanftmütig war und darauf bedacht, ihm zu gefallen und zu tun, was er wollte.

Wie sehr er sich doch geirrt hatte.

Sie nahm ein paar Dinge aus ihrer Jackentasche, bevor sie sich vor der Tür niederkniete und sich an die Arbeit machte.

„Hast du einen Grund anzunehmen, dass jemand zuhause oder wach sein wird?", fragte sie leise, und er ging neben ihr in die Hocke, um zu sehen, wie sie mit einem schmalen Teil aus Metall das Schloss drehte.

„Ich habe Grund zur Annahme, dass Lord und Lady Lovelace heute Abend im Theater sein werden."

„Worauf basiert diese Annahme?"

„Lovelace hat eine spezielle Vorliebe für die Opernsängerin, die heute Abend singt."

„Ich verstehe."

Leo genoss es, dass sie keine unschuldige junge Dame war und er mit ihr frei sprechen konnte, ohne Angst haben zu müssen, dass sie bei der Erwähnung von etwas, das auch nur im Entferntesten als skandalös gelten könnte, ohnmächtig wurde.

„Die Dienerschaft wird also unsere einzige Sorge sein."

„Ja, aber hoffentlich haben sie keinen Grund dazu, in Lovelaces Arbeitszimmer zu sein. Es wird nur darum gehen, den Weg dorthin zu finden."

„Welcher Raum ist hier dahinter?", fragte sie, als sich die Tür nach einem Klicken öffnen ließ, und er sie hätte küssen können.

„Ich glaube eine Art Empfangsraum."

„Wie oft warst du schon hier?" Sie ignorierte die Hand, die er ihr anbot, und erhob sich allein.

„Einmal."

„Wann?"

„Vor ein paar Jahren."

Der Blick, den sie ihm zuwarf, ließ ihn sich erneut wie ein vollkommener Dummkopf fühlen, doch dagegen konnte er jetzt nichts tun. Er schob die Tür auf und bedeutete ihr, einzutreten.

„Nach dir."

Das war ein Fehler. Denn nun musste er ihr wundervolles Hinterteil in diesen engen Hosen betrachten, als sie an ihm vorbeiging. Der Raum war dunkel, der Kamin kalt. Georgie stand an seiner Seite und gab ihm mit einer Hand ein Zeichen, hinter sie zu treten, während der Zeigefinger der anderen auf ihren Lippen lag. Leo nickte und sie schauten um die Tür, die zum Flur führte, herum. Nach ihrer Geste nach zu urteilen, schien sich dort niemand aufzuhalten, und er trat durch die Tür, um nun die Führung zu übernehmen und ihr zu zeigen, wo er das Arbeitszimmer vermutete. Die Tür stand zum Glück offen und sie schlüpfte hinter ihm hinein, während er bereits eine Kerze anzündete, damit sie sehen konnten, was sie taten.

„Und was tun wir nun? Durchsuchen wir einfach alles?"

Leo zuckte mit den Schultern. „Das war mein Plan."

Sie schien nicht sonderlich beeindruckt davon zu sein. „Gut, aber beeile dich", sagte sie. „Wir werden mitnehmen, was wir benötigen, und es an einem anderen Ort lesen."

„Was, wenn er bemerkt, dass etwas fehlt?"

„Kümmert es dich?"

„Ich denke nicht."

„Nach was genau suchen wir?"

Leo rieb sich über die Stirn. Er war sich nicht sicher, wie viel er ihr im Moment erklären konnte.

„Beweise. Alles, was offensichtlich mit meiner Person zu tun hat. Vielleicht mit einem Treffen mit mir im Red Lion Club oder einem Transportschiff mit Ziel New South Wales."

Sie hielt überrascht inne. „Was genau hat sich zugetragen?"

„Ich werde es dir später erzählen."

„Ich habe so viele Fragen."

„Ich weiß."

Schweigend arbeiteten sie einige Zeit systematisch zusammen, Leo durchsuchte eine Seite des Schreibtischs, Georgie die andere.

Aus Frustration hätte Georgie am liebsten eine Tür zugeschlagen und, als Leo zu ihr hinüberschaute, bemerkte er, dass sie ihn finster anschaute.

„Es lässt mich fast aus der Haut fahren, dass ich mit einem geschlossenen Auge suchen muss."

„Was meinst du –"

„Wie soll ich wissen, nach was ich suchen soll, wenn du mir nicht die ganze Geschichte erzählen willst und was zwischen dir und Lord Lovelace vorgefallen ist?"

Schnell schaute er wieder in die Schublade vor sich, richtete seine Konzentration erneut auf die Suche. „Ich habe dich nicht darum gebeten, mich hierher zu begleiten."

„Und ich habe dich nicht darum gebeten, bewusstlos auf einer Holzplanke durch die Themse zu gleiten, und doch hast du es getan."

Eine Notiz zog seine Aufmerksamkeit auf sich. Er ergriff sie und überflog sie schnell. Das war etwas. Eine Information, die er gebrauchen konnte.

„Was hast du da?", wollte Georgie wissen und trat hinter ihn.

„Es ist eine Notiz, mit der Lovelace aufgefordert wird, seine Schulden zu begleichen."

„Von wem stammt sie?"

„Von einem Mann, mit dem er nichts zu tun haben sollte."

„Du bist wirklich entnervend."

„Das tut mir leid", sagte er schnell und steckte die Nachricht in sein Hemd. „Aber ich kann dies gegen ihn verwenden, ihn vielleicht erpressen."

„Denkst du wirklich, das ist die richtige Vorgehensweise?"

„Es könnte in diesem Fall die einzige sein." Er durchwühlte weiter die Schubladen, und Georgie, offenkundig immer mehr frustriert, weil sie nicht wusste, nach was sie suchen sollte, räumte hinter ihm wieder auf.

„Was ist damit?", fragte sie.

„Womit?"

„Er bewahrt hier einen Kalender mit Eintragungen auf." Sie legte ihn auf den Schreibtisch und blätterte darin zurück.

„Wann hast du ihn getroffen? Welchen Zeitraum sollen wir durchschauen?"

„Die Eintragungen, die ungefähr ein Jahr zurückliegen."

„Hier ist es."

„Perfekt."

Sie ließ ihren Finger über die Seiten gleiten, doch plötzlich erklangen vor der Tür Schritte.

Erschrocken schauten sie sich gegenseitig an, dann blies Georgie die Kerze aus, nahm das Buch und ließ sich genau in dem Moment mit Leo unter den Schreibtisch gleiten, als sich die Tür öffnete.

KAPITEL 13

„Ich habe nicht viel Zeit.“

Es musste Lovelaces Stimme sein, die dorthin drang, wo sie sich unter dem Schreibtisch zusammengekauert hatten. Natürlich saß Georgie zwischen Leos Beinen. Es war weit davon entfernt, ideal zu sein, und doch schien es die einzige Möglichkeit zu sein, wie sie beide in den kleinen Bereich darunter passten. Georgie nahm einen tiefen Atemzug und versuchte ihr schnell schlagendes Herz zu beruhigen. Sie redete sich selbst ein, dass der Grund dafür ihre prekäre Situation war und nicht ihre Nähe zu Leo.

Sein Atem strich über ihre Wange und die Rückseite ihres Ohres, was sie erschaudern ließ, während die Stimmen näher kamen.

„Ich sagte Margaret, dass mir nicht wohl sei, als ich ging, und sie wird mit ihrem Bruder und dessen Gemahlin nachhause kommen.“

„Es sieht dir gar nicht ähnlich, darauf zu verzichten, Victoria Weatherington zu sehen – ob nun auf der Bühne oder anderswo.“

„Ich werde später mehr von ihr sehen. Kommen wir nun zur Sache. Wir wissen, dass Richmond lebt."

„Ja."

Bei der Boshaftigkeit in der Stimme des anderen Mannes umklammerte Georgie Leos Bein, trotzdem sie sich solche Vertrautheiten nicht gestatten wollte.

„Wie ist das möglich? Ich sah, wie du ihn vor mehr als einem Jahr getötet hast."

„Offensichtlich war er nicht wirklich tot."

„Hast du ihn seit dem Ball der Keswicks nochmals gesehen? Können wir sicher sein, dass er es war?"

„Daran besteht kein Zweifel."

„Wo hält er sich seitdem auf?"

„Ich hoffe, er wird tot und begraben bleiben. Vielleicht hat die Bedrohung seines Lebens ausgereicht, dass er verschwunden bleibt."

Ein Schnaufen erklang. „Lovelace. Wie dumm bist du?"

Georgie spürte, wie Leo zustimmend nickte.

„Die Vergangenheit zählt nicht länger", fuhr der andere Mann fort. „Ich habe gehört, dass er ein weiteres Mal gesehen wurde. Wir müssen entscheiden, was wir tun werden, und wir müssen schnell zu dieser Entscheidung gelangen, bevor diese Angelegenheit außer Kontrolle gerät."

„Was schlägst du also vor?"

„Wir heuern jemanden an, der ihn für uns aus dem Weg schafft."

„So haben wir bereits versucht, seine Leiche loszuwerden. Und es hat augenscheinlich nicht funktioniert."

„Ich weiß. Der Mann sagte, er hätte bemerkt, dass er noch amtete, als er ihn in die Themse werfen wollte. Da er kein Mitglied des Adels töten wollte, versteckte er ihn auf einem Handelsschiff und hoffte, er wäre tot, bevor man ihn entdeckte. Das Duell würde mir keine allzu großen Sorgen mehr bereiten, aber dies …"

Bei dem Gedanken daran, dass man Leo zum Sterben zurückgelassen hatte, riss Georgie die Augen auf. Dass es ihm gelungen war zu überleben, kam einem Wunder gleich. Dass er noch immer hier war … Ihre Finger verkrampften sich an seinem Bein, bis er zusammenzuckte, was sie erkennen ließ, dass sie ihm wehgetan haben musste. Sofort ließ sie los.

„Gut", sagte der andere Mann. „Lassen wir denselben Mann die Arbeit erledigen. Er mag beim ersten Mal nicht erfolgreich gewesen sein, doch je weniger Menschen eingeweiht sind desto besser.

„Marbury … ich frage mich, ob es dies wirklich wert ist."

Es herrschte angespannte Stille.

„Möchtest du wegen versuchten Mordes angeklagt werden? Duelle sind verboten und du warst derjenige, der schoss. Dies und Verrat sind die einzigen Verbrechen, für die ein Adliger gehängt werden kann."

„Natürlich möchte ich das nicht."

„Also müssen wir Richmond zum Schweigen bringen, bevor alles ans Licht kommt. Verstanden?"

„Gut", meinte Lovelace mürrisch. „Ich werde meinen Handlanger kontaktieren. Wäre das alles?"

„Es ist alles, was wirklich zählt!"

„Ich werde dich auf dem Laufenden halten."

„Tu das."

Schritte entfernten sich, und Georgie wartete noch einen Augenblick, nachdem sie das Geräusch der sich schließenden Tür vernahm. Dann nahm sie einen tiefen Atemzug und glitt langsam unter dem massiven Schreibtisch hervor. Als sie auf die Füße kam, floss das Blut langsam wieder in ihre Beine zurück. Das Kribbeln ließ sie leicht zusammenzucken, bevor es schließlich nachließ.

Einige von Leos Knochen knackten, als auch er sich aufrichtete.

„Wir haben nun, was wir brauchen", flüsterte er in ihr Ohr, während er ihren Ellbogen ergriff. „Lass uns gehen."

Sie schaute hinunter auf den alten Kalender vor ihr und schob ihn in ihre Jacke, bevor sie Leo zur Tür folgte.

„Wir können nicht wieder den Weg durch den Flur nehmen", sagte sie. „Da wir nun wissen, dass Lovelace zuhause ist und sein Personal vermutlich für ihn verschiedene Dinge vorbereitet, ist es zu riskant."

„Was schlägst du vor?"

Sie durchquerte den Raum, schaute aus dem Fenster und nickte dann.

„Wir nehmen diesen Weg."

Sie schob das Fenster auf und schwang ein Bein über den Sims, um hinauszuklettern, als Leo ihr eine Hand auf die Schulter legte. Verflucht, warum löste seine Berührung noch immer ein Kribbeln aus, das durch ihre Adern genau zu dem Ort raste, an dem sie sich nach ihm sehnte?

„Wenn wir schon aus einem Fenster springen, so erlaube mir, es als Erster zu tun."

„Gut."

Sie trat zurück und deutete mit dem Arm vor sich, woraufhin er ihr mit einem selbstgefälligen Grinsen einen Blick zuwarf, als wollte er sagen: „Schau genau zu." Sie hob eine Augenbraue und beobachtete, als er sich geschmeidig aus dem Fenster schwang – und geradewegs in einem Rosenbusch landete.

„Au", jaulte er, und sie streckte ihren Kopf aus dem Fenster, um ihn zu ermahnen, leise zu sein. Sein Stolz würde noch dafür sorgen, dass man sie erwischte. Nun schwang sie sich selbst aus dem Fenster, vermied aber den Busch, der Leo in die Falle gelockt hatte, und schließlich schlichen sie beide an der Mauer entlang in Richtung Straße.

„Wie bist du hierhergekommen?", fragte Georgie.

„Mit einer Mietkutsche."

Sie nickte. „Dann müssen wir wieder eine finden."

Sie gingen weiter bis zur Hauptstraße. Bevor Leo dann etwas sagen konnte, nannte Georgie dem Kutscher die Anschrift des Wirtshauses, in dem Leo ein Zimmer gemietet hatte. Schockiert starrte er sie an, und nun war sie an der Reihe, selbstgefällig zu grinsen.

„Ich bin eine bessere Detektivin, als es bisher für dich den Anschein machen musste", meinte sie, während sie in die Kutsche stiegen. „Doch die Tatsache, dass ich dich so leicht finden konnte, bedeutet, dass du in diesem Wirtshaus nicht sicher bist. Wir werden deine Habseligkeiten abholen und zu meiner Wohnung zurückkehren."

„Nein", sagte er mit einem Kopfschütteln und ließ sie nicht weitersprechen. „Ich kann nicht wieder bei dir unterkommen."

„Ich weiß, dass es nicht ideal ist", räumte sie ein. „Du bist einer anderen Frau versprochen und, wenn jemals jemand davon erfahren würde, dass du in meiner Wohnung gelebt hast, hätte das schwerwiegende Folgen. Aber ich kenne keinen besseren Weg, um deine Sicherheit zu gewährleisten."

Er schnaufte. „Ich bin ein erwachsener Mann und kann selbst auf mich aufpassen."

Sie schaute ihn eindringlich an. „Das mag der Fall sein, aber du brauchst einen Ort, an dem du dich verstecken kannst, einen Ort, an dem dich niemand vermutet. Meine Wohnung ist für dich im Augenblick die beste Wahl, ob es dir gefällt oder nicht."

Es war mehr als offensichtlich, dass er keine weitere Zeit mit ihr verbringen wollte. Dass er nicht nur ein Mitglied der feinen Gesellschaft war, sondern ein zukünftiger Graf. Einer, auf den eine Braut und weit wichtigere Verpflichtungen warteten.

Es sollte ihr gleichgültig sein. Sie sollte ihn im Wirtshaus lassen, sollte ihn das alles selbst klären lassen, selbst wenn er so riskierte, getötet zu werden.

Doch sie konnte es einfach nicht zulassen, dass jemand, der ihr wichtig war, sich in Gefahr brachte.

Verflucht, aber er war ihr wichtig, ganz gleich wie sehr sie dagegen ankämpfte.

„Ich bin nicht der Mann, für den du mich hältst", sagte er, als könnte er ihre Gedanken lesen. „Du kennst mich nicht."

„Ich kenne Lord Richmond nicht, das stimmt", sagte sie schnell. „Doch ich weiß, wer du bist, Leo. Du magst für kurze Zeit dein Gedächtnis verloren haben, aber das bedeutet nicht, dass du nicht noch immer derselbe Mann bist, den ich in mein Heim brachte, weil er mich anflehte. Damals vertraute ich dir und das tue ich noch immer."

„Das solltest du nicht."

Sie zuckte mit den Schultern. „Ich tue es aber."

Die Mietkutsche hielt an und Leo bedachte sie mit einem finsteren Blick, als würde er innerlich einen Kampf ausfechten.

Schließlich seufzte er. Offensichtlich wurde ihm klar, dass sie noch dickköpfiger war als er.

„Gut", sagte er. „Ich werde meine Sachen holen."

* * *

Sie hatten beide so viel zu sagen, dass es fast unmöglich zu entscheiden schien, wo sie beginnen sollten.

Sie waren in Georgies Wohnung zurückgekehrt und Leo überlegte, wie seltsam es war, dass es sich mehr danach anfühlte, nachhause zu kommen, als das Betreten seines Elternhauses ihm das Gefühl vermittelt hatte.

Sofort wurde ihm bewusst, warum dies so war.

Wegen der Frau selbst. Er hasste es, sich dies eingestehen zu müssen, denn es gab nichts, was er dagegen tun konnte.

Sie hatten sich vor dem Kamin niedergelassen. Es wäre wohl besser gewesen, wenn sie sich beide zu Bett begeben hätten, doch keiner von ihnen schien dazu geneigt zu sein.

Die üblicherweise sehr gesprächige Georgie schien sich entschieden zu haben, zu schweigen, und Leo mochte dies kein bisschen.

„Erzähle mir von meinem Bruder", begann er schließlich. „Woher kennst du ihn?"

„Es scheint ihm gut zu gehen. Er wirkt glücklich. Ich kenne ihn aber nicht sehr gut", sagte sie und ließ ihren Kaffee in der Tasse kreisen. Sie hielt ihn so dicht an sich, als könnte er sie durch und durch wärmen – etwas, das er sich zu tun sehnte. „Ich bin mit seiner Gemahlin, Rose, befreundet. Wir lernten uns durch Alice kennen."

„Ich verstehe."

„Die Welt kann manchmal erschreckend klein sein, nicht wahr?", meinte sie nachdenklich, während ihr Blick weiter auf das Feuer im Kamin gerichtet blieb. Diese Seite an ihr kannte er bisher noch nicht und er war sich nicht sicher, ob er sie mochte. Er bevorzugte die Seite, die alle Vorsicht in den Wind schlug, die einen Fremden mit nachhause nahm, um ihn zu retten, die aus Fenstern sprang und in Hosen über die Straße lief. „Besonders London."

„Ja, das stimmt wohl."

„Lady Anne weiß, dass du am Leben bist", sagte sie schließlich und richtete ihren intensiven Blick auf ihn. „Wir waren in Lyme Regis, auf Grayside. Dort haben sich Perry und Rose erst einmal niedergelassen."

„Perry war immer schon gern dort", sagte er und ging über ihre ersten Worte hinweg.

„Ja", meinte sie mit einem angespannten Lächeln. „Wir aßen an unserem letzten Abend in Lyme zusammen, als Lady Anne mit der Nachricht von deiner Auferstehung erschien.

Ihr Cousin hatte sie informiert, der offensichtlich mit Lovelace befreundet ist."

„Ihr Cousin", erklärte er und hielt seinen Körper möglichst steif, um ihr nicht zu zeigen, wie wütend er war. „Das war der Mann, der heute Abend auch in Lovelaces Arbeitszimmer war."

„Oh!" Georgies Augenbrauen wanderten nach oben, während sie an ihrem Kaffee nippte. „Nun, das macht die Dinge besonders interessant."

„Nicht wahr?"

„Jedenfalls erzählte sie uns, dass Leo – du – am Leben ist. Ich kannte tatsächlich deinen Namen – beziehungsweise den Namen des früheren Lord Richmond, Perrys Bruder – nicht bis zu diesem Abend. Ich wusste nur nicht, ob du eine Ahnung von deiner wirklichen Identität hattest. Nun weiß ich es."

„Nun weißt du es. Nachdem Lovelace am Abend der Maskerade meinen Namen sagte, kamen die Erinnerungen nach und nach zurück. Wie hast du mich gefunden?"

„Es war nicht sonderlich schwierig. Als ich erkannte, dass du dein eigenes Geld gestohlen hattest, überlegte ich, welche Unterkunft du dir wohl leisten könntest, die noch immer nah genug an dem Ort war, zu dem du Zugang benötigen würdest. Ich fragte einige meiner Kontakte und Gastwirte. Schnell hat man dich erkannt. Dann folgte ich dir zu Lovelaces Haus."

„Warum hast du mich nicht sofort konfrontiert?"

„Ich wollte sehen, was du vorhast."

„Ich verstehe. Hast *du* irgendjemand erzählt, dass ich lebe?"

Für einen Augenblick betrachtete sie ihn, bevor sie schließlich den Kopf schüttelte. „Nein. Ich wusste noch nicht, welcher Gefahr du dich gegenübersahst, und war der Meinung, dass es mir nicht zusteht, deiner Familie etwas zu erzählen, bevor ich nicht nochmals mit dir gesprochen habe."

„Und nun?"

„Nun weiß ich einfach nicht, was ich mit dir tun soll." Sie ließ lang und langsam den Atem entweichen. „Ich denke, wir sollten Drake einweihen, damit er uns helfen kann."

„Nein."

„Er wird diskret vorgehen", sagte sie fest. „Er hat mehr Kontakte als ich. Außerdem bin ich mir sicher, dass er dir helfen kann, und er sucht ohnehin bereits nach dir."

Leo verschränkte die Arme vor der Brust und studierte ihren entschlossenen Gesichtsausdruck. Sein Gefühl sagte ihm, Georgina Jenkins war nicht daran gewöhnt, dass jemand nein zu ihr sagte.

„Es sei denn …", fuhr sie fort.

„Ja?"

„Du möchtest mir verraten, was genau du vor mir verheimlichst."

„Ich verheimliche nichts vor dir."

Nur die Tatsache, dass er tatsächlich alles war, was sie hasste. Wenn er ihr die volle Wahrheit erzählte – dass er genau der Mann war, den sie so verachtete – würde dies das Ende bedeuten.

„Wie hast du solch schwere Verletzungen überlebt?"

Er schloss die Augen, als er sich an die Schmerzen erinnerte. Er war sicher gewesen, zu sterben – und alles nur wegen einem mehr als unklugen Duell mit Lovelace. Und doch würde er es immer wieder tun.

„An Bord gab es einen Arzt, der Krankheiten und Verletzungen behandelte. Die Reise war lang. Sehr lang. Als ich schließlich alle davon überzeugte, dass ich nicht auf ihrer Ladungsliste stand, kümmerten sie sich etwas mehr um mich." Er grinste und zuckte mit den Schultern. „Und dann war da noch mein dickköpfiger Wille zu überleben."

„Wie ging es weiter?“

„Ich lernte von ihnen. Als wir in New South Wales ankamen, bat ich darum, mit ihnen zurücksegeln zu dürfen. Ich versprach, mich nützlich zu machen, und überzeugte sie davon, dass es sich für sie auszahlen würde, wenn ich der war, der ich zu sein erklärte.“

„Und dann kam es zu der Explosion.“

Er nickte langsam. „Nach all der Zeit, explodierte dieses verfluchte Schiff kurz vor London. Es ist kaum zu glauben, dass jeder es schaffte, herunterzukommen.“

„Einschließlich dir.“

Er nickte. „Einschließlich mir.“

Sie saßen schweigend beisammen, während sie ihn betrachtete, Anspannung machte sich in der Luft zwischen ihnen breit.

„Gut“, sagte sie schließlich und brach die Stille. „Dann werde ich Drake bitten, sich mit uns zu treffen.“

Er seufzte und rieb sich die Stirn, während er akzeptierte, dass er nicht gewinnen würde, ohne etwas preiszugeben. Doch er konnte ihr auf keinen Fall die volle Wahrheit offenbaren.

„Wie geht es Lady Anne?“

Georgie versteifte sich, ihre Fingerknöchel wurden weiß, so fest hielt sie ihre Tasse.

„Es geht ihr tatsächlich gut.“

„Es freut mich, das zu hören.“

Ihre Unterhaltung war gestelzt. Unangenehm. Was kein Wunder war, da ein Verlangen in der Luft lag, das sie nicht stillen konnten – nicht, solang Lady Anne zwischen ihnen stand.

„Wie hat sie auf meine Rückkehr ins Leben reagiert?“

Erneut wollte Georgie seinem Blick nicht begegnen und starrte wieder ins Feuer.

„Ich denke, du solltest selbst mit ihr sprechen.“

„Georgie, das Wichtigste ist, mich von allen fernzuhalten, damit sie sicher sind. Verflucht, ich sollte nicht einmal hier sein, aber –“

Sie drehte den Kopf und schaute ihn wieder an. „Sie verdient es, die Wahrheit zu erfahren, und vielleicht hat sie dir einiges zu sagen. Zuerst dachte sie, du seist tot, und nun steht ihr ganzes Leben still, bis sie dich findet. Das ist ihr gegenüber nicht fair.“

Er ließ die Schultern hängen.

„Du hast Recht. Natürlich hast du Recht. Gibt es eine Möglichkeit, ein geheimes Treffen zu arrangieren?“

Sie streckte ihre langen Beine vor sich aus. „Tatsächlich glaube ich, dass der beste Ort für so etwas vielleicht genau der ist, an dem dich niemand vermuten würde.“

„Und der wäre?“

„Bei dir zuhause. Marschiere einfach durch die Tür.“

Jedoch entschieden sie, dass die Vordertür vielleicht nicht die beste Idee wäre. Aber die Wahl des Ortes blieb.

Georgie starrte auf das Haus vor ihr. Hier lebte Leo also, wenn er in London war. Ihre eigenen Räumlichkeiten passten vermutlich in einen Salon. Und dies war nur eines ihrer Häuser. Was machte jemand mit so viel Platz?

Nicht, dass sie dies nun herausfinden würde.

Sie begann ein bisschen zu verstehen, warum Rose zunächst so besorgt darüber war, Perry zu heiraten.

„Ich habe mit dem Butler gesprochen", sagte Georgie. „Er versprach, uns durch den Dienstboteneingang hineinzulassen."

„Wirklich?", erklang Leos dunkle Stimme in ihrem Ohr und sie hasste und liebte es gleichermaßen, dass ihr dabei ein Schauer über den Rücken lief.

Leo klang überrascht, und Georgie verstand, warum. Der Butler war sehr ängstlich gewesen, als sie sich ihm als Detektivin der Bow Street vorgestellt hatte, doch Georgie konnte sehr überzeugend sein, wenn sie wollte. Sie mochte nicht die lieblichste oder keckste Frau sein, aber sie war dazu in der Lage, zu erkennen, was anderen etwas bedeutete, und es dann einzusetzen, um zu bekommen, was sie wollte.

„Nun, wenn du Collins von einem derart fragwürdigen Plan überzeugen konntest, dann traue ich dir alles zu."

Georgie grinste zufrieden. „Man sollte mich nicht unterschätzen."

Er schenkte ihr einen Blick, der sie wissen ließ, dass es ihn irgendwie ärgerte, es selbst getan zu haben. Solang er daraus gelernt hatte, war es gut.

Sie trugen nicht besonders gut sitzende Kleidung, doch diese passte zu Händlern, die von Tür zu Tür gingen, um ihre Lebensmittel zu verkaufen. Genau diese Lebensmittel trugen sie zwischen sich. Georgie war in Männerkleider gehüllt und heute war ihr Haar vollständig unter ihrem Hut versteckt.

Sie konnte nur hoffen, dass Leos schlotterige Kleidung und die alte Kappe, die er tief ins Gesicht gezogen hatte, ausreichten, um jeden, der das Haus vielleicht beobachtete, davon zu überzeugen, dass er niemand von Bedeutung war.

Als sie sich dem Dienstboteneingang näherten, blieb Leo plötzlich wie angewurzelt stehen. Georgie erkannte seine Unsicherheit. Er würde nicht nur nach so langer Zeit seine Familie wiedersehen, sondern das Haus auch noch durch den Dienstboteneingang betreten, was er vermutlich noch nie zuvor getan hatte.

Sie entschied, die Dinge in die Hand zu nehmen, zumindest für den Augenblick.

„Achte darauf, dass deine Kappe tief sitzt", murmelte sie. „Collins ist informiert, dass er dies vor den anderen Bediensteten geheim halten soll. Je weniger Menschen eingeweiht sind desto besser."

„Und meine Familie?"

„Collins sagte mir, sie waren bei dem Gedanken daran,

dich nach so langer Zeit schließlich wiederzusehen, erleichtert, wenn auch ein bisschen misstrauisch."

Er nickte knapp, und sie sah Schuldgefühle in seinem Gesicht.

„Du musst dir keine Sorgen machen. Nichts von all dem war deine Schuld. Und als du endlich zurück warst, hast du nur getan, was du für das Beste für ihre Sicherheit hieltst", sagte sie, und er schaute verdrießlich zu ihr.

„Ein ganzes Jahr meines Lebens ist verloren. Und tue ich jetzt überhaupt das Richtige?"

Darauf hatte sie keine Antwort. Doch was sie wusste, war, dass Leo, seine Familie und Lady Anne nichts erreichen würden, indem sie herumsaßen und darauf warteten, dass etwas passierte.

Außerdem war es an der Zeit, dass Leo mit Lady Anne sprach. Georgie konnte Annes Vertrauen nicht verraten, und die beiden mussten dies unter sich klären. Wenn Anne Clark so liebte, wie sie es gesagt hatte, dann war es für sie wichtig, dass Leo sie weiterziehen ließ. Und was Leo anging ... nun, das war eine vollkommen andere Sache.

Normalerweise war Georgie von Reichtum nicht sonderlich beeindruckt, doch sie konnte nicht anders, als ihren Blick über all die Pracht schweifen zu lassen, während sie durch das Haus zu einem kleineren Zimmer im hinteren Teil gingen. Sie hatte einen etwas privateren Salon oder ein Arbeitszimmer vorgeschlagen, wo man sie nicht stören würde und weniger Mitglieder des Personals einen Grund hätten, einzutreten.

„Hier herein, Miss Jenkins. Lord Richmond."

Lord Richmond. Ihr Herz schmerzte.

Sie wollte ihren Leo zurück. Doch sie war sich bewusst, dass er mit der Rückkehr seiner Erinnerungen für sie für immer verloren war. Er würde nie wieder dieser Mann sein. Obwohl sie froh darüber war, dass er seinen Platz im Leben wiedergefunden hatte, würde sie immer um den Verlust des Mannes trauern, der ihr gehörte – für kurze Zeit, aber für eine Zeit, die sie niemals vergessen würde.

Sie trat zurück, um Leo durch die Tür vor ihr treten zu lassen, doch er griff hinter sich und fasste ihren Arm. Er würde es vermutlich niemals zugeben, weder ihr gegenüber noch sich selbst, aber sie war sich sicher, dass er sie in diesem Augenblick brauchte, auch wenn er nur seiner Familie gegenübertreten würde.

Er atmete hörbar durch und trat ein.

* * *

VERDAMMT, aber er war froh, dass Georgie bei ihm war. Irgendwie versicherte ihm ihre Anwesenheit, dass alles gut würde.

Auch wenn alle Hinweise auf das Gegenteil deuteten.

„Leo! Oh Leo!"

Seine Mutter eilte mit ausgestreckten Armen auf ihn zu. Er spürte, wie Georgie weiter in den Hintergrund glitt, während seine Mutter, eine Frau, die ihn selbst in seiner Kindheit selten umarmte, ihre Arme um ihn schlang. Seine Schwester folgte ihr und blieb schniefend hinter ihr stehen.

Er stand da wie angewurzelt, schockiert darüber, dass seine Mutter ihren Kopf an seiner Brust ruhen ließ, sich dann zurücklehnte und ihre Hände um seine Wangen legte. Das kalte Metall ihrer vielen Ringe streifte seine Haut.

„Ich kann es kaum glauben. Wir dachten, du wärest tot. Und das für so lange Zeit, Leopold. So furchtbar lang."

„Ich weiß, Mutter, und es tut mir leid. Es tut mir wirklich leid."

„Du musst uns alles erzählen."

„Ich werde euch alles sagen, was ich kann."

Was der Wahrheit entsprach. Er würde erzählen, was er

vor Georgie preisgeben konnte und sie alle nicht in Gefahr bringen würde.

„Du hast uns einen fürchterlichen Schrecken eingejagt", schimpfte seine Schwester, während sie die Tränen wegwischte. Sie gab ihm einen Klaps auf die Schulter, bevor sie sich vorbeugte, um ihn auch zu umarmen.

„Sohn."

Sein Vater, groß und hoheitsvoll wie immer, streckte ihm die Hand entgegen. Wohl wissend, dass dies die größtmögliche Offenbarung von Gefühlen war, zu der sein Vater jemals fähig war, griff er danach und schüttelte sie. Irrte er sich, oder war da ein zarter Tränenschleier in den Augen seines Vaters? Nein, das konnte nicht sein.

„Ich bin froh, dich lebendig und wohlauf zu sehen", fuhr sein Vater fort. „Außerdem bin ich daran interessiert, zu erfahren, wie genau man uns in diese schwierige Situation gebracht hat."

Leo schluckte schwer und nickte. Nein, da waren definitiv keine Tränen. Er hätte es besser wissen müssen. Es war ein Funke von Zorn, der in den Augen seines Vaters glomm – er wusste nur nicht genau, gegen wen er gerichtet war.

„Das verstehe ich, Vater, und schon bald wird alles Sinn ergeben."

„Das hoffe ich doch. Dein Bruder verdient auf jeden Fall eine Entschuldigung. Er und seine Ehefrau kehrten nur von Lyme Regis zurück, um auf deine Rückkehr zu uns zu warten."

Sein Bruder, den Leo bis jetzt nicht bemerkt hatte, stand in der Nähe des Sofas, einen Arm um eine Frau gelegt, die seine Gemahlin sein musste. Sie war sehr schön, vom Aussehen her vollkommen Perrys Gegenteil. Ihre Haut war braun, während Perry so blass war, dass man ihn im Kindesalter gehänselt hatte. Ihr Haar war so schwarz, wie seines hell war.

Leo hoffte, dass sie auch vom Gemüt her sein Gegenteil war, denn Perry benötigte jemanden, der ihn herausforderte. Da es ihm allerdings gelungen war, seine Eltern dazu zu bringen, dass er eine Frau seiner Wahl heiraten durfte, war seinem Bruder wohl so etwas wie ein Rückgrat gewachsen, während Leo fort war.

„Perry", sagte er und ein echtes Lächeln breitete sich auf seinem Gesicht aus, während er zu seinem Bruder hinüberging und den überraschten Perry, ohne zu zögern, in die Arme schloss. „Danke für alles, was du getan hast. Und ich entschuldige mich."

Perry nickte, obwohl sein Gesichtsausdruck bekümmert wirkte. „Es ist viel passiert, seit du das letzte Mal hier warst. Ich weiß, du hattest mich darum gebeten, auf Anne aufzupassen, und das tat ich auch, aber sie und ich, nun, also ich traf Rose und –"

„Diesbezüglich musst du dir keine Gedanken machen, Perry. Nun stelle mich bitte deiner Gemahlin vor, von der ich bereits so viel gehört habe."

„Natürlich", sagte Perry mit einem dankbaren Lächeln. „Leo, dies ist Rose."

Leo lächelte in der Hoffnung, ihr ein wenig die Befangenheit zu nehmen, und war überrascht, als sie eine seiner Hände in ihre beiden nahm.

„Ich kann Ihnen nicht sagen, wie glücklich wir waren, als wir hörten, dass Sie noch am Leben sind. Wir haben darauf gewartet, Sie endlich zu sehen."

Sie schaute zur Tür hinter ihm.

„Vielen Dank, Georgie."

Georgie sagte nichts und nickte nur. Leo sehnte sich danach, sie zu sich zu ziehen, damit sie an dem Moment teilnähme, anstatt im Türrahmen zu stehen wie ein Fremder oder ein Mitglied der Dienerschaft. Doch das konnte er nicht. Nicht jetzt.

„Nun, sollen wir?", sagte er und deutete auf die Sitzgelegenheiten des kleinen Salons. Daraufhin nahmen sie alle nebeneinander Platz.

Unsicher, wo er beginnen sollte, nahm Leo einen tiefen Atemzug.

„Was ich euch nun erzählen werde, muss unter uns bleiben, versteht ihr?"Sie stimmten alle zu, doch er musste sicher sein, dass sie dies wirklich verstanden.

Rose sah beunruhigt aus, aber sie nickte und ergriff Perrys Hand. Leo nickte ihr leicht zu. Er wusste ihre Loyalität der Familie gegenüber zu schätzen.

Dann schaute er zu Sarah, die nach unten auf ihre Hände starrte, die sie nervös gegeneinander rieb. Als spürte sie seine Augen auf sich, hob sie den Kopf, begegnete seinem Blick und gab ihm nickend die Erlaubnis, ihre Rolle in der Geschichte offenzulegen.

„Vor etwas mehr als einem Jahr gab es einen ... Vorfall. Auf dem Ball von Lord und Lady Alberta. Sarah hatte einen ruhigen Moment für sich benötigt, und Lord Lovelace trieb sie in dem Salon in die Enge."

Ihre Eltern versteiften sich und blickten schockiert zu Sarah.

„Warum bist du allein in einen anderen Raum gegangen?"

„Ich –"

„Das spielt nun keine Rolle mehr", unterbrach Leo und hörte den grimmigen Unterton seiner Worte, als er fortfuhr. „Lord Lovelace nahm sich ... Freiheiten heraus, obwohl Sarah ihn wiederholt aufforderte, sie in Ruhe zu lassen."

„Wie bitte?", brüllte ihr Vater, sprang auf und lief im Raum hin und her. Dann drehte er sich zu Sarah und fuhr sich mit der Hand durch die grauen Haare. Seine Stimme zeigte nun keine Verärgerung mehr, aber Schmerz. „Warum hast du uns nicht davon erzählt?"

„Ich –" Als Sarah aufschaute, standen Tränen in ihren

Augen. „Ich wusste nicht, ob mir jemand glauben würde, dass ich seine Aufmerksamkeiten nicht wollte. Er hat mich nicht … ruiniert, aber …“ Sie schniefte, ihre Worte nur noch ein Flüstern. „Es war entsetzlich.“

„Sarah erzählte mir davon, wollte jedoch eine ganze Zeit lang nicht preisgeben, wer er war, da sie wusste, dass man ihm nichts anhaben konnte. Und das war der Zeitpunkt, Vater, als ich mit dir über das Gesetz sprach. Der Gedanke, dass ein Mann bei so etwas ungestraft davonkommen konnte, machte mich wütend. Ein paar Wochen später hörte ich dann, wie Lovelace damit im Red Lion prahlte. Er wusste nicht, dass ich anwesend war“, sagte Leo, und die Worte klangen barsch. „Da ich nun wusste, dass er der Wüstling war, der Sarah angegriffen hatte, forderte ich ihn heraus.“

„Zu einem Duell?“

„Ja.“ Leo nickte. „Wir trafen uns am nächsten Tag im Morgengrauen.“

„Aber wer war dein Sekundant?“, wollte Perry wissen und sein Mund stand offen.

„Billings.“

„Billings? Aber er ist aus London verschwunden, seit … seit …“ Die Erkenntnis traf ihn. „Seit du vermisst wurdest. Er reiste auf den Kontinent und kehrte nicht zurück. Ich hörte, dass seine Schulden jedoch beglichen wurden.“

„Das ergibt Sinn“, murmelte Leo. „Ich weiß nicht, ob ich es wirklich über mich gebracht hätte, Lovelace zu töten, trotz allem, was er Sarah antat. Ich erinnere mich daran, gezielt zu haben, doch dann muss ich gezögert haben. Meine Erinnerungen sind etwas unklar. Lovelace schoss und … nun, ich glaubte, ich wäre tot. Alles wurde schwarz und das Nächste, an was ich mich entsinne, ist, dass ich mich auf einem Schiff befand, das auf dem Weg nach New South Wales war.“

Sie schauten ihn alle ungläubig an. In dem Bewusstsein,

wie weit hergeholt das alles klingen musste, kratzte er sich am Kopf. Doch es war wichtig, dass sie die Wahrheit erfuhren. Er erzählte ihnen von dem Schiffsarzt und wie er es geschafft hatte, wieder zurückzukehren.

„Warum hast du uns nicht geschrieben?", fragte Sarah und die Tränen liefen ihr nun über die Wangen.

Leo seufzte. „Ich war mir nicht ganz sicher, was mit Lovelace geschehen war oder ob er mich tot wähnte. Ich hielt es für das Beste, euch zunächst nicht darüber zu informieren, dass ich am Leben bin. Zuerst wollte ich Genaueres über die Gefahr in Erfahrung bringen und abschätzen, ob er versuchen würde, über euch an mich zu gelangen. Es ging mir um eure Sicherheit. Kurz bevor das Schiff dann in den Hafen einlaufen wollte, kam es zu einer Explosion. Eine Zeit lang konnte ich mich nur an Dinge nach diesem Vorfall erinnern. Ich trieb mit einem Stück Holz mitten in der Themse und stank, als würde ich verwesen, doch zumindest war ich am Leben. Als ich ans Ufer trieb, fand Geor – Miss Jenkins mich. Sie ist eine Detektivin der Bow Street", erklärte er seinen Eltern, die darüber bereits informiert zu sein schienen, da sie nur nickten. Er war überrascht. Sie schienen in letzter Zeit recht tolerant zu werden.

„Zu diesem Zeitpunkt hatte ich vollkommen vergessen, wer ich war. All meine Erinnerungen waren fort. Doch eines wusste ich instinktiv. Ich war in Gefahr und irgendwohin zu gehen, wo man mich erkennen könnte, wäre ein Fehler."

„Was hast du also getan?", fragte Sarah, lehnte sich vor, ihre Ellbogen auf die Knie gestützt, und starrte ihn mit den blaugrünen Augen an, die sie alle gemeinsam hatten.

„Ich überredete sie dazu, mich an einen Ort zu bringen, wo ich mich erholen konnte, während sie herauszufinden versuchte, wer ich war."

„Und dann?", fragte Perry.

„Ich ging mit ihr zur Maskerade der Keswicks, um zu

sehen, ob ich irgendjemanden erkennen würde. Allerdings erkannte Lovelace mich dort und sprach mich mit meinem Namen an. Ich weiß, es klingt vollkommen verrückt, doch es reichte, dass meine Erinnerungen wiederkamen. Ich wusste, dass ich nicht nach Hause kommen und euch alle in Gefahr bringen konnte. Doch ich wollte auch Miss Jenkins nicht länger der Bedrohung aussetzen. Also hinterließ ich eine Nachricht und verschwand. Sie nahm an deiner Hochzeit teil, Perry, wo sie dann von meinem – Lord Richmonds – Wiedererscheinen hörte. Da wurden ihr die Zusammenhänge schließlich klar, doch sie wollte zunächst nichts darüber offenbaren, sondern erst mit mir sprechen. Es ist ihr gelungen, mich erneut zu finden, und sie überzeugte mich davon, dass ich mit euch sprechen sollte – und Anne."

Er setzte sich in dem Stuhl zurück, den man offensichtlich aus dem Esszimmer hierhergebracht hatte.

Seine Familie saß einfach nur da und schaute ihn ungläubig an.

„Das ist mal eine Geschichte", sagte sein Vater mit ernster Stimme.

„Ja", stimmte Leo zu. „Ich weiß, dass Lovelace hinter allem steckt, doch ich kann ihm ohne Beweise nichts vorwerfen. Und selbst wenn ich welche hätte, müsste ich mich genauso verantworten, wenn ich versuchen würde, ihn und seinen Sekundanten wegen des Duells belangen zu lassen."

„Du glaubst, er wird erneut versuchen, dich zu töten?"

Leo zuckte mit den Schultern. „Es könnte sein. Er hat große Anstrengungen unternommen, um sicherzustellen, dass ich tot blieb."

„Dann töte ihn, bevor er dich töten kann."

Alle drehten sich zeitgleich zu Sarah um, die ihren Blicken nur mit einem Schulterzucken begegnete.

„Warum schaut ihr mich so an? Es ist die einzige Möglichkeit, seine Sicherheit zu gewährleisten."

„Georgie denkt, wir sollten doch versuchen, mit rechtlichen Mitteln gegen ihn vorzugehen. Sie muss nur genügend Beweise gegen ihn finden, damit er verurteilt wird."

Alle schauten nun zu Georgie, die nickte.

„Es entspricht allerdings der Wahrheit", sagte sie mit einer Stimme, die völlige Gelassenheit ausstrahlte, „dass man Leo auch zur Rechenschaft ziehen könnte. Doch die Lords werden sich vermutlich auf ihre Privilegien als Adlige berufen und letztendlich ungestraft davonkommen. Allerdings käme die Wahrheit ans Licht und du, Leo, – Entschuldigung – Sie, Lord Richmond wären frei."

„Aber ein Skandal würde an unserem Namen haften", sagte Leos Mutter, und Georgie nickte.

„Das ist möglich. Von solchen Dingen haben Sie mehr Ahnung als ich."

„Ist noch irgendjemand anderes darin verwickelt?", fragte Rose und schaute von einem zum anderen. „Es scheint nicht, als könnte ein Mann wie Lord Lovelace so etwas allein bewerkstelligen."

„Sein Sekundant", brummte Leo. „Lord Marbury."

Alle verharrten sprachlos für einen Augenblick, als ihnen bewusst wurde, mit was – oder wem – sie es zu tun hatten.

„Nun, Lord Richmond", sagte Rose und durchbrach die Stille, doch Leo unterbrach sie.

„Wir gehören zur gleichen Familie. Nenne mich Leo."

„Gerne. Leo, was gedenkst du nun zu tun?"

Eine sehr gute Frage.

„Ich –"

Bevor er weitersprechen konnte, erschien Collins in der Tür.

„Lady Montrose und Lady Anne Fitzgerald sind gekommen, um Sie zu sehen, Mylord."

KAPITEL 15

Leos Familie verließ den Raum – nun, alle bis auf Sarah, die ungerührt in ihrer Ecke des Sofas verharrte und aus dem Fenster starrte, als würden sie ihre Anwesenheit nicht bemerken, wenn sie sich nur gut genug anstrengte.

Leo stand und wartete, dass sie alle gingen und Lady Anne eintrat. Georgie war zuerst aus der Tür. Obwohl sie sich nicht mehr zu ihm umdrehte, konnte Leo die Anspannung in ihren Schultern erkennen.

„Sarah", zischte Leos Mutter schließlich, und Sarah hatte keine andere Wahl, als zu ihr zu schauen. Sie machte einen Schmollmund, als ihre Mutter winkte und sie aufforderte: „Raus!"

Also verließ sie den Raum, doch Leos Mutter blieb direkt bei der Tür stehen, als Lady Montrose und Lady Anne eintraten.

Anne lächelte ihn etwas zittrig an und nickte leicht, als sie vor ihm knickste, während Lady Montrose ihn schockiert betrachtete.

„Ich entschuldige mich für meinen Aufzug", sagte er und

schaute an sich selbst hinunter. „Geheimhaltung war von größter Bedeutung. Ich kann nicht alles erzählen, was sich zugetragen hat, doch ich befürchte, dass noch immer Gefahr lauern könnte."

„Ich … verstehe", sagte Lady Monrose, wobei ihre dünnen Augenbrauen so hoch wanderten, dass Leo befürchtete, sie könnten in ihrem Haaransatz verschwinden.

Anne erholte sich schneller.

„Ich bin so froh, Sie wohlbehalten zu sehen, Mylord", sagte sie und Leo nickte.

„Und ich muss mich dafür entschuldigen, so viel Kummer und Verwirrung verursacht zu haben."

„Ich bin sicher, es war nicht Ihre Schuld."

„Trotzdem."

Erst jetzt begriff er, dass er Lady Annes Ehre in Gefahr gebracht hatte, indem er sich für die seiner Familie eingesetzt hatte. Dies war ein Aspekt, über den er zuvor nicht nachgedacht hatte, und er begann zu erkennen, wie selbstsüchtig er vor seinem ungeplanten Exil war. Als sie sich gegenseitig schweigend anstarrten, wurde die Atmosphäre immer angespannter.

Trotzdem er seine Erinnerungen wiedererlangt hatte, fühlte sich Leo, als würde er einer Fremden gegenüberstehen. Waren sie immer derart formell miteinander umgegangen? Vielleicht hatten sie nur geglaubt, ineinander verliebt zu sein.

Hatten sie sich so geirrt? Empfand Anne es auch so? Und was würde er tun, wenn dem so wäre?

„Es ist wundervoll, euch beide wieder zusammen zu sehen", erklärte Lady Montrose und klatschte in die Hände. Sie war eine ältere Version von Anne und der Beweis dafür, dass Anne wohl ihre unschuldige Schönheit ihr ganzes Leben behalten würde.

Nur … sprach diese Art von Schönheit Leo nicht an. Nicht so, wie die Schönheit einer anderen.

„Lady Montrose, Mutter, könnten Lady Anne und ich einen Augenblick allein miteinander sprechen?", fragte er und hob dabei eine Augenbraue. „Wir werden die Tür offen lassen."

Die beiden Frauen schauten sich gegenseitig an, als würden sie die Entscheidung zusammen treffen, bevor Lady Montrose sich zu dem jungen Paar umdrehte und nickte. „Ja, wenn Annes Zofe im Raum bleibt."

„Natürlich", murmelte Leo, während Annes Zofe von ihrem Platz am Fenster nickte, wo Leo sie nicht einmal bemerkt hatte.

Die Damen verließen das Zimmer und Leo hoffte, dass seine Mutter Lady Montrose noch einmal eindringlich erklären würde, wie wichtig es war, dass sie dieses Treffen nirgends erwähnte.

„Sollen wir?", fragte er Anne und deutete auf den Sitzbereich. Sie nickte schüchtern und ließ sich auf dem Sofa nieder, während er sich für einen Stuhl ihr gegenüber entschied. Sie verschränkte ihre behandschuhten Hände im Schoß und schaute darauf. Sie begegnete nicht seinem Blick und behielt, was immer sie dachte und fühlte, für sich.

„Geht es Ihnen gut, Mylord?", fragte sie in Richtung ihrer Handschuhe.

„Ja, danke, ich bin wohlauf", sagte er. „Und ich meinte, was ich sagte, Anne. Es tut mir leid, Ihnen Kummer bereitet zu haben. Ich kann mir vorstellen, wie schwierig es gewesen sein muss, zu entscheiden, wie Sie Ihr Leben weiterführen wollen, nachdem Ihr Verlobter mutmaßlich tot war."

Sie nickte ruckartig.

„Zuerst wollten sie, dass ich Ihren Bruder heirate, doch ich konnte es nicht, nicht mit dem Wissen, dass er Miss Ellis liebte. Mrs. Belmont sollte ich wohl sagen."

„Glücklicherweise ging alles gut aus", sagte er und tippte mit den Fingern auf sein Knie. Er war sich nicht sicher, was er sonst noch sagen sollte. „Wie empfinden Sie nun ... bezüglich *unserer* Vermählung?"

Während sie sich verlegen gegenübersaßen, konnte Leo nur daran denken, wie eine Ehe mit Anne aussehen würde. Er wusste, dass sie nett war und pflichtbewusst und er bei ihr würde tun können, was ihm beliebte.

Er hatte immer gedacht, genau das zu wollen.

Bis jetzt.

Bis er Georgie traf.

Es schockierte ihn, als ihm klar wurde, dass er es eigentlich *mochte*, herausgefordert, zur Verantwortung gezogen und dazu aufgefordert zu werden, seine Denkweise zu ändern. Es machte das Leben nicht gerade leichter, doch vielleicht *besser*? Wenn er Anne heiratete, würde er immer die gleiche Person bleiben, der Mann, der an niemanden außer sich selbst und die Menschen seiner Klasse dachte. Der Mann, der niemals wirklich die Welt als Ganzes sehen würde und ob es eine andere Perspektive gab, die er berücksichtigen sollte. Das war der Traum jedes Adligen, nicht wahr?

Aber die letzten beiden Monate hatten das Gegenteil bewiesen. Sie hatten bewiesen, dass es für ihn vielleicht einen anderen Weg gab. Das einzige Problem war, dass er nicht wirklich frei war, um ihn einzuschlagen.

„Wie ich bezüglich unserer Vermählung empfinde?" Anne hob schließlich ihren Kopf, und überrascht stellte er fest, dass sie ganz bleich war. Ihre Unterlippe zitterte leicht, während ihre hellblauen Augen von einer Seite des Raumes zur anderen huschten.

„Anne, geht es Ihnen wirklich gut?"

Er hatte die Frage freundlich stellen wollen, doch vielleicht musste man ihr noch sanfter begegnen.

Denn bei seinen Worten brach sie in Tränen aus.

Leo saß einen Augenblick wie versteinert da. Weinende Frauen waren nicht gerade seine Spezialität. Wenn er so darüber nachdachte, hatte er Georgie noch nie weinen gesehen. Ihre Augen hatten durch ein paar nicht vergossene Tränen geglänzt, doch niemals hatte sie zugelassen, dass sie ihre Wangen hinunterliefen.

Er stand auf und seine Bewegungen waren ungelenk, als er zu ihr hinüberging, um sich neben sie zu setzen und ihr unbeholfen die Schulter zu tätscheln.

„Aber, aber", sagte er, doch die Worte klangen selbst in seinen eigenen Ohren leer. „Was bedrückt Sie?"

Glücklicherweise weinte sie leise, sodass ihre Mütter hoffentlich nicht hereinstürmen würden.

„Es ist nur –" Sie schniefte, schaute zu ihm auf und ihre blauen Augen füllten sich mit mehr Tränen. „Oh Leo, es tut mir unendlich leid, aber ich kann Sie nicht heiraten."

Leo brauchte ein paar Sekunden, bis ihm bewusst wurde, was sie gesagt hatte. Anne wollte ihn nicht heiraten?

„Ich bitte um Verzeihung, Lady Anne, wenn ich etwas getan habe, wodurch ich Sie beleidigte oder Ihnen Kummer bereitete. Ich kann Ihnen versichern –"

„Oh, das ist es nicht". sagte sie, nahm das Taschentuch entgegen, das er ihr hinhielt, und trocknete sich die Augen, während sie im Raum hin und her zu gehen begann. „Es hat ganz und gar nichts mit Ihnen zu tun."

Sie nahm einen tiefen Atemzug, sodass sie zu schluchzen aufhörte, rieb die Hände aneinander und ging mit noch immer feuchten Augen auf ihn zu.

„Als Sie fort waren", begann sie leise, „fing Lord Perry an, mir den Hof zu machen, wie unsere Familien es erwarteten. Eines Tages bei einer Ausfahrt mit Ihrer Kutsche –"

„Perry fuhr meine Kutsche? Mit *meinen* Pferden?"

Seine Kutsche und Pferde waren immer Leos Leidenschaft gewesen und er hatte dem stets zerstreuten Perry nie erlaubt, damit zu fahren.

„Soweit mir bekannt ist, war es nur das eine Mal. Ihr Vater hatte es vorgeschlagen. Auf jeden Fall fiel er aus der Kutsche –"

„Wie bitte?"

Er liebte seinen Bruder, doch, Grundgütiger, er würde ihn nie verstehen.

„Und ich blieb mit den durchgehenden Pferden zurück. Ein Mann rettete mich und die Pferde. Mr. Clark. Er leitet zufälligerweise mit Roses Freundin, Madeline Drake, eine Steinfabrik."

Drake … der Detektiv.

„Jedenfalls suchte ich ihn ein paar Tage später auf, um mich zu bedanken, und wir … nun …"

Ihre Wangen färbten sich in einem leuchtenden Rot, doch Leo war sich nicht sicher, wie extrem eine Situation seine musste, dass Anne etwas so peinlich war.

„Nun, wir genossen die gemeinsame Zeit!", platzte sie heraus und das breiteste Lächeln, das er je in ihrem Gesicht gesehen hatte, erschien. „Sogar so sehr, dass wir weitere Treffen vereinbaren, wann immer es uns möglich ist."

Sie und ihre Zofe tauschten einen Blick, der vermuten ließ, dass diese bei den heimlichen Treffen behilflich war.

„Manchmal treffen wir uns in einem Bücherladen, manchmal spazieren wir durch den Hyde Park. Auch schleiche ich mich immer mal wieder von einem Ball fort, um ihn im Garten zu treffen. Oh, wir tun aber nichts Ungehöriges."

Sie wedelte mit der Hand vor sich und ihre Augen begegneten schließlich Leos Blick – entschuldigend und bekümmert. „Wie Sie vermutlich erkennen können, Mylord, haben wir uns ineinander verliebt. Ich dachte, ich liebte Sie, wirklich, und ich weiß, ich sollte an unserer Verlobung festhalten.

Wenn ich sie breche, wird es zu einem riesigen Skandal führen, doch ich kann mir ein Leben ohne Mr. Clark einfach nicht mehr vorstellen."

Ein Gefühl von Freiheit explodierte in Leos Brust, als das Gewicht, das auf seinen Schultern gelastet hatte, abfiel und ihn glücklich zurückließ.

Er trat auf Anne zu und nahm ihre Hände in seine.

„Lady Anne", sagte er mit sanfter Stimme. „Sie müssen sich keine Sorgen machen, denn ich verstehe Sie vollkommen."

„Wirklich?" Das Wort kam fast atemlos heraus, und er nickte.

„Auch ich bin von einer anderen hingerissen. Doch ich hätte Ihnen nie zugemutet, einen solchen Skandal durchzustehen, weil sich meine Gefühle geändert haben."

„Doch genau das tue ich Ihnen an."

„Wir tun es uns gegenseitig an."

„Ach du liebe Güte", sagte sie lachend und legte eine Hand auf ihr Herz. „Ich kann es kaum glauben. Ich dachte, Sie würden mit äußerster Verärgerung reagieren, und machte mir so große Sorgen."

„Das verstehe ich", sagte Leo mit einem, wie er hoffte, freundlichen Lächeln. „Nun müssen wir nachdenken, wie wir die Verlobung lösen und den Skandal möglichst klein-halten können. Ich möchte Ihren Namen nicht beschmutzen – wobei es so klingt, als wäre das schon bald ohnehin unaus-weichlich."

Anne schaute wieder auf ihre Hände, die sie Leos Griff entzogen hatte.

„Das ist etwas, worüber ich auch mit Ihnen sprechen muss, Leo", sagte sie und verschränkte die Finger nun. „Ich muss Sie um einen Gefallen bitten. Es ist eine recht große Bitte, nach allem, was ich Ihnen gerade erzählt habe."

„Ich höre zu."

„Meine Eltern werden mit Sicherheit nicht erfreut sein, wenn sie von meiner Zuneigung für Mr. Clark erfahren. Er hat zwar viel erreicht, doch er ist noch immer ein Kaufmann und kommt aus einfachen Verhältnissen. Er ist also ganz und gar nicht das, was sie sich für ihre Tochter wünschen würden."

Da Anne die Tochter eines Marquess war, hielt Leo ihre Einschätzung für richtig.

„Hätten Sie etwas dagegen, wenn wir vortäuschen, an unserer Verlobung festzuhalten, bis Mr. Clark und ich entschieden haben, wie wir zusammen sein können? Vermutlich müssen wir durchbrennen, wenn ich es auch vorziehen würde, den Segen meiner Eltern zu haben. Da Sie darum baten, dieses Treffen absolut geheim zu halten, gehe ich davon aus, es erwartet ohnehin niemand von uns, dass wir zusammen in der Öffentlichkeit erscheinen."

„Damit liegen Sie zweifellos richtig."

„Wäre es Ihnen dann sehr unangenehm?"

Also wäre sein Name noch etwas länger mit ihrem verbunden. Leo konnte keine Gefahr darin erkennen – schließlich war sein Herz frei, den Weg einzuschlagen, den er so sehnlichst betreten wollte – den Weg, der zu Georgie führte.

„Nein, Anne, ich hätte absolut nichts dagegen. Wenn ich irgendetwas tun soll, um Ihnen zu helfen, Ihr Glück zu finden, lassen Sie es mich wissen."

„Oh, vielen Dank", sagte sie strahlend. „Meinen herzlichsten Dank."

Sie lächelte zu ihm auf, und er erwiderte ihr Lächeln zu Ehren ihres geheimen Abkommens.

Und genau so fanden ihre Mütter sie vor, was beide Ladys dazu veranlasste, zufrieden strahlend auf sie zuzukommen. Leo seufzte und fragte sich, wie seine Eltern auf die Frau reagieren würden, die er zu wählen beabsichtigte –

eine Detektivin der Bow Street, die in armen Verhältnissen geboren wurde und deren Mutter gerade in Bedlam lebte.

Irgendwie sagte ihm sein Gefühl, dass sie nicht sonderlich erfreut sein würden.

Aber was konnten sie schon tun? Ihn verstoßen? An der Tatsache, dass er ihr Erbe war, konnten sie nichts ändern.

Sein neugefundenes Glücksgefühl entglitt ihm allerdings wieder, als Georgie in den Raum zurückkehrte. Denn bei ihrem Anblick wurde ihm nochmals bewusst, dass er derjenige war, den sie bekämpfte. Dass sie ihn nie wieder anschauen würde, wenn sie die Wahrheit erfuhr, und mit Sicherheit nicht in Betracht zöge, ihn zu heiraten.

Er richtete sich auf, während er eine Entscheidung traf.

Er musste nur sicherstellen, dass sie diese nie herausfand.

In der Zwischenzeit würde er sie für sich gewinnen.

Das musste ihm einfach gelingen.

KAPITEL 16

Georgie brannte darauf zu erfahren, was sich in dem Raum zwischen Leo und Lady Anne abgespielt hatte. Sie erschienen beide so ruhig, so zufrieden, als die Fitzgeralds sich auf den Weg machten, und ihr entging der verschwörerische Blick nicht, den die beiden Verlobten miteinander austauschten. Leo selbst machte einen sehr selbstgefälligen Eindruck, wobei die Worte, die er an seine Eltern richtete, im Gegensatz zu dem standen, was sowohl er als auch Anne Georgie über ihre Gefühle füreinander erzählt hatten.

„Wir sollten die Hochzeit für ungefähr in einem Monat planen“, sagte er, und jegliche Hoffnung, an die sich Georgie geklammert hatte, löste sich in Luft auf. Aber warum sollte es sie kümmern? Sie hatte nie wirklich geglaubt, dass sie bei einem Mann wie Leo eine Chance hatte – nicht auf eine ehrbare Weise. „Hoffentlich können wir bis dahin den ganzen Schlamassel bereinigen. Wäre dies für euch zufriedenstellend?“

„Oh ja, es ist wundervoll!“, sagte seine Mutter und klatschte in die Hände. „Ich kann es kaum erwarten. Lady

Montrose und ich werden sofort mit der Planung beginnen."

„Ich habe nichts anderes erwartet", meinte Leo ironisch, während sein Vater ihm stolz auf die Schulter klopfte. Der Anblick brachte Georgie fast um, als sie wie ein Außenseiter an der Tür stand.

Verbirg deine Gefühle, Georgie, sagte sie sich selbst streng. So war sie durch den größten Teil ihres Lebens gekommen, und das würde sich jetzt nicht ändern.

Sie hatte gewusst, dass sie in Bezug auf Leo keine Gefühle zulassen sollte, hatte versucht, sich davon zu überzeugen, dass Leo nur einer ihrer Klienten war – nun musste sie es nur selbst glauben.

Denn Leo Belmont würde Lady Anne Fitzgerald heiraten, und Georgie würde dies akzeptieren müssen.

„Denkt bitte daran, niemand sonst wissen zu lassen, dass ich zurückgekehrt bin", wies Leo sie noch an, bevor er ging. „Wenn irgendjemand Fragen stellt wegen der Planung der Hochzeit, sagt einfach, dass ihr informiert wurdet, ich hätte überlebt und würde bis zur Hochzeit wieder in London sein. Ich möchte nicht, dass jemand auf die Idee kommt, dass ich bereits hier bin,"

„Denkst du nicht, dass das etwas albern ist?", fragte seine Mutter und hob ihre Augenbrauen, während sie kurz zu Georgie schaute, als wäre das alles ihre Schuld. „Ich kann mir nicht vorstellen, dass Lord Lovelace dir nochmals auflauern wird."

„Ich würde ihm durchaus zutrauen, nochmals jemand damit zu beauftragen, sich meiner anzunehmen, und möchte niemanden in Gefahr bringen. Wir sind vielleicht bereits zu lang hier."

„Wo bist du untergekommen, mein Sohn?", fragte sein Vater, doch Leo schüttelte den Kopf. „Das kann ich nicht sagen."

„Nun gut", meinte sein Vater mit einem Seufzen, wenn er auch nicht sehr zufrieden schien. „Wie kann ich mit dir Kontakt aufnehmen, wenn es notwendig sein sollte?"

„Sie können eine Nachricht an die Bow Street senden, Mylord", sagte Georgie und trat vor. „Ich kann Ihren Sohn dann für Sie finden."

Lord Sheriden ließ seinen taxierenden Blick über sie wandern, als wollte er ihre Befähigung einschätzen, bevor er schließlich nickte.

„Gut", sagte er und wandte sich ein letztes Mal an Leo. „Es ist schön, dass du wieder da bist."

Gleich darauf verließen Georgie und Leo das Haus wieder durch den Dienstboteneingang.

„Wie fühlst du dich?", fragte Georgie, sobald sie zurück auf der Straße waren und nachhause gingen – zu ihrem Zuhause.

„Was meinst du damit?" Sein Kiefer war fest zusammengepresst, und Georgie erkannte, dass er genauso versiert darin war, seine wahren Gefühle zu verbergen, wie sie – wenn er es auch aus vollkommen anderen Gründen tat. Sie musste es tun, um zu überleben. Er musste es, weil es das war, was man ihn immer gelehrt hatte.

„Ich meine, ob du glücklich bist, weil du deine Familie wiedergesehen hast – und Lady Anne."

Georgie war sehr stolz darauf, dass ihre Stimme nicht brach.

„Ich bin froh, dass sie nicht länger annehmen müssen, ich sei tot", sagte er und gab dann ein Glucksen von sich. „Ich denke, Perry war unbeschreiblich erleichtert. Er hätte es mit jeder Faser seines Seins gehasst, Graf zu werden."

„Ich glaube, er ist auch froh, dass sein Bruder noch am Leben ist."

Erlaubten sich diese feinen Familien jemals irgendwelche Gefühle?

„Das mag auch der Fall sein", gab er zu.

„Lady Anne muss sich sehr gefreut haben." Sie hoffte, ihre Worte klangen ungerührt.

Leo schaute sie an, als wollte er ihre wahren Gefühle einschätzen.

„Das war tatsächlich ... auch etwas überraschend."

„Ach wirklich?"

Sie sagte nichts weiter, doch ihr Herz begann zu rasen und Georgie zwang es dazu, sich zu beruhigen.

„Ja ... es scheint, dass sie sich in einen anderen Mann verliebt hat."

Für einen Augenblick blieb Georgie still, ihre Augen auf den Boden gerichtet, denn sie konnte Leo nicht ansehen. Sie wollte seine Reaktion nicht sehen. „Das zu hören, muss hart für dich gewesen sein ..."

„Um ehrlich zu sein ..."

Er verstummte, und ihr wurde bewusst, er wartete darauf, dass sie ihn anschaute. Als sie es tat, schockierte sie die Intensität seines Blickes.

„Ja?"

„Ich war froh darüber." Seine Worte waren schwer vor Erleichterung und etwas, das sie nicht richtig deuten konnte – bis sie die Hitze in seinen Augen sah, das Verlangen, das von ihnen mit der gleichen Eindringlichkeit ausstrahlte, wie vom Klang seiner Worte.

„Wirklich?", piepste sie. Verflucht, sie piepste nie.

„Ja", sagte er langsam, streckte seine Hand aus und streichelte ganz zart über ihre Finger, sodass ihr Schauer den Rücken hinunterliefen.

„Aber ... aber du hast mit deinen Eltern über die Hochzeit gesprochen. Werdet ihr trotzdem heiraten?"

„Wir lassen sie planen, ja", sagte er mit einem Nicken und ließ seine Hand sinken, als hätte sie den besonderen Moment zwischen ihnen unterbrochen. „Anne würde gern ihren

Kaufmann heiraten, doch sie denkt nicht, dass ihre Eltern dies gutheißen würden. Daher bat sie mich darum, mit den Hochzeitsplanungen fortzufahren, sodass die beiden mehr Zeit haben, zu überlegen, was sie tun werden."

„Das macht dir nichts aus?"

„Dass sie einen anderen heiraten möchte? Nein. Ich hoffe nur, dass wir mit der Zeit dieses ganze Chaos entwirren können."

„Nun, dafür bin ich da", sagte sie gezwungen fröhlich, als sie gerade an ihren Räumlichkeiten ankamen. „Ich habe auch mit Drake gesprochen, und er hat zugestimmt zu helfen. Er wird sich morgen mit uns treffen."

Leo knurrte leicht und sein Gesichtsausdruck ernüchterte. „Drake. Dein Kollege. Na gut, wenn du darauf bestehst. Obwohl ich denke, je weniger Menschen Bescheid wissen desto besser."

„Ich weiß, dass er helfen kann. Den Rest des Tages sollten wir dazu nutzen, um darüber nachzudenken, wer sonst noch einen Groll gegen dich hegen könnte. Wer dazu geneigt wäre, mit Lovelace zusammenzuarbeiten und wer Grund genug dazu haben könnte, einen Lord zu bedrohen. Wer sind deine Feinde, in was bist du involviert, das die Ursache dafür sein könnte, dass dir jemand feindlich gesinnt ist? Es war die Rede von Menschen, die Anlass dazu haben könnten, nicht gerade froh mit dir zu sein. Was könnte der Grund dafür sein? Warum sollte dein Tod dienlich für – ooh!"

Georgies Gedanken hielten abrupt inne, als sie durch die Tür ihrer Wohnung traten, denn sobald diese hinter ihnen geschlossen war, hob Leo sie hoch, drehte sie herum und drückte sie schwungvoll gegen die Tür.

Bevor sie auch nur ein Wort sagen konnte, lagen seine Lippen auf ihren und stahlen ihr jeden klaren Gedanken und jedes Wort, mit ihrer Liebkosung und dem Streicheln seiner Zunge.

Der Kuss war pure Magie. Leo war magisch. Dies … war alles, worauf sie gewartet und sich doch einzureden versucht hatte, dass sie es nicht wollte oder brauchte. Denn es war nur ein flüchtiger Augenblick, einer, der die Folge des Verlangens war, das sie nun schon seit Wochen nach dem anderen verspürten. Was würde geschehen, wenn ihr Verlangen befriedigt war? Er würde seiner Wege gehen, vielleicht nicht, um Lady Anne zu heiraten, aber eine Frau wie sie. Und wo würde sich Georgie dann wiederfinden?

All diese Fragen wirbelten durch ihren Kopf. Je länger er sie küsste, desto verworrener wurden sie – so etwas war Georgie noch nie passiert, denn sie bevorzugte es, wachsam zu sein und alles um sich herum im Auge zu behalten.

So durcheinander sie auch war, der Rest ihrer Sinne war nun um so sensibler. Leos männlicher Duft hüllte sie ein, Moschus mit einem Hauch von Kaffee und Zimt. Seine Armmuskeln waren hart unter ihren Fingern und verlockten sie dazu, sie noch fester zu umklammern. Sein muskulöser Oberschenkel passte zwischen ihre Beine, und sie war versucht, sich daran zu reiben, um die Befriedigung zu finden, die er versprach.

Sie schlang ihre Arme um seinen Hals. Sie wusste, dass sie diese dazu benutzen sollte, ihn von sich zu stoßen, doch es schien, dass alles, wozu sie im Augenblick in der Lage war, darin bestand, ihn näher zu sich zu ziehen. Denn obwohl ihr bewusst war, dass es ein Fehler war und nichts Gutes daraus entstehen konnte, kümmerte es sie gerade nicht.

* * *

LEO HATTE SICH SCHON VORGESTELLT, wie süß Georgie sein würde, wenn er die Gelegenheit bekäme, sie richtig zu kosten. Er hatte sie bereits zuvor geküsst, aber dies … dies war anders.

Er war nicht darauf gefasst gewesen, wie pikant sie war. Sie küsste ihn mit der gleichen Hingabe, die sie beim Lachen an den Tag legte – lang und unverfroren. Alles, was er gab, gab sie in gleichem Maße zurück, und er war noch nie von einer Frau so vollkommen verzaubert gewesen, wie von ihr.

Die Art, wie sie stöhnte, wenn seine Zunge ihren Mund plünderte. Die Art, wie sie ihren Rücken durchdrückte, um sich fester gegen ihn zu pressen oder an seinem Schenkel zu reiben. Die Art, wie sie ihre Finger in seinem Haar vergrub und seinen Kopf zu ihr herunter zwang, damit er ihren Mund voll und ganz in Besitz nehmen konnte.

Jeder Zentimeter an ihr war Feuer, und sie hatte ihn ganz in ihre Flamme eingehüllt.

Er hatte gedacht, niemals frei zu sein, um sich in ihr zu verlieren, dass er einer anderen versprochen war und sich für den Rest seines Lebens mit Erinnerungen an sie begnügen müsste.

Aber als Anne ihn aus seinem Versprechen entlassen hatte, füllten nicht länger nur sehnsüchtige Gedanken seinen Kopf, sondern Möglichkeiten – was er und Georgie füreinander sein könnten, was er für sie tun könnte, was sie einander bedeuten könnten.

Er wusste, dass er vielleicht erst mit ihr hätte sprechen sollen, bevor er sie wie ein Besessener überfiel.

Doch genau das war er im Moment und verhielt sich dementsprechend. Er konnte nur dankbar dafür sein, dass sie ihn nicht weggestoßen hatte, dass sie ihm nicht die Tür gewiesen und gesagt hatte, sie wollte ihn nie wiedersehen.

Tief in seinem Inneren hatte er jedoch gewusst, dass sie so etwas nie tun würde. Denn er spürte, dass sie ihn genauso sehr wollte, wie er sie.

Sie drückte sich von der Tür weg, griff seine Jackenaufschläge und zog ihn mit einer solchen Kraft mit sich, dass sie ihm fast die Schulter verdrehte. Er schlüpfte aus den

Ärmeln und sie beendete die Aufgabe, indem sie ihn ganz des Kleidungsstücks entledigte. Er sehnte sich mit einer Verzweiflung nach ihr, die er nie zuvor gefühlt hatte, hob sie hoch und setzte sie auf dem Tisch ab, der an der Wand stand.

Sie stöhnte in seinen Mund und schlang die Beine um ihn, während er sich an sie drückte.

Er strich mit seinen Händen an ihren Seiten hoch und runter, und sie bewegten sich zusammen vor und zurück, während er die Vorstellung, wie sie, bereit für ihn, vor ihm auf dem Tisch lag, sowohl willkommen hieß als auch loszuwerden versuchte.

„Wir sollten dies nicht tun", sagte er und löste seine Lippen von ihren, trat aber nicht zurück. Schwer atmend legte er seine Stirn an ihre.

„Nein", sagte sie mit einem Kopfschütteln. „Das sollten wir nicht."

„Aber warum … warum nicht", musste er einfach fragen, obwohl er den Grund nur allzu gut kannte. Aber er dachte nicht länger mit seinem Kopf.

Doch Georgie tat es.

„Weil wir beide nicht zusammenbleiben werden. Das ist uns beiden klar. Dies ist … nur für eine gewisse Zeit."

„Muss das so sein?", fragte er und schaute in diese erschreckend schönen, braunen Augen. „Ich will dich, Georgie, mit jeder Faser meines Seins. Das ist der Fall, seit ich dich das erste Mal sah. Seit ich deine Stimme hörte und dein Gesicht mich an einen Engel erinnerte. Nun bin ich frei, und vielleicht sollte es so kommen."

Solang sie den Mann tolerieren würde, der er war, und das, was er getan hatte. Doch das blieb noch abzuwarten.

Allerdings wusste er tief in seinem Inneren, dass er sie so nicht haben konnte, nicht mit den Lügen und dem, was er verschwiegen hatte. Er konnte sich jedoch auch nicht dazu durchringen, ihr zu sagen, dass er der Initiator dessen war, wogegen sie kämpfte.

Sie antwortete ihm nicht mit Worten, sondern legte stattdessen ihre Hände an seinen Hinterkopf und zog ihn wieder zu sich. In ihrem Kuss enthüllte sich die wachsende Begierde, die auch er spürte. Auch wenn er sie nicht würde behalten können, bedeutete das nicht, dass er ihr nicht all die Leidenschaft geben und das Vergnügen bereiten konnte, die sie verdiente.

Er ließ seine Finger von ihren Fesseln über die Knie zu ihren Oberschenkeln wandern und zog anschließend ihre Hosen nach unten, sodass sie vor ihm entblößt war. Als er über den Scheitelpunkt ihrer Beine strich, stöhnte sie und packte seine Haare so fest, dass er die gespannte Kopfhaut fühlte. Noch nie hatte ihn Schmerz eine solche Lust verspüren lassen.

Er löste sich von ihren Lippen, küsste an ihrem Hals vorbei über ihr Schlüsselbein und labte sich an der weichen Haut ihres Ohrläppchens, bevor er weiter nach unten wanderte. Dieses Mal zog er ihr Hemd herunter und fand die Oberseite ihrer Brüste.

Mit einem Finger glitt er zwischen ihre Schamlippen und stellte fest, dass sie feucht war, bereit. Dies ließ ihn beinahe die Beherrschung verlieren und sich auf der Stelle die Hose von Leib reißen. Gerade noch rechtzeitig gewann er den Kampf um seine Kontrolle. Doch als sie sich auf die Ellbogen zurücksinken ließ und seinen Namen stöhnend von sich gab, konnte er nicht anders, als sich vorzubeugen und die Brustwarze in den Mund zu nehmen. Seine Zunge spielte damit, seine Finger wirkten ihre Magie zwischen ihren Beinen, bewegten sich um ihren Eingang und streichelten ihre empfindsamste Stelle. Er schenkte seine Aufmerksamkeit der anderen Brust und, als sie ihm ihre Hüften entgegen schob, antwortete er, indem er seine Finger in ihr bewegte und mit dem Daumen ihre Lustperle umkreiste. Seine Lippen kehrten zu ihrem Mund zurück und plünderten ihn.

Plötzlich spannten sich ihre Muskeln um seine Finger herum an und sie warf ihren Kopf zurück, während sie ihre Befriedigung herausschrie. Dann fiel sie schlaff gegen ihn und er nahm sie in seine Arme, hob sie hoch und trug sie in ihr Schlafzimmer.

„Ich kann – ich kann laufen, wie dir bekannt ist", war das Erste, was sie sagte, und er grinste.

„Ich weiß."

„Ich bin zu schwer."

„Stellst du meine Stärke infrage?"

„Nein."

„Genug geredet."

Sie schaute schockiert zu ihm, als er sie auf das Bett warf, bevor er sich schwungvoll zu ihr gesellte."

„Du weißt ...", sagte sie und strich mit ihren Fingern an seinem Hosenbund vorbei, was ihn nach Luft schnappen ließ.

„Was ist?"

„Ich dachte gerade, ich – hast du das gehört?", fragte sie und hob, plötzlich alarmiert, den Kopf.

„Was soll ich gehört haben?"

Ein Klopfen. Nun hörte er es. Da war zweifellos ein Klopfen.

„Verflucht!", brummte er. Er hatte nicht beabsichtigt, sie ganz zu beanspruchen, doch hatte er sich ausgemalt, sie könnten mehr Spaß zusammen haben.

„Ja, ein Klopfen."

„Georgie, bist du da?"

„Er wird wieder gehen", knurrte Leo, drehte sich aber auf den Rücken und legte die Hand auf die Stirn. Wer auch immer sich auf der anderen Seite der Tür befand, hatte gewonnen.

„Es ist Drake", sagte sie und zuckte entschuldigend mit den Schultern. „Er weiß, dass wir hier sind."

„Dann lass ihn am besten herein", meinte Leo, obwohl alles an ihm – ein Teil im Besonderen – vor Verlangen nach ihr schmerzte.

Darum würden sie sich später kümmern müssen. Nun mussten sie sich wieder der anderen Angelegenheit widmen.

KAPITEL 17

Dies war eine der Gelegenheiten, bei denen Georgie besonders dankbar dafür war, dass sie weder viel Zeit dafür benötigte noch große Mühe dabei hatte, sich zurechtzumachen. Schnell warf sie sich ein Unterkleid über, bevor sie ihre Locken in einem Zopf bändigte. Sie schaute kurz in den Spiegel, um sich zu vergewissern, dass ihre vorherige Beschäftigung nicht allzu offensichtlich war, dann schloss sie die Schlafzimmertür hinter sich und eilte zur Tür. Leo war noch immer damit beschäftigt, seine Hose zu schließen.

„Drake, schön, dich zu sehen", sagte Georgie, als die Tür offen war. Drake nickte und musterte sie von oben bis unten, als hätte er so eine Ahnung. Doch er respektierte sie zu sehr, um etwas zu sagen.

„Es tut mir leid, dass ich heute unerwartet erscheine. Ich hatte nichts anderes zu tun, also dachte ich, es wäre besser, so schnell wie möglich mit dir und deinem Lord zu sprechen."

„Er ist nicht mein *Lord*", stellte Georgie klar, doch ihre Wangen wurden heiß, und Drake schnaubte.

„Du hast Madeline nichts gesagt, oder?", fragte sie.

„Nein, natürlich nicht", antwortete Drake. „Das hier gehört zu meiner Arbeit."

Nun, ein Teil davon betraf die Arbeit als Detektiv. Der Teil, den sie Drake anvertrauen würde.

Als sie beide vor ein paar Jahren ihre Tätigkeit in der Bow Street begannen, waren sie schnell Freunde geworden. Zwischen ihnen gab es nie etwas Romantisches, doch sie teilten den Wunsch, der Gerechtigkeit zum Sieg zu verhelfen, und das Schicksal, in jungen Jahren ihre Eltern verloren zu haben. Georgie hatte Drakes heutige Gemahlin, Madeline, kennengelernt, als dieser sie darum gebeten hatte, auf sie aufzupassen, da sich Madeline vor einem Jahr in Gefahr befand. Georgie genoss die Gesellschaft der Frau, die äußerst schwach wirkte, aber eine unbeugsame Stärke in sich hatte.

Drake war noch immer ihr engster Vertrauter und sie wusste, dass sie auf ihn zählen konnte. Er würde ihre Geheimnisse bewahren – was bedeutete, dass er auch Leos nicht preisgeben würde.

„Wo ist dein Snob?"

„Drake!"

„Entschuldige. Wo ist *Lord Richmond*?"

„Er musste seine Kleidung wechseln und nutzt dazu mein Schlafzimmer."

„Ich verstehe."

„Was verstehst du?"

„Ach, nichts."

Sein vergnügter Gesichtsausdruck sagte etwas anderes, doch er ließ es glücklicherweise auf sich bewenden.

„Drake."

Beim Klang der tiefen Stimme, die von der Tür zu Georgies Schlafzimmer kam, drehten sie sich beide um. Zum Glück hatte Leo die Tür bereits hinter sich geschlossen.

Drake musste nicht noch irgendetwas sehen, was ihn annehmen ließ, dass mehr zwischen ihr und Leo war.

„Richmond." Drake ging auf ihn zu und schüttelte Leos Hand. „Georgie hat mir Ihre Geschichte erzählt und ich bin gut mit Ihrem Bruder bekannt. Warum unterhalten wir uns nicht kurz und schauen, ob wir Ihnen dabei helfen können herauszufinden, wie man all dem ein Ende setzen kann, damit Sie wieder nach Hause zurückkehren können?"

Nach Hause zurückkehren. Sobald er dies getan hätte, würde Georgie ihn vermutlich nie wiedersehen. Aber das war nebensächlich.

Leo nickte unbehaglich, wenn sich Georgie den Grund dafür auch nicht vorstellen konnte.

„Ich bin sicher, ich werde keine Fragen stellen, die Georgie nicht bereits an Sie gerichtet hat", sagte Drake, als er sich neben Georgie auf dem abgenutzten Sofa niederließ. Leo wählte einen Stuhl.

„Sie und Lord Lovelace trugen ein Duell aus, das er gewann, richtig?"

Leos Gesichtsausdruck wirkte wie versteinert.

„Ich nehme an, so kann man es ausdrücken."

„Aber anstatt zu dem Duell zu stehen, versuchte er, Sie verschwinden zu lassen."

„Genau. Ich weiß nicht wirklich, wer es für ihn erledigte, aber ich fand mich auf einem Frachtschiff wieder. Sie arrangierten es so, dass man die Leiche eines anderen Mannes fand, der so scheußlich verprügelt worden war, dass man ihn nicht identifizieren konnte. Aber offensichtlich gab es Zeugen, die angaben, dass es sich um meine Person handelte."

„Und Sie glauben, Lovelace wird erneut versuchen, Sie zu töten?"

„Wenn ich nichts mehr erzählen kann, was soll ihm dann noch passieren? Mein Sekundant verschwand, aber so wie ich ihn und seine Umstände kenne, bezweifele ich, dass er es freiwillig tat. Ich glaube nicht, dass wir so schnell wieder von ihm hören werden. Dann ist da noch der Vorfall mit meiner Schwester. Ihr würde vermutlich niemand glauben, doch man könnte meinen Worten Glauben schenken. Ich gehe nicht davon aus, dass Lovelace – oder sein Sekundant Marbury – selbst etwas tun wird. Er wird jemand anheuern, wobei ich allerdings gehört habe, dass er verschuldet ist. Daher bin ich mir nicht sicher, wen er mit so etwas beauftragen und wie er es bewerkstelligen würde."

„Gibt es noch irgendetwas anderes, in was du verwickelt bist, das von Bedeutung sein könnte?", fragte Georgie, doch Leo schüttelte schnell den Kopf.

„Nein, natürlich nicht", sagte er und bei der offensichtlichen Lüge verengte Georgie die Augen.

Drake schaute zwischen ihnen hin und her, wobei er die Anspannung in der Luft spürte. Dann fuhr er fort.

„Sagen Sie mir, was genau Ihnen jemand übelnehmen könnte. Irgendwelche Clubs oder Betriebe, mit denen jemand Probleme haben könnte?"

„Ich verkehre nur in den üblichen Etablissements wie White's und Tattersalls."

„Wie sieht es mit Frauen aus?", fragte Drake, und Georgies Magen verkrampfte sich, während sie sich auf die Antwort gefasst machte. „Hatten Sie gewisse Verbindungen zu einer, die einem anderen Gentleman vielleicht nicht gefielen? Die Ehefrau oder Verlobte eines anderen?"

„Nein."

„Schuldet dir jemand Geld?", wollte Georgie wissen. „Warst du – oder bist du – ein Spieler?"

„Nicht wirklich", antwortete Leo und kratzte sich an der Stirn. Georgie beugte sich etwas vor. Sie spürte, dass er ihnen etwas vorenthielt, etwas, das ihnen helfen könnte, wenn er es ihnen nur anvertrauen würde.

„Schuldest *du* jemandem Geld?", fragte sie und wurde nun etwas ungeduldig. Am liebsten hätte sie die Antwort aus ihm herausgeschüttelt, doch sie wusste, dass er vermutlich auch dann nichts sagen würde.

„Natürlich nicht", erklärte er fest und in seinen Worten schwang eine solche Verachtung mit, dass sie ihm sofort glaubte.

Trotzdem Drake vollkommen ruhig und gelassen blieb, wusste Georgie, er spürte genau wie sie, dass Leo etwas zurückhielt.

„Um was geht es dann, Leo?", fragte sie und starrte ihn so eindringlich an, dass er schließlich wegschaute. „Was verschweigst du uns?"

„Georgie", murmelte Drake und klopfte ihr aufs Knie. Das reichte, um ihr mitzuteilen, dass sie gefühlsmäßig zu sehr involviert war. Sie setzte sich abrupt zurück. Sie war sich bewusst, dass die größten Bedenken, als sie für die Bow Street zu arbeiten begann, darin bestanden, sie als Frau könnte ihren Gefühlen erlauben, die Oberhand zu gewinnen, ihr Urteilsvermögen zu trüben und sie zu unüberlegtem Handeln zu verleiten.

Wie sie sich gerade verhielt, bewies nur, dass diese Annahme richtig war. Gott sei Dank war nur Drake anwesend.

„Aber sie hat recht", meinte Drake und neigte seinen Kopf zur Seite. „Wir können Ihnen nicht helfen, wenn Sie uns nicht mehr Informationen geben."

„Sorgst du dich um Sarah?", fragte Georgie. „Hast du Angst, Lovelace könnte ihr noch mehr antun?"

Leo schüttelte den Kopf. „Dann hätte er es inzwischen bereits getan. Und Sarah ist nun verlobt. Sherwater wird jetzt auf sie aufpassen."

„Als Sie in Lovelaces Arbeitszimmer waren, fanden Sie die Notiz über die Leiche und seinen Kalender, der beweist, dass er mit Ihnen zusammen in der Nacht, bevor Sie verschwanden, im Club war. Das ist schon etwas, doch ich bin mir nicht sicher, ob es genug ist", sagte Drake und verschränkte die Arme vor der Brust. „Ich werde Lovelace überprüfen und sehen, ob ich weitere Informationen über ihn bekommen kann. Wenn Ihnen noch irgendetwas einfällt, das uns helfen könnte, lassen Sie es uns bitte wissen, Lord Richmond."

„Natürlich", murmelte Leo. „Und meinen herzlichsten Dank."

Georgie begleitete Drake zur Tür und verabschiedete sich von ihm. Dann drehte sie sich zu Leo um und verschränkte herausfordernd die Arme vor der Brust.

„Was hast du nicht gesagt?"

„Wie bitte?"

„Du verschweigst etwas", sagte sie mit einem Kopfschütteln. „Ich sehe es dir an. Also raus damit!"

„Ich verschweige nichts."

Sie knurrte frustriert und drehte sich von ihm weg, als er die Hände nach ihr ausstreckte. Sie wollte sich nicht wieder in seiner Berührung verlieren. Sie musste bei klarem Verstand bleiben.

„Ich werde zur Bow Street gehen", sagte sie. „Du musst unbedingt hierbleiben. Wenn du dazu bereit bist, mir zu sagen, was du verheimlichst, werde ich ganz Ohr sein. Und dann komme ich mit den Nachforschungen sicherlich voran."

„Georgie –"

„Ich bin bald wieder da."

Dann schlüpfte sie in ihren Mantel und schloss die Tür hinter sich.

* * *

Leo starrte frustriert hinter Georgie her. Er wollte ihr alles sagen. Wirklich. Er wollte ihr all seine Gedanken anvertrauen und alles, was ihm Sorgen bereitete.

Doch er wusste, wenn er ihr offenbarte, dass sein Vater auf sein eigenes Drängen hin das Gesetz vorangetrieben hatte, das härtere Strafen für Verbrecher vorsah, würde sie ihn für immer verlassen. Er hatte stets nur eine Seite gesehen und die Kriminellen nie als, nun, als Menschen betrachtet.

Schließlich setzte er sich wieder auf den Stuhl und die Gedanken wirbelten durch seinen Kopf. Er wollte nicht, dass eine Frau wie Georgies Mutter noch härter bestraft würde, das wollte er wirklich nicht. Wo er nun die Bedingungen gesehen hatte, unter denen sie leben musste, wäre es falsch, zu verlangen, dass sie noch mehr leiden sollte.

Er verstand nun, was Georgie meinte. Manche Menschen begingen Straftaten, weil sie keine andere Möglichkeit sahen zu überleben, während andere … Er dachte an Lovelace, der Sarah derart zugesetzt hatte, und Menschen, die sich wirklich der grausamsten Verbrechen schuldig gemacht hatten und praktisch ungeschoren davonkamen. Sein Blut begann zu kochen. Er war so sehr darauf bedacht gewesen, an Lovelace Rache zu nehmen, dass er nicht berücksichtigt hatte, wer alles unter dem neuen Gesetz würde leiden müssen.

Er begann im Zimmer hin und her zu gehen, doch es fühlte sich für ihn so an, als würden die Wände immer näher kommen. Plötzlich erschienen diese gemütlichen Räumlichkeiten, die ihm so sehr das Gefühl eines Zuhauses vermittelten, wie sein Feind und drohten ihn zu fangen, wie eine Fliege in einem Spinnennetz.

Er musste hier raus.

Er zog sich seine hässlichsten geborgten Kleider an, schob eine Kappe tief in sein Gesicht und hoffte, wie irgendein Fischer oder Arbeiter an den Docks auszusehen. Dann verließ er Georgies Wohnung. Sie hatte ihm einen

Schlüssel gegeben, den er mitnahm, während er ihre strikten Anweisungen, nicht fortzugehen, ignorierte.

Er war ja schließlich kein Gefangener. Wenn er einen Spaziergang brauchte, war es eben so. Er bezweifelte, dass jemand nach ihm Ausschau hielt oder auf ihn wartete. Es war ja nicht so, als hätte Georgies Anwesenheit gewisse Personen davon abgehalten, sich ihm zu nähern.

Er schob seine Hände in seine Jackentaschen, als seine kneifenden, geliehenen Stiefel auf das Kopfsteinpflaster traten. Er war noch nicht weit gegangen, da klopfte ihm eine Hand auf die Schulter und er wirbelte mit geballten Fäusten herum, bereit dazu, sich zu verteidigen.

„Aber, aber, halten Sie inne, Gentleman Jackson!" Es war der Doktor und er hielt seine Hände verteidigend vor sich. „Es tut mir leid. Ich wollte Sie nicht erschrecken. Ich sah nur, wie Sie aus Georgies Wohnung traten, und mir war nicht bewusst, dass Sie noch immer dort weilen." Der Mann betrachtete Leo mit berechtigtem Misstrauen.

„Ja", sagte Leo mit einem Nicken. „Georgie war so nett, mir zu erlauben, eine Weile zu bleiben, während wir … die Dinge bereinigen."

„Sind Ihre Erinnerungen noch immer nicht zurück?", fragte der Doktor und machte eine Drehbewegung mit seiner Hand, um Leo dazu zu bringen, sich umzudrehen. Dann zog er ihm seine Kappe vom Kopf und beugte sich vor, um einen Blick auf die Wunde zu werfen.

„Nein, sie sind tatsächlich zurückgekehrt", sagte Leo und beugte sich nach unten, damit der etwas kleinere Mann, einen besseren Blick hatte.

Carson knurrte. „Georgie hat Sie gut gepflegt, wie ich sehe. Sie ist wirklich ein nettes Mädchen. Doch wenn Sie wissen, wer Sie sind, warum sind Sie dann immer noch bei ihr?"

„Es ist eine komplizierte Sache", begann Leo und verzog leicht das Gesicht, weil er nicht recht wusste, wo er anfangen sollte. „Ich möchte niemand in Gefahr bringen – weder meine Familie noch Georgie. Ich verließ sie, aber sie war hartnäckig. Sie fand mich und bestand darauf, in ihre Wohnung zurückzukehren, zumindest, bis wir alles klären konnten."

„Also kam die Verletzung an Ihrem Kopf durch einen Unfall."

„Nicht ganz", sagte Leo, der die ganze Geschichte nicht schon wieder darlegen wollte.

Der Doktor nickte langsam. „Ich weiß, dass Sie Georgie wohl kein Leid zufügen werden, doch sie wird dies für sich nicht erbitten, deshalb werde ich es tun. Gehen Sie sorgsam mit ihr um und verletzen Sie sie nicht – ob nun absichtlich oder ohne Absicht. Selbst durch Ihr Verbleiben in Georgies Wohnung, bringen Sie ihren guten Ruf in Gefahr. Es sei denn, Sie gedenken, das Richtige zu tun?"

„Ich –" Leo kratzte sich am Kopf, bevor er die Kappe wieder darauf platzierte. „Ich weiß jetzt noch nicht, was die Zukunft für uns bringen wird."

Der Doktor nickte. „Denken Sie einfach daran, was ich sagte."

„Natürlich", murmelte Leo. Zuerst wollte er sich verteidigen, wollte dem Doktor sagen, was er von seinen versteckten Drohungen hielt, doch er überlegte es sich schnell anders. Carson versuchte nur, Georgie zu beschützen, und Leo sollte froh darüber sein, dass es jemanden gab, der auf sie aufpasste.

Das Schlimmste war, dass Carson recht hatte und Leo wusste es.

Vielleicht wäre es am besten, wenn er mit seinem Vater sprechen würde – ohne Georgies Anwesenheit –, um mit ihm zu entscheiden, was sie bezüglich des Gesetzes tun sollten, wenn sie überhaupt diesbezüglich noch etwas unternehmen sollten.

„Vielen Dank nochmals, Carson."

Leo streckte seine Hand aus und gab Carson die Münzen, die er ihm schuldig war. Der Doktor zögerte einen Moment, bevor er sie nahm. Dann tippte er sich zum Abschied an seinen Hut und ging weiter in Richtung St. Pauls.

Leo seufzte, als er sich umdrehte, um sich nach Mayfair aufzumachen. Doch er war noch nicht weit gekommen, als ihn erneut jemand an der Schulter packte. Bereit dazu, dem Doktor dieses Mal die Meinung zu sagen, drehte er sich um, aber ein kräftiger Arm legte sich um seinen Hals und zog ihn zurück.

„Oh verflucht –" Leo versuchte seinen Unmut kundzutun, doch seine Luftröhre war zu eng, als dass er gerade mehr herausbringen konnte. Er trat nach hinten aus und erwischte den Mann am Schienbein, wodurch er sich selbst eine kleine Atempause verschaffte. Der Mann ließ zwar nicht von ihm ab, lockerte jedoch seinen Griff, sodass Leo einen schnellen Atemzug nehmen konnte. Doch sogleich wurde er wieder fester gepackt. Als Leo daraufhin seinen Ellbogen nach hinten schnellen ließ, um die Kehle des Mannes zu erwischen, tauchte ein weiterer Mann neben ihnen auf und hielt Leos Arm fest.

„Genug davon", brummte er und zusammen zogen die Männer Leo in eine enge Gasse zwischen zwei Gebäuden, während dieser sich verzweifelt fragte, warum ihm niemand zu Hilfe geeilt war. Doch hätte *er* sich für einen Mann in Gefahr gebracht, den er nicht kannte? Er war sich nicht sicher. Er würde gern davon ausgehen, aber er begann alles, was ihn betraf, infrage zu stellen.

„Lass ihn los", befahl der zweite Mann, und als Leo sich kampfbereit umdrehte, hielt sein erster Angreifer ein Messer in der Hand.

„Ich würde an Ihrer Stelle die Fäuste runternehmen", knurrte er, seine Stimme tief und kratzig. Leo schätzte seine Möglichkeiten ein, aber bevor er zuschlagen konnte, legte sich ein dickes Seil um seinen Hals und der andere Mann zog es zu.

„Aber, aber", erklang eine Stimme in seinen Ohren. „Es wird nur wie ein kleines Nickerchen sein."

Leo versuchte zu kämpfen, während die Schlinge immer fester zugezogen wurde und schwarze Punkte vor seinen Augen erschienen. Wenn er Georgie nur gesagt hätte, wie er wirklich fühlte, wünschte er verzweifelt, als er das Bewusstsein zu verlieren begann. Wenn er doch nur –

Dann fiel das Seil plötzlich zu Boden und Leo hinterher.

KAPITEL 18

Georgies Herz war zusammen mit Leo zu Boden gesunken. Doch im Augenblick war es ihr nicht möglich, innezuhalten und sich zu vergewissern, dass er am Leben war. Sie war zu sehr damit beschäftigt, sich um die Männer zu kümmern, die versucht hatten, ihn zu töten.

Zum Glück hatte Marshall darauf bestanden, sie nachhause zu begleiten. Als sie in der Bow Street angekommen war, hatte er ihr alle möglichen Fragen darüber gestellt, wo sie gewesen war und was mit ihrem „Freund" geschehen war. Georgie hatte versucht, seinen Fragen auszuweichen, aber Marshall hatte sich nicht davon abbringen lassen, mit ihr zu kommen, um herauszufinden, warum genau Leo sich bei ihr niedergelassen hatte. Georgie brachte es nicht über sich, ihm zu sagen, dass sie bereits Drake in die Ermittlungen einbezogen hatte. Sie wollte Marshall nicht beleidigen, aber Drake war in dieser Hinsicht weitaus besonnener – und stellte keine Fragen.

Nachdem sie kurz angehalten hatten, als ihnen Carson begegnete, waren sie in die Fleet Street eingebogen und hatten einen Schrei gehört. Gleich darauf sahen sie einen Tumult. Sie brauchten nicht lang, um zu verstehen, was sich am Straßenrand abspielte.

Georgie hatte den Mann, der Leo festhielt, mit der Heftigkeit einer Katze angegriffen, hatte ihren Arm um seinen Hals geschlungen und ihn in die Seite geboxt, woraufhin er Leo losließ. Zeitgleich hatte Marshall eine seiner starken Fäuste in das Gesicht des zweiten Angreifers geschwungen. Als Georgies nächster Schlag dafür sorgte, dass ihr Widersacher sich vornüberbeugte, hob sie ihr Knie und traf ihn am Kinn.

Bald lagen beide Männer am Boden.

Während Marshall ihre Hände hinter ihrem Rücken mit dem gleichen Seil zusammenband, mit dem sie versucht hatten, Leo zu töten, eilte Georgie zu Leo, der nun auf Händen und Füßen am Boden kauerte. Eine seiner Hände rieb heftig über seine Kehle.

„Lass mich mal sehen", murmelte Georgie und hob sanft seinen Kopf an, während ihre Finger über seinen Hals tasteten. Dort war ein roter Abdruck zu erkennen, doch er würde überleben.

Sie setzte sich auf ihre Fersen zurück und schaute unter ihrer Mütze hervor zu ihm.

„Kann ich dich nicht einmal für ein paar Minuten allein lassen?"

Einer von Leos Mundwinkeln hob sich verlegen. „Ich dachte wirklich nicht, dass mich jemand erkennen würde."

„Nein? Wieso hat mir Carson dann erzählt, dich gerade getroffen zu haben?"

„Ich –" Leo hob seine Hände seitlich hoch. „Du bist nicht mein Wächter, Georgie."

„Nein", sagte sie und fixierte ihn mit einem festen Blick. „Da hast du recht, das bin ich nicht."

Sie stand abrupt auf, denn sie hegte nicht den Wunsch,

dies weiter mit ihm zu diskutieren. Später würde mehr als genug Zeit dazu sein. Sie ging zu den Angreifern, die Marshall gegen die Wand gedrückt hatte.

„Wer sind Sie?", verlangte sie zu wissen. „Und was wollen Sie, von diesem Mann?" Sie zeigte dabei auf Leo.

Trotzdem seine Zähne nun in einem unnatürlichen Winkel standen, lachte der eine der Männer und ein Tropfen Blut lief ihm über das Kinn. „Warum sorgst du dich um einen Snob wie ihn?"

Georgie hob das Messer auf, das er zuvor fallengelassen hatte, und drückte es langsam, ohne den Blickkontakt zu unterbrechen, unter sein Kinn.

„Versuchen wir es noch einmal", sagte sie und hoffte, das Funkeln in ihren Augen würde ihn verängstigen. „Erzählen Sie mir, was Sie von diesem Mann wollen."

Er schaute hinunter auf das Messer und schluckte schwer, sein Adamsapfel hüpfte dabei.

„Georgie", sagte Leo, der noch immer nicht aufgestanden war. „Lass es auf sich beruhen."

Der Mann schaute seitlich zu Leo. „Wi… wir wurden angeheuert."

„Von wem?"

„Das kann ich nicht – schon gut! Ich werde alles sagen, aber ich kenne seinen Namen nicht."

„Wirklich nicht?"

„Er war einer der Snobs, soviel weiß ich."

Georgie schaute zu Leo hinüber und stellte fest, dass er ihnen gespannt zuhörte. „Woher wissen Sie das?"

„Er war ganz schick angezogen und sprach auf diese Art … so wie die eben sprechen."

„Wo ist derjenige auf Sie zugekommen? Was sollten Sie tun?"

„Halt den Mund, Tub!"

„Tub?", wiederholte Georgie mit gehobener Augenbraue. „Ich schlage vor, Sie ignorieren Ihren Freund dort."

Tub schaute von seinem Komplizen zu Georgie und wieder zurück, bevor er seufzte und die Augen schloss.

„Er wollte, dass wir ihn töten."

„Das war mir bereits bewusst. Aber warum?"

„Ich weiß es nicht", jammerte der Mann und bei seinem wilden Blick war Georgie geneigt, ihm zu glauben. „Er gab uns die Hälfte des Geldes im Voraus, sagte, wir bekämen den Rest, wenn bewiesen sei, dass er tot ist. Dass er wirklich tot ist. Dies fügte er hinzu, da wir beim ersten Mal versagten."

„Also waren Sie diejenigen, die ihn auf einem Frachtschiff versteckten."

Der Mann nickte verdrießlich, während der andere vor sich hin fluchte und, von seinem Kumpan enttäuscht, den Kopf schüttelte.

„Konnte es kaum glauben, als der Snob nochmal auftauchte und sagte, dass der Mann wiederauferstanden ist. Verstehe nicht, wie das möglich war. Dachte wirklich, die Verletzung hätte ihn umgebracht. Sie war schließlich richtig schlimm. Wollte nicht derjenige sein, der für seinen Tod verantwortlich ist, doch wenn er die Verletzung nicht überlebt hätte …"

„Dazu bin ich viel zu dickköpfig", mischte sich Leo ironisch ein.

„Wenn Sie seinen Namen nicht kennen, dann sagen Sie mir, wie er ausgesehen hat", forderte Georgie und beide Männer zeigten den gleichen Gesichtsausdruck.

„Er sah aus wie alle Snobs", meinte Tub.

„Haarfarbe? Größe? Statur?", drängte Georgie und Tub schaute unter sich, während er sich den Kopf rieb.

„Denke, er hatte dunkles Haar, aber es war Nacht. Etwas kürzer als das von dem da", erklärte er und deutete in Leos

Richtung. „Dünn. Hat sich wie ein elegantes Fräulein bewegt. Deshalb war mir klar, dass er ein Snob ist."

„Marbury", knurrte Leo. „Lovelaces Sekundant."

Georgie nickte, fragte sich aber, ob die Aussage dieser Männer ausreichen würde. Vermutlich nicht.

„Gut. Wir werden diese beiden Männer zur Bow Street bringen und dann komme ich zurück"; sagte sie zu Leo und betrachtete ihn genau. „Denkst du, du kannst dieses Mal wirklich in meiner Wohnung warten?"

Leo nickte. „Ja."

„Gut", sagte Georgie fest. „Ich bin bald wieder zurück."

* * *

Eigentlich hatte Leo andere Pläne.

Wenn diese Männer ihn hier gefunden hatten, war es nur eine Frage der Zeit, bis man ihn erneut ausfindig machte. Er würde nicht länger wie eine verängstigte Maus herumlaufen. Nun würde er tun, war er schon längst hätte tun sollten – er würde sich dem stellen wie ein Adliger. Schließlich war er das auch.

Doch dieses Mal wusste er es besser, als nur eine Nachricht zu hinterlassen.

Stattdessen packte er seine neuen dürftigen Habseligkeiten zusammen und räumte seinen Schlafplatz am Feuer auf.

Er wusste, er schuldete Georgie die Wahrheit, doch er hatte Angst, wie sie danach über ihn denken würde.

Er klopfte mit seinen Knöcheln auf den Tisch und dachte daran, was sie am Abend zuvor dort getan hatten. Wie konnte sich in wenigen Stunden so viel ändern? Bei dem Gedanken ließ er seine Stirn auf den Tisch sinken.

Und so fand Georgie ihn, als sie ein paar Minuten später hereinkam.

„Leo?", rief sie, ihre Schritte waren laut, als sie zu ihm rannte. „Geht es dir gut? Ich hätte dich nicht allein lassen sollen, ich –"

„Mir geht es gut", sagte er und hob langsam den Kopf, trotzdem ihm noch etwas schwindelig war. Er wedelte mit der Hand vor seinem Gesicht. „Es tut mir leid. Ich wollte dich nicht beunruhigen."

„Gott sei Dank", meinte sie erleichtert und ließ sich neben ihm nieder. „Nun, wenigstes sind die beiden, die dich um die Ecke bringen wollten, kein Problem mehr."

„Im Moment", gab er grüblerisch von sich und sie schaute ihn neugierig an.

„Was soll das bedeuten?"

„Ich denke, wir werden noch sehen, was bei ihrer Strafe herauskommen wird", meinte er. „Manchmal kommt nichts dabei heraus."

„Ich wäre geneigt dazu, dir dabei zu widersprechen", erklärte sie mit einem Stirnrunzeln.

„Das verstehe ich", sagte er und er verstand nun wirklich viel mehr, als es früher der Fall war. „Georgie …"

Er hatte eine ganze Ansprache vorbereitet, doch, nachdem er ihren Namen gesagt hatte, war er für einen Augenblick so gefangen von ihren Augen, die seinen gerade lang genug begegneten, um etwas vollkommen anderes zu erkennen. Sie schaute auf die Tasche zu seinen Füßen.

„Du gehst."

„Ja, ich –"

„Du weißt, dass ich mich nicht ich Gefahr befinde, nur weil du angegriffen wurdest."

„Ich bin ein Lord, um Himmels Willen, ein zukünftiger Graf!" Seine Erklärung wurde davon begleitet, dass er abrupt vom Stuhl aufsprang und dieser krachend zu Boden fiel. Sie verzog das Gesicht, wich aber nicht zurück.

„Das war mir durchaus bewusst", sagte sie hintergründig.

„Ich sollte mich nicht in der Wohnung einer Frau verstecken und hinter ihren Röcken hervorschauen, um zu überprüfen, ob es sicher ist, herauszukommen."

Er hatte selbst nicht bemerkt, wie frustriert er war, bis er zu sprechen begonnen hatte, doch schien es, dass er die Worte nicht aufhalten konnte.

Sie machte es noch schlimmer, indem sie ihm so ruhig wie immer antwortete.

„Ich weiß, dass die meisten Männer Probleme damit haben, wenn eine Frau zu ihrer Rettung eilt", sagte sie. „Das ist einer der Gründe, warum ich Männerkleidung trage – dann ist es nicht so offensichtlich, wer ich bin."

„Oh doch, es ist offensichtlich", sagte er mit erhobenem Finger, während er seine kleine Tasche ergriff und sich in Richtung Tür bewegte. „Ich muss gehen. Und zwar aus mehr Gründen, als ich erörtern möchte." Er rieb sich über die Stirn. Es war ihm bewusst, dass er sich wie ein vollkommener Ochse verhielt, doch er konnte es nicht ändern. „Es tut mir wirklich leid, Georgie. Und ich danke dir für alles, was du für mich getan hast. Ich werde nicht nach Hause gehen, doch ich werde sehen, ob ich im Albany oder einem ähnlichen Etablissement Zimmer bekomme. Nun, da meine Familie weiß, dass ich am Leben bin, werden sie sicher gewillt sein, dafür zu bezahlen."

„Du bist also entschlossen?", fragte sie und stand steif mit verschränkten Armen da.

„Ja", antwortete er und sagte sich selbst, dass es besser war, sofort zu gehen und den Abschied nicht in die Länge zu ziehen. Doch seine Füße wollten sich nicht bewegen. „Wenn dies alles bereinigt ist, dann–"

„Dann?"

Sie hob herausfordernd eine Augenbraue, als wüsste sie, dass er die Worte, die er andeutete, nicht aussprechen konnte.

„Dann können wir uns vielleicht neu kennenlernen.“

„Es sei denn, du lässt zu, dass man dich tötet.“

„Es ist, wie ich sagte, Georgie. Ich kann mich nicht länger verstecken – und schon gar nicht hinter dir. Wenn der einzige Weg, um diese Bastarde dazu zu bringen, sich zu zeigen, darin besteht, selbst aus meinem Versteck zu kommen, dann soll es so sein. Ich werde bereit sein und auf sie warten.“

„Mit welchem Schutz?“

„Es mag sein, dass man mich zuvor unvorbereitet erwischt hat“, sagte er rau, „doch ich werde nicht zulassen, dass dies nochmals passiert. Dieses Mal werde ich mehr als bereit sein.“

„Na gut“, sagte sie und hob eine Schulter dabei, obwohl die Anspannung in ihrem Rücken ihm weit mehr sagte als ihre emotionslosen Worte. „Wenn du dich gern umbringen lassen möchtest, geht es mich nichts an. Lebe wohl, Leo.“

Sie hielt ihr Kinn hoch erhoben, und er fragte sich, wie sehr es sie wirklich beunruhigte, dass er sie verließ.

„Lebe wohl, Georgie“, sagte er, ging durch die Tür und schloss sie sanft hinter sich, obwohl er sich elend fühlte.

Das Schlimmste war, dass er ihr nicht einmal die ganze Wahrheit gesagt hatte.

Verflucht, er hätte doch einfach eine Nachricht hinterlassen sollen.

KAPITEL 19

„Nun, Marshall, was gibt es Neues?"

Marshall drehte sich auf seinem Stuhl, als Georgie sich neben ihm niederließ.

„Oh, schaut nur, wer hier ist!", sagte er mit einem wissenden Lächeln. „Ich habe mich gefragt, ob du jemals zu uns für mehr als ein kurzes Hallo zurückkehren würdest oder ob du uns für den Fall des verlorenen Herzogs für immer verlassen hast."

Sie rollte mit den Augen.

„Er ist kein Herzog. Er ist ein Viscount und zukünftiger Graf."

„Ah, ja, richtig", meinte Marshall und tippte sich mit dem Finger gegen die Schläfe. „Wie konnte ich das vergessen?"

„Es spielt auch keine Rolle mehr. Er hat sich entschlossen, in sein altes Leben zurückzukehren, ganz gleich, in welche Gefahr er sich dadurch bringt."

Marshall hob verschmitzt eine Augenbraue. „Gab es einen Streit unter Liebenden?"

„Wir sind kein Liebespaar", erwiderte sie und schaute ihn böse an.

Nun, zumindest nicht richtig.

„Also lässt du den Fall einfach auf sich beruhen?"

„Ich versuchte gestern mehr herauszufinden, doch ohne Erfolg. Lord Marbury ist in gleichem Maße involviert, und es ist schwierig, etwas über den Adel herauszufinden, wenn du nicht eines ihrer Mitglieder bist. Ich werde Alice rekrutieren müssen."

In diesem Moment kam Drake herein, doch, anders als Marshall, kommentierte er ihre Anwesenheit nicht. Stattdessen setzte er sich zu ihnen und kam direkt zu dem Thema, das ihn beschäftigte. „Georgie, entschuldige, es hat doch länger gedauert als einen Tag."

„Mach dir deshalb keine Sorgen."

„Ich habe dir und Richmond versprochen, Lovelace und Marbury unter die Lupe zu nehmen, und ich –"

„Habe ich richtig gehört?" Marshall lehnte sich zwischen die beiden, sein voller roter Schnurrbart füllte Georgies Blickfeld. „Hast du Drake gebeten, dir hierbei zu helfen?"

„Nun – ja, aber nur, weil –"

„Wirklich", schnaubte Marshall, verschränkte die Arme vor der Brust und drehte sich von ihnen weg. „Nach allem, was ich für dich getan habe. Ich widerrufe meine Einladung zum Abendessen!"

Georgie hielt eine Hand vor ihr Gesicht, während sie versuchte, das Lachen zu unterdrücken. „Marshall, du hast mich noch nie eingeladen. Das war deine Ehefrau."

„Dann nehme ich ihre Einladung zurück!"

„Du weißt genau, dass du dies niemals tun könntest, ohne ihren Zorn auf dich zu ziehen, und das würdest du nicht riskieren", sagte Georgie und bemühte sich ihre Stimme neutral zu halten und Marshall nicht noch weiter zu beleidigen.

„Natürlich würde ich das nie tun", sagte er und verstummte kurz. „Nun gut, du kannst noch immer jederzeit kommen. Aber das bedeutet nicht, dass ich glücklich bin bezüglich dieser Angelegenheit."

„Ich weiß und es tut mir so leid, Marshall", versuchte George ihn erneut zu besänftigen. „Es ist nur so, dass Drake etwas mehr Zugang zu dieser Welt hat und –"

Marshall hob eine Hand, um sie aufzuhalten. „Sag nichts mehr. Ich verstehe es."

„Gut", sagte Georgie und tauschte mit Drake einen amüsierten Blick. „Dann erzähle uns, was du herausgefunden hast, Drake."

„Lovelace und Marbury sind beide verschuldet und bereits zuvor hat es Anschuldigungen gegen Lovelace gegeben. Und doch wurde er niemals wirklich wegen etwas belangt."

„Natürlich nicht", murmelte sie. „Schließlich ist er ein Adliger."

„Sarah hat ihn auch nie wegen etwas angezeigt."

„Nein, wie könnte sie auch. Vielleicht, wenn sie ein Mann wäre, aber niemand konnte etwas bezeugen, und ich bin sicher, es hätte nur ihrem Ruf geschadet. Was lächerlich ist."

„Da stimme ich dir zu", sagte Drake. Bei der Ungerechtigkeit konnte Georgie nur den Kopf schütteln.

„Was die Männer von gestern angeht", sagte Drake und hob etwas verwirrt die Hände. „Sie müssen mit Lovelace und Marbury in Verbindung stehen, doch bisher haben wir dafür keine Beweise, außer der Notiz, die du gefunden hast."

„Marshall hat dir von dem Angriff erzählt?", fragte Georgie und nickte dabei in Richtung des Rückens des rothaarigen Mannes.

„Das hat er", bestätigte Drake. „Hat Richmond sich noch an etwas erinnert und es dir erzählt? Etwas, was uns weiterbringen könnte?"

„Nicht wirklich", sagte Georgie kopfschüttelnd. „Doch ich kann erkennen, dass er etwas zurückhält. Aber nichts von all dem spielt noch eine Rolle. Er hat sich entschieden, sich nicht länger zu verstecken und sich Zimmer an einem etwas öffentlicheren Ort zu nehmen, um seine Gegenspieler hervorzulocken."

„Oh?", sagte Drake, lehnte sich zurück und legte seine Finger aneinander. „Das ist eine interessante Strategie."

Drake zuckte mit den Schultern, „Doch ich kann ihn verstehen. Er kommt mir vor wie ein Mann der Tat. Untätig zu sein, ist für ihn schwierig."

„Er kann dabei getötet werden."

„Das ist wohl möglich", stimmte Drake ihr mit einem Nicken zu. „Aber es ist seine Entscheidung."

Georgie seufzte, während sie ihren Stift in das Tintenfass tauchte und auf dem Blatt Papier vor ihr zu schreiben begann. „Er erwähnte gestern etwas Interessantes."

„Ach ja?"

„Als sein Angreifer den Gentleman beschrieb, der ihn anheuerte, tippte er sofort auf Marbury."

„Das könnte durchaus sein", meinte Drake und schaute in die Ferne. „Wir müssen mehr über ihn in Erfahrung bringen. Es waren nicht viele Details über ihn verfügbar für mich."

„Er ist ein Cousin zu Lady Anne. Aber vielleicht würde Alice für uns mit der Freundin ihrer Schwägerin sprechen. Sie verkehrt schon immer in diesen Kreisen."

„Lady Dorrington?"

„Ja. Alice nennt sie Freddie."

„Sie könnte etwas wissen. Das ist eine gute Idee", sagte Drake mit einem Nicken. „Nun gut. Lass uns so vorgehen und sehen, was wir herausfinden."

„Aber danach lassen wir alles auf sich beruhen", sagte Georgie und versuchte die Verbitterung nicht mitklingen zu lassen. „Wenn Le – Lord Richmond unsere Hilfe nicht möchte, dann sei es so."

Drake schaute sie nachdenklich an. „Es passt nicht zu dir, so einfach aufzugeben."

„Ich gebe nicht auf. Doch, wenn meine Unterstützung nicht gewünscht ist, warum sollte ich dann meine Zeit vergeuden."

„Schon gut", sagte Drake. „Du bist der Boss."

„Sie ist nicht unser Boss", erklärte Marshall und bewies, dass er der Unterhaltung noch immer lauschte.

„Du bist ein verheirateter Mann, Marshall", sagte Drake mit einem Kopfschütteln. „Man sollte denken, du hättest inzwischen gelernt – ein schlauer Mann gibt zu, dass die Frauen immer das Sagen haben."

* * *

Zwei Tage später nickte Leo der Frau, die ihn in das Hinterzimmer des Etablissements führte, zum Dank zu. Er lachte in sich hinein, als er sich vorstellte, wie sein Vater durch die Türen trat, und fragte sich, was dieser wohl denken würde. Er wusste, Lord Sheriden hätte es vorgezogen, sich an einem anderen Ort zu treffen, an einem Ort wie White's, wenn es schon außerhalb ihres eigenen Hauses sein musste, aber für Leo war es wichtig, dass es eine Lokalität war, an der das Personal über seine Anwesenheit Schweigen bewahrte und wo man ihm eine gewisse Privatsphäre gewährte.

Das Red Lion erfüllte seine Anforderungen. Üblicherweise kamen die Besucher aus einem anderen Grund hierher, und ihm war das schamlose Lächeln, das ihm einige Serviermädchen zuwarfen, nicht entgangen. Aber er blieb ungerührt und fragte sich deshalb, ob er durch Georgie für andere Frauen nicht mehr empfänglich war.

Er seufzte. Sein Nachsinnen wurde unterbrochen, als sein Vater den Raum betrat. Er wirkte äußerst verstimmt.

„Vater", grüßte Leo ihn und stand auf. Sein Vater schüttelte seine Hand, als wären sie zwei Fremde, die sich zum ersten Mal trafen. Obwohl er sich steif und reserviert gab, wusste Leo, dass sein Vater seine Kinder liebte und alles für sie tun würde. „Danke, dass du zugestimmt hast, mich hier zu treffen."

„Ich muss zugeben, ich war recht überrascht, als ich deine Nachricht erhielt."

„Das verstehe ich. Aber es musste ein Ort sein, an dem ich frei mit dir sprechen kann."

Sein Vater hob eine seiner üppigen Augenbrauen, sagte aber nichts weiter.

„Es hat mit der Gesetzesvorlage zu tun, die ich dich im letzten Jahr voranzubringen bat."

„Ja, sie hat im Parlament einen ansehnlichen Aufruhr verursacht", meinte sein Vater und rieb sich über die Schläfe. „Ich würde sagen, die Abgeordneten sind diesbezüglich uneins. Manche glauben, dass die von uns vorgeschlagenen Strafen recht hart sind, während andere uns vollkommen zustimmen."

„Es kommt vermutlich auf die eigenen Lebensumstände an."

„Wie zum Beispiel, ob sie ein Duell ausgetragen haben oder nicht?", fragte sein Vater ironisch. „Ich muss zugeben, dass ich mich seit deinem Verschwinden nicht sonderlich für unseren Vorschlag eingesetzt habe. Mir stand einfach nicht der Sinn danach."

„Das ist gut", sagte Leo und nahm einen tiefen Atemzug. „Denn ich glaube, wir sollten alles nochmals überdenken."

„Tatsächlich?" Nun hob sein Vater beide Augenbrauen.

„Ja." Leo nickte, während er sich an den Besuch in Bedlam bei Georgies Mutter erinnerte. „Ich glaube noch immer, dass es Menschen gibt – zum Beispiel Männer wie Lovelace –, mit denen man härter umgehen sollte. Doch es gibt andere, die die Härte des Gesetzes bereits stark zu spüren bekommen.“

„Was schlägst du vor?“, wollte Lord Sheriden wissen, überkreuzte die Arme und setzte sich in seinem Stuhl zurück, während er Leo interessiert betrachtete.

„Der Vorschlag muss überdacht werden.“

„Damit die Adligen stärker bestraft werden?“

„Um diese dazu zu zwingen, sich für ihr Handeln zu verantworten.“

Die Tür öffnete sich, und sie schwiegen beide, während sie ein Glas Branntwein entgegennahmen.

„Das Oberhaus wird dem nie zustimmen, mein Sohn.“

„Ich weiß. Aber wir sollten es versuchen.“

„Es könnte sein, dass du dich damit selbst in eine schwierige Lage bringst. Ein Duell ist gesetzeswidrig und eines von wenigen Verbrechen, für das ein Mann eine schwere Strafe zu erwarten hat.“

„Dessen bin ich mir bewusst. Doch bin ich ansonsten kein Heuchler?“

Während eine beunruhigende Stille entstand, starrte sein Vater ihn an.

„Sage mir, was einen solchen Sinneswandel bei dir verursacht hat.“

Leo drehte sein Glas auf dem verschrammten Holztisch im Kreis.

„Ich habe die andere Seite gesehen“, sagte er leise. „Menschen, die nichts besitzen und nicht für sich selbst sprechen können. Sie werden meistens viel zu hart bestraft. So wie unser Vorschlag zur Gesetzesänderung im Moment geschrieben ist, würde die Bestrafung sie noch härter treffen als diejenigen, die man im Moment gar nicht zur Verantwortung zieht. Wir müssen sie getrennt voneinander betrachten und die gerechteste Lösung finden.“

„Nun gut, mein Sohn“, sagte sein Vater. „Warum schreibst

du deine Gedanken nicht auf und lässt deine Notizen zu mir bringen? In der Zwischenzeit werde ich im Parlament bekannt geben, dass wir alles nochmals überdenken und einen neuen Vorschlag einreichen werden."

„Vielen Dank, Vater", sagte Leo voll Dankbarkeit, dass sein Vater immer sehr bedacht war. „Wie geht es der Familie sonst so?"

„Es geht allen gut", meinte sein Vater. „Wir freuen uns auf deine Rückkehr, obwohl wir verstehen, dass du im Moment einen gewissen Freiraum benötigst. Tatsächlich suche ich gerade nach einem Anwesen für dich."

„Für mich?", fragte Leo verwirrt.

„Natürlich", bestätigte sein Vater mit einem Nicken. „Ich bin sicher, du und deine Braut sehnt euch nach eigenen vier Wänden."

Seine Braut. Ach ja, Anne.

„Hast du Anne in letzter Zeit gesehen?", fragte Leo. Er hoffte, dass diese nun nur noch vorgetäuschte Verlobung bald ein Ende haben würde.

„Aber sicher", meinte sein Vater. „Sie und ihre Mutter treffen sich fast täglich mit deiner. Ich fühle mit dir, mein Sohn. Obwohl du wahrscheinlich erleichtert bist, die ganzen Vorbereitungen nicht miterleben zu müssen, steht dir doch immerhin ein ziemlich großes Ereignis bevor."

Furcht begann seine Wirbelsäule hinaufzukriechen. Was tat Anne? Dies sollte eine zeitlich begrenzte Täuschung sein. Eine Hochzeit zu planen, von der die gesamte feine Gesellschaft sprechen würde, war nicht Teil ihres Plans. Er musste mit ihr sprechen – und zwar schnell!

„Dann lass uns all dies hinter uns bringen, damit wir uns auf die Hochzeit konzentrieren können", sagte er unverbindlich.

„Gut, mein Sohn", stimmte sein Vater nickend zu. „Sehr gut."

KAPITEL 20

„Ich bin in einer Minute da."

Georgie und Alice tauschten einen irritierten Blick, während Alice mit den Schultern zuckte. Der betagte Butler zuckte nicht einmal mit der Wimper, als er sie in einen Salon führte, obwohl vom hinteren Teil des Hauses ein Klirren zu vernehmen war.

„Das ist nur Freddie", sagte Alices Schwägerin Celeste, die die beiden zum Haus ihrer Freundin begleitet hatte. „Sie arbeitet immer an irgendetwas."

„Was genau macht sie?", fragte Georgie, während sie sich selbst in Erinnerung rief, langsam und anmutig zu gehen wie eine Lady. Sie war es nicht gewöhnt, dieses feine Kleid zu tragen, hatte aber entschieden, dass es angebracht war, wenn man das Haus einer Lady der feinen Gesellschaft betrat.

„Sie ist eine Erfinderin", sagte Alice mit einem Funkeln in den Augen, und Georgie murmelte: „Ich verstehe." Doch eigentlich war sie ein wenig perplex. „Und was erfindet sie?"

„Oh, ein wenig von allem", sagte Mrs. Cunningham, die mit Alices Bruder verheiratet war.

Georgie wusste nicht, wen genau sie erwartet hatte, doch

es war sicherlich nicht die kleine zierliche Frau mit den dunkelbraunen Locken, die sie hochgesteckt trug. Während sie in den Raum geeilt kam, rieb sie ihre Hände an einem Lappen ab, aber sie begrüßte sie alle mit einem strahlenden Lächeln.

„Wie schön, solch reizenden Besuch zu bekommen. Ein paar Dinge sind dahinten gerade nicht so gelaufen, wie geplant, doch es ist alles bestens."

Nachdem sie sich mit Georgie bekanntgemacht hatte, setzte sie sich auf einen Stuhl und lehnte sich zurück. Offensichtlich wartete sie darauf, dass einer von ihnen etwas sagte.

Als sie erkannte, dass, obwohl sie von allen im Raum den niedrigsten Rang besaß, es ihr oblag, das zu tun, richtete sich Georgie auf.

„Danke, dass Sie uns empfangen haben", sagte sie mit einem Nicken. „Es mag Ihnen vielleicht etwas ungewöhnlich erscheinen, aber ich bin eine Detektivin der Bow Street –"

Lady Dorrington und Mrs. Cunningham mussten lachen, und Georgie erkannte, dass diese Frauen ihre Tätigkeit – oder auch jedwede Tätigkeit – offensichtlich nicht ungewöhnlich fanden.

„Und ich befinde mich in einer schwierigen Situation. Wissen Sie, der Mann, über den ich Nachforschungen anstellen möchte, ist ein Marquess, und somit ist es schwierig für mich, irgendetwas herauszufinden."

„Das kann ich verstehen", murmelte Lady Dorrington. „Sie hoffen, dass ich Ihnen helfen kann, nicht wahr?"

Georgie schaute zu Alice, die bestätigend nickte.

„Ja, das ist meine Hoffnung. Ich benötige nicht viel – nur, ob man mit seiner Person irgendwelche Skandale verbindet oder irgendetwas, das ihn mit dem Gentleman in Verbindung bringt, dem ich helfe."

Freddies Blick verharrte eindringlich auf ihr und Georgie

wusste, sie würde gern mehr Fragen stellen, hielt sich aber zurück.

„Gut", sagte sie mit einem Nicken. „Um wen handelt es sich?"

Georgie hatte nicht damit gerechnet, dass sie so schnell zur Sache kommen würde, noch dazu während sie alle im Raum waren, doch sie würde nehmen, was auch immer Lady Dorrington zu geben bereit war.

„Lord Marbury."

Lady Dorrington presste die Lippen aufeinander, als hätte sie gerade in eine Zitrone gebissen. „Er also."

„Was können Sie mir über ihn sagen?"

„Lord Marbury." Lady Dorrington nahm einen tiefen Atemzug. „Nun, lassen Sie mich überlegen. Er ist ungefähr zwanzig Jahre älter als ich, obwohl es seine Vorliebe war, mit den jungen Damen zu tanzen, als ich meine erste Saison hatte, wenn Sie wissen, was ich meine."

„Ist er verheiratet?"

„Verwitwet. Bis vor kurzem hatte er nicht ins Auge gefasst, nochmals zu heiraten. Ansonsten, da bin ich mir sicher, hätte eine verzweifelte Mutter ihm inzwischen bereits ihre arme Tochter untergeschoben."

Georgie konzentrierte sich auf ihre ersten Worte.

„Was meinen Sie mit ,bis vor kurzem'?"

„Er ist nun plötzlich auf der Suche nach einer Frau, was angesichts seines Alters und der Tatsache, dass er bereits den notwendigen Erben und noch einen weiteren Sohn hat, überraschend ist. Der einzige Grund, den ich mir dafür vorstellen kann, dass ein Mann dieses Alters von heute auf morgen verzweifelt eine Gemahlin sucht, ist, dass er ihre Mitgift benötigt. Und nach den Frauen zu urteilen, an denen er plötzlich Interesse zeigt, entsprechen die Gerüchte der Wahrheit."

„Er hat also irgendwie alles verloren?", fragte Georgie und

ließ ihre Ellbogen auf ihren Knien ruhen, während sie Lady Dorrington interessiert betrachtete.

Diese zuckte mit ihren schmalen Schultern.

„Allem Anschein nach. Bei den meisten Adligen kommt dies durch Verluste am Spieltisch oder bei Pferdewetten. Mein Ehemann mag solche Beschäftigungen nicht sonderlich, deshalb kann ich es nicht mit Sicherheit sagen. Und ich habe mich nicht besonders intensiv um den allgemeinen Klatsch gekümmert."

Vielleicht schuldete Lord Marbury Leo ein schönes Sümmchen. Doch warum sollte Leo ihr dies vorenthalten? Es wäre doch nichts, was man verheimlichen müsste – es sei denn, Leo hätte etwas von zweifelhafter Moral getan, was zu diesem Ereignis geführt hatte.

„Eins noch", sagte Lady Dorrington mit erhobenem Finger. „Lord Marbury verkehrt mit ein paar … dubiosen Gestalten."

„Solche wie Lord Lovelace?", fragte Georgie mit gehobener Augenbraue, und Lady Dorringtons freundliche Gesichtszüge verfinsterten sich.

„Er ist einer von ihnen."

„Das ist mir bekannt. Und ich weiß, das rückt ihn nicht gerade in ein gutes Licht."

„Seien Sie vorsichtig mit Männern wie diesen beiden", riet ihr Lady Dorrington.

„Vielen Dank, Lady Dorrington", sagte Georgie. „Sie haben mir sehr geholfen."

„Oh, bitte nennen Sie mich Freddie, alle tun dies", meinte die Marchioness und ihr Gesichtsausdruck zeigte wieder die übliche Freundlichkeit. „Und es tut mir leid, dass ich Ihnen nicht mehr Informationen liefern konnte."

„Dies war bereits sehr aufschlussreich", meinte Georgie. „Es war mir ein Vergnügen, Ihre Bekanntschaft zu machen, Freddie."

„Die Freude war ganz meinerseits", sagte Freddie strahlend. „Ich habe noch nie eine Frau getroffen, die als Detektivin arbeitet."

„Soweit mir bekannt ist, bin ich die einzige in London, was dies erklärt", meinte Georgie lachend.

Die Frauen unterhielten sich noch eine Stunde, bevor Georgie, Alice und Mrs. Cunningham sich auf den Weg machen wollten. Kurz vor der Tür hielt Freddie Alice auf.

„Werde ich dich auf der Hochzeit sehen?"

„Welche Hochzeit?"

Freddie rollte dramatisch mit den Augen. „Die Fitzgerald-Belmont-Hochzeit. Wenn du die beteiligten Mütter fragst, gibt es keine andere Hochzeit." Sie lachte und war vollkommen ahnungslos, was diese Enthüllung für Georgie bedeutete.

Leo hatte ihr zwar erzählt, die Hochzeitsplanungen wären letztendlich bedeutungslos, weil er und Lady Anne eine gegenteilige Vereinbarung getroffen hatten … aber warum fanden dann solch *aufwendige* und *konkrete* Vorbereitungen statt? Sagte er die Wahrheit, als er erklärte, es würde nicht wirklich eine Hochzeit stattfinden? Oder war das nur Teil eines ausgeklügelten Plans, um sie ins Bett zu bekommen? Was wusste sie tatsächlich über ihn? Er hatte sie verlassen, weil er nicht ertragen konnte, von einer Frau gerettet worden zu sein. Was sagte das über ihn?

Es spielte keine Rolle, sagte sie sich.

Obwohl sie tief in ihrem Inneren wusste, dass sie sich selbst etwas vormachte.

* * *

„GEORGIE, kann ich mit dir reden?"

„Natürlich."

Marshall setzte sich ernst neben sie.

„Du erinnerst dich an den Gesetzesentwurf für härtere Strafen, von dem wir gehört haben?"

Sie richtete sich gerader auf. In letzter Zeit hatte sie ihr Ziel, dieses Gesetz zu verhindern, vernachlässigt, doch das hieß nicht, dass sie es vergessen hatte.

„Was ist damit?"

„Heute hat man im Parlament darüber gesprochen."

„Tatsächlich?"

Er nickte langsam. „Das hat man mir erzählt. Offensichtlich werden erst noch einige Änderungen vorgenommen, bevor es endgültig dem Parlament vorgelegt wird."

„Weißt du etwas über diese Änderungen?", fragte sie, aber er schüttelte den Kopf.

„Es ist noch alles geheim. Ich werde versuchen herauszufinden, was das Gesetz nun enthalten soll, doch ich kann mir nicht vorstellen, dass es sich dabei um etwas Gutes handelt."

„Weißt du, wer es einreicht?"

Marshall verschränkte nun die Arme und lehnte sich zurück, während er sie taxierte.

„Also ich möchte nicht, dass du dich deshalb aufregst oder wütend wirst, Georgie. Ich bin nur der Überbringer der Informationen."

„Das ist mir bewusst", sagte sie. „Nun rück schon damit heraus."

Er seufzte.

„Nun gut. Der Lord, der die Anregung zu dieser Gesetzesänderung gab, ist Lord Sheriden."

„Lord Sheriden?", wiederholte sie mit großen Augen. „Aber das ist –"

„Der Graf von Sheriden, Vater deines Lord Richmond. Ja genau."

Georgie drehte sich der Magen, während sie sich auf ihrem Stuhl zurücksinken ließ. „Das ist nicht dein Ernst."

Marshall nickte und schaute dann weg, um ihren

gequälten Gesichtsausdruck nicht zu sehen. „Ich kenne die Einzelheiten nicht, doch mir wurde gesagt, dass … sein Sohn dieses Gesetz will."

Georgie verharrte reglos, doch ein leichtes Zittern breitete sich in ihrem Körper aus. Sie wollte es unterdrücken, aber es schien einen eigenen Willen zu haben.

„Nach allem, was ich ihm klargemacht habe …", sagte sie und schüttelte mit angespanntem Kiefer den Kopf. „Dieser Scheißkerl."

„Na, na", meinte Marshall und hob eine Hand. „Wir wissen nicht mit Sicherheit, was dieses Gesetz beinhalten wird oder was Lord Richmond genau damit zu tun hat."

„Nein, das wissen wir nicht", stimmte Georgie ihm zu. „Aber als Le – Lord Richmonds Erinnerungen zurückkehrten, muss er es gewusst haben."

„Verliert der Prinz etwas von seinem Glanz?"

Georgie warf ihm einen finsteren Blick zu. „Wenn du damit aufhören könntest, mich wegen meiner Freundschaft zu ihm zu drangsalieren, wäre ich dir sehr dankbar. Dann könnte ich mit meiner Arbeit fortfahren."

„Es tut mir leid, Georgie", sagte Marshall und machte ein langes Gesicht, während er sie reumütig anschaute. „Du hast recht, das geht mich nichts an. Ich möchte nur nicht, dass du verletzt wirst."

„Was ich sehr zu schätzen weiß", erklärte sie. „Doch ich bin eine erwachsene Frau, die in ihrem Leben schon einiges durchgemacht hat. Die Täuschung eines Lords wird mich nicht zerbrechen."

„Aber wird dies dein Herz brechen?"

„Keineswegs", antwortete sie fest und setzte sich aufrechter hin. „Tatsächlich werde ich noch in einer weiteren Richtung Nachforschungen anstellen und dann bin ich mit diesem Fall ein für alle Mal fertig. Und mit ihm."

„Wirst du mit Marbury sprechen?"

„Ja, genau."

„Ich werde mit dir kommen."

„Marshall, ich –"

„Georgie, haben wir jemals zugelassen, dass einer von uns in einer solchen Situation allein zu einer derartigen Befragung ging?"

Sie seufzte. Das konnte sie nicht verneinen. „Normalerweise nicht."

„Genau. Ich muss dies hier noch beenden, dann machen wir uns auf den Weg."

* * *

LEO MOCHTE IMMER sein Leben und die Freiheiten, die es ihm bot.

Deshalb war er es endgültig leid, davon abgehalten zu werden, es wieder aufzunehmen. Wenn Marbury und Lovelace glaubten, ihn mit ihren Morddrohungen ängstigen zu können, dann war es an der Zeit, dass sie erkannten, Leo war kein Mann, mit dem man solche Spielchen treiben konnte. Er konnte genauso gut austeilen, wie er einstecken konnte.

Deshalb ließ er sich gerade in Marburys Arbeitszimmer führen.

Er wusste, dass manche ihn für verrückt halten würden, weil er in die Höhle des Löwen marschierte und sich als Opfer darbot. Doch obwohl er sich sicher war, dass Lovelace den Angriff auf ihn beauftragt hatte, war er sich auch bewusst, dass sowohl Lovelace als auch Marbury zu zart besaitet waren, um so etwas selbst in die Hand zu nehmen. Sie hatten andere, die die Arbeit für sie verrichteten.

Leopold Belmont war jedoch kein Mann, der jemals mit eingezogenem Schwanz davongelaufen war, und es war an der Zeit, dass diesen Männern klar wurde, mit wem sie es zu tun hatten.

„Ah, Marbury, Lovelace. Ich war mir nicht sicher, ob Sie beide den Mut haben würden, sich mir zu stellen."

„Wie bitte?" Lovelace erhob sich empört, und Leo rollte mit den Augen.

„Ich denke, wir sind über vorgetäuschte Freundlichkeit weit hinaus. Wir ließen dies hinter uns, als Sie mir in die Brust schossen und dann dafür sorgten, dass ich verschwand. Zu Ihrem Glück bin ich viel zu dickköpfig, um zuzulassen, dass Ihre Versuche, mir den Garaus zu machen, von Erfolg gekrönt sind. Und dann ist da noch der Vorfall in den Gärten, Lovelace, als Sie mich erkannten. Wie bedauerlich, dass eine Frau Sie besiegen konnte."

Marbury, der Ältere der beiden, schaute ungläubig zu Lovelace, und Leo grinste bei dem wohlplatzierten Schlag.

„Sie hat mich nicht besiegt –", begann Lovelace zu stottern, aber Leo winkte ab.

„Machen Sie sich keine Sorgen. Ihren Männern in Cheapside ging es ebenso."

„Das ist alles recht unzivilisiert", sagte Marbury. „Warum setzen wir uns nicht und genehmigen uns ein Glas Branntwein –"

„Ich muss ablehnen. Dies ist kein freundschaftlicher Besuch", sagte Leo mit einem Schnauben. Außerdem sollte er besser das Risiko, etwas zu sich zu nehmen, nicht eingehen. „Sie werden beide den Versuch, mich zu beseitigen, aufgeben. Wenn Sie glauben, auf diese Weise der Bestrafung wegen versuchten Mordes zu entkommen, irren Sie sich gewaltig."

„Sie würden wegen des Duells genauso zur Rechenschaft gezogen wie wir", entgegnete Marbury, doch Leo hob eine Hand.

„Ich habe nie auf einen von Ihnen geschossen, weshalb ich denke, meine Bestrafung würde etwas milder ausfallen."

„Ich hörte, Ihr Vater möchte ein Gesetz durchbringen, das

für uns alle eine Gefahr wäre. Wie dumm sind Sie beide nur?"

„Wenn ein Mann eine Frau angreift und ihren Bruder mehrmals fast tötet, sollte er dafür eine angemessene Strafe erhalten."

„Wir sind Mitglieder des *Adels*", schäumte Lovelace. „Dadurch sind wir vor Strafen geschützt."

„Vielleicht", meinte Leo mit einem Schulterzucken. „Aber für einen Mann, der sich dahingehend sicher fühlt, haben Sie große Anstrengungen unternommen."

„Sie können nichts beweisen!", rief Lovelace und drückte einen Finger in Leos Gesicht. „Absolut nichts. Ich schlage vor, Sie nehmen diesen Gesetzesentwurf und schieben ihn sich –"

„Lord Marbury?" Überrascht drehten sie sich alle um und erblickten den Butler an der Tür. Seine mürrische Erklärung schnitt durch den Zorn im Raum. „Entschuldigen Sie, Mylord. Ich versuchte sie aufzuhalten, doch sie weigerten sich zu warten. Hier sind zwei Detektive der Bow Street für Sie."

Er trat zu Seite, und Marshall und Georgie kamen zum Vorschein. Georgies Gesicht zeigte Entsetzen.

KAPITEL 21

Leo versuchte sich daran zu erinnern, was gerade gesagt worden war, versuchte zu erfassen, was Georgie wohl gehört hatte, doch ihr Gesichtsausdruck sagte ihm, dass es keine Rolle mehr spielte.

Was auch immer es war, es war genug. Er schaute flehend zu ihr und hoffte, dass sie verstehen würde, aber sie ging an ihm vorbei in den Raum, Marshall blieb etwas zurück.

„Haben Sie die Frau zu Ihrer Sicherheit herbeordert, Belmont?", fragte Marbury und um seine Augen erschienen Fältchen, als er grinste. Da wurde Leo bewusst, dass jegliche Angst, die diese Lords vielleicht ob seiner Worte empfunden hatten, mit Georgies Eintreffen verflogen war.

„Ich hatte keine Ahnung, dass Lord Richmond hier sein würde", sagte Georgie, ihre Stimme klang laut und klar in dem Raum, dem es ansonsten an Helligkeit fehlte. „Lord Marbury, die Beschreibung von Lord Richmonds Angreifern passt auf Ihre Person, weshalb wir hier sind, um Sie zu befragen."

Lord Marbury schaute sie einen Moment an und warf dann den Kopf zurück und lachte.

„Mich befragen? Warum?"

„Um zu ermitteln, was Ihr Motiv dafür sein könnte, Männer anzuheuern, um ihn anzugreifen", erklärte sie. „Obwohl ich glaube, dass wir unsere Antwort bereits haben."

Die Blicke aller auf ihr ignorierend, ging sie weiter in den Raum. Es war nur allzu deutlich, dass nicht einer von ihnen ihre Anwesenheit schätzte. Marshall verschränkte seine Arme vor der Brust und überblickte den Raum vom Türrahmen aus. Er erlaubte Georgie, die Führung zu übernehmen. Leo konnte jedoch spüren, wie die Augen des Mannes mit Verärgerung über ihn glitten.

„Wir haben nichts Falsches getan", sagte Marbury zu Marshall und ignorierte Georgie absichtlich. „Und Sie können uns nicht das Gegenteil beweisen. Tatsächlich würde ich es begrüßen, wenn Sie diesen Gentleman aus meinem Haus führten. Er kam hierher und bedrohte meinen Freund und mich. Ich fürchte nun um mein Leben."

„Seien Sie vorsichtig, Marbury", warnte Leo affektiert. „Es klingt, als würden Sie eine Frau um Hilfe bitten."

Marbury richtete sich so gerade wie möglich auf, wobei er Leo noch immer lediglich bis zum Kinn reichte.

„Ich spreche mit dem Detektiv an der Tür."

Georgie und Marshall tauschten einen Blick und, obgleich Leo wusste, dass sie nur Freunde waren, sehnte er sich danach, derjenige zu sein, mit dem sie ohne Worte kommunizierte, ihr Partner in allen Bereichen.

Doch er hatte so ein Gefühl, dass dies für ihn nie wieder möglich sein würde.

Nicht nach der Art zu urteilen, wie Georgie ihn anschaute. Ihre Augen waren nicht nur anklagend, sondern … kalt. Betrübt. Enttäuscht.

Enttäuscht von ihm.

„Ich glaube nicht, dass Lord Richmond für Sie eine

Gefahr darstellt", meinte Georgie schließlich, und Leo hielt eine Hand hoch.

„Keine Sorge! Ich werde freiwillig gehen. Diese Gesellschaft hinterlässt einen schlechten Geschmack in meinem Mund. Leben Sie wohl, Gentlemen. Ich möchte Sie nochmals dazu ermutigen, daran zu denken, was ich sagte. Denn wenn Sie auf diesem Weg weitergehen und die falsche Abzweigung nehmen, könnte es passieren, dass Sie es bereuen und irgendwo enden, wo es Ihnen nicht gefällt."

„Sehen Sie", schnaubte Lovelace. „Er ist –"

„Einen schönen Tag", sagte Georgie und tippte sich an ihre Kappe. Als sie den Raum wie eine Königin verließ, konnten Marshall und Leo ihr nur folgen.

* * *

„Georgie warte!"

Leo gefiel es ganz und gar nicht, dass er hinter ihr herrannte wie ein verliebter Welpe, doch er konnte sie auch nicht einfach gehen lassen, ohne wenigstens einen Versuch zu unternehmen, ihr etwas zu erklären.

„Ich habe dir nichts zu sagen", ließ sie ihn wissen, als er zu ihr aufschloss. Er schaute Marshall flehend an und bat wortlos um Hilfe, doch der rothaarige Mann schüttelte als Antwort nur den Kopf. „Tatsächlich", fuhr sie fort, während ihre Schritte noch schneller waren als üblich und es den Anschein hatte, als würde sie vor ihm weglaufen, „glaube ich nicht länger, dass dies ein Fall für die Bow Street ist. Wir haben alles erledigt, was wir versprachen. Du kennst nun deine Identität, kannst deinen rechtmäßigen Platz einnehmen und weißt, wer dich angriff. Leider besitzen wir nicht genügend Beweise, um eine Verurteilung dieser Gentlemen zu erlangen. Und selbst wenn dem so wäre, wissen wir doch alle, dass man ihnen einen Straferlass gewähren würde, nur weil sie zum Adel gehören."

„Aber darum geht es ja", sagte er eindringlich und versuchte mit ihr Schritt zu halten. „Das versuche ich zu ändern. Ich –"

Schließlich blieb Georgie stehen, drehte sich um und gestikulierte zwischen ihnen.

„Ich möchte nichts davon hören. Ich bin fertig damit. Und mit dir. Ich habe dich zu meiner Mutter mitgenommen. Zu den Waisenkindern, die mir alles bedeuten, an den Ort, der mein Heim war, als ich allein war. Und du hast mich nur angelogen. Die ganze Zeit hast du geplant, für die Menschen, für die ich kämpfe, alles noch schlimmer zu machen. Die ganze Zeit warst du mein Feind und hast mir diese Tatsache vorenthalten."

Marshall entfernte sich etwas und gewährte ihnen ein wenig Privatsphäre, obwohl Passanten ihnen bereits neugierige Blicke zuwarfen.

„Fairerweise solltest du vielleicht berücksichtigen, dass ich es anfangs nicht wusste. Nicht, als wir bei deiner Mutter waren und auch nicht, als ich dich zu den –"

„Du hast recht", sagte sie mild. „Aber natürlich nur, wenn du die Wahrheit sagst. Es ist schwer zu entscheiden, was ich dir glauben kann. Hattest du überhaupt deine Erinnerungen verloren?"

„Ich dachte, du könntest erkennen, wenn jemand lügt."

Dem war auch so. Und ja, sie wusste, dass er damals die Wahrheit sagte. Doch im Augenblick warf sie ihm alles an den Kopf, was sie konnte, und stellte sich selbst und ihn in Frage.

„Außerdem, welchen Grund sollte ich dazu gehabt haben, meinen Gedächtnisverlust vorzutäuschen?", fragte Leo verzweifelt. „Und dafür, meine gesamte Familie glauben zu lassen, ich wäre tot? Und Perry glauben zu lassen, die Frau heiraten zu müssen, mit der ich verlobt war?"

„Ach ja, wenn wir gerade bei diesem Thema sind. Wie geht es Lady Anne?", fragte Georgie, ihr Kinn entschlossen vorgeschoben. „Ich habe gehört, deine und ihre Mutter treffen sich täglich wegen der Hochzeit."

„Georgie, du kennst die Wahrheit."

„Ich weiß gar nichts mehr. Nach dem zu urteilen, was mir zu Ohren kam, gehen die Hochzeitsplanungen gut voran."

Ihre Stimme war fest und in jedem Wort klang Überzeugung mit. Doch er konnte die Verzweiflung in ihren Augen sehen, in der Art, wie sie sich nervös hin und her bewegten, als wäre sie kurz davor, die Fassung zu verlieren.

„Georgie", sagte er und trat näher. Er sprach nun leiser, damit nur sie seine Worte hören konnte, denn dies war allein für ihre Ohren bestimmt. „Ich liebe dich."

Die Hände in die Hüften gestemmt schnaubte sie und schaute in die andere Richtung.

„Nein, das tust du nicht."

Er trat wieder einen Schritt zurück. „Und ob ich das –"

„Nein! Du würdest nie jemanden, den du liebst, so behandeln. Dachtest du, ich würde es nie herausfinden? Dass ich nicht kompetent genug wäre, um die Wahrheit zu entdecken?"

„Georgie, ich bin dabei, den Entwurf zu ändern. Ich habe nie zuvor bedacht, in welcher Art die Menschen von dem Gesetz betroffen sind, dachte nicht daran –"

„Genau das ist es! Du denkst nicht."

„Du musst verstehen."

„Ich kann nicht. Nicht jetzt. Nicht heute. Lass mich in Ruhe, Leo."

„Aber Georgie –"

„Wir fanden unter Umständen zusammen, die wir uns nie hätten vorstellen können. Doch nun hat sich alles geändert.

Lass uns ehrlich sein. Es gab für uns ohnehin nie eine gemeinsame Zukunft. Denn ich hege nicht den Wunsch, die Frau eines Adligen zu werden, und du könntest wahrscheinlich nie eine Frau wie mich in deine Welt bringen. Wir wussten immer, dass das, was zwischen uns war, zeitlich begrenzt war. Nun, die Zeit ist jetzt vorbei. Danke, dass du mir die Lektion erteilst hast, meine Achtsamkeit niemals zu vernachlässigen und vorsichtig dabei zu sein, wem ich mein Vertrauen schenke. Ich habe allen, die mich vor dir warnten gesagt, dass sie sich irrten, doch leider hatten sie recht. Ich war diejenige, die die Wahrheit nicht erkennen konnte."

„Georgie –"

„Lebe wohl, Leo."

Sie drehte sich so schnell um, dass Leo sich sicher war, sie wollte nicht, dass er sah, wie die Tränen in ihren Augen ihre Wangen hinunterliefen. Marshall drückte sich von der Wand ab, an der er wartend gelehnt hatte. Er schaute zurück und betrachtete Leo warnend – eine Warnung, ihr nicht wieder zu nahe zu kommen.

Leo konnte nichts anderes tun, als zuzuschauen, wie sie sich entfernten.

* * *

„GEHT ES DIR GUT?" Offensichtlich wollte Marshall sie jetzt nicht allein lassen und blieb in der Tür stehen.

„Es ist alles bestens", erklärte Georgie und hoffte, ihr Gesichtsausdruck verriet sie nicht. „Du musst dir keine Sorgen machen."

„Georgie", sagte er sanft und neigte seinen Kopf, um zu ihr hinunterzuschauen. „Du musst nicht zu jeder Zeit die Starke sein."

„Doch, das muss ich."

„Nein."

„Doch, das muss ich", wiederholte sie mit mehr Nachdruck. „Du weißt nicht, wie es ist, eine Frau zu sein, die als Detektivin arbeitet. Man bringt mir nur einen Bruchteil des Respekts entgegen, den du erhältst. Ich muss beweisen, dass ich nicht die gefühlsduselige Frau bin, für die man mich hält. Ich muss besser sein. Ich kann mich nicht von Gefühlen leiten lassen und genau das habe ich zugelassen. Von dem Augenblick an, als er mich bat, ihn nicht in ein Hospital zu bringen, als er mich um Schutz bat, überließ ich meinen Gefühlen die Führung. Ich hätte ihm die Bitte abschlagen sollen."

Marshall, der sich normalerweise über solche Dinge keine großen Gedanken machte, seufzte und starrte sie einen Moment an, als würde er sich fragen, ob er etwas sagen sollte oder nicht. Schließlich entschied er sich zu sprechen.

„Georgie, die Sache ist", begann er, trat in den Raum und schloss die Tür hinter sich, „dass jeder Mann oder jede Frau Entscheidungen aufgrund von Fakten treffen kann. Doch nicht deine Gefühle helfen dir, in dem, was du tust, gut zu sein und dich von anderen abzuheben, sondern deine *Intuition*. Und dafür musst du dich nicht schämen."

„Das dachte ich auch", sagte sie bitter. „Bis jetzt."

„Warum kommst du heute Abend nicht zum Essen zu uns?", fragte er mit einer erhobenen Augenbraue, doch sie schüttelte den Kopf. Ihr war nicht nach Gesellschaft.

„Ich versprach Abby, am Sonntag zu kommen. Das Letzte, was sie braucht, ist, einen weiteren Abend ein zusätzliches Maul stopfen zu müssen."

Marshall betrachtete sie. „Du weißt, dass ihr das nichts ausmacht."

„Ja, natürlich, das ist mir bewusst. Aber ich möchte trotzdem heute gern allein sein."

„Gut. Doch wenn du etwas brauchst –"

„Dann weiß ich, wo ich dich finden kann. Vielen Dank, Marshall."

Als er sich schließlich ihren Wünschen beugte und die Tür hinter sich schloss, ließ sich Georgie auf einen Stuhl sinken und war zu fassungslos, um ihren Gefühlen zu erlauben, an die Oberfläche zu kommen. Sie war einfach müde. Sie war es müde, immer alles zu versuchen. Müde, Dinge zu fühlen, die sie nicht fühlen durfte. Denn die Wahrheit war, sie liebte Leo. Nur dass der Leo, den sie liebte, der Mann war, den sie aus der Themse gezogen hatte, nicht der, den sie kennenlernte, nachdem er sein Gedächtnis wiedergefunden hatte. Aber das war der Mann, der er wirklich war. Er würde sich nicht wieder in den Mann verwandeln, der er in ihren ersten Tagen war.

Das war die Tatsache, die sie akzeptieren musste, und sie hasste es so sehr, wie sie ihn liebte.

Schließlich begann der Aufruhr, der in ihr tobte, von ihrem Inneren aufzusteigen, bis er mit einem Schluchzen aus ihr herausbrach und sie fast erstickte.

Sie lehnte sich über den Tisch und ihre Finger trafen dabei auf glattes Metall. Leos Medaillon. Sie legte die Hand darum und drückte es fest an ihr Herz, während sie ihre Stirn auf den anderen Arm legte und sich ihrem Kummer ergab.

* * *

„WAS IST MIT DIR LOS?"

„Nichts."

Sarah betrachtete ihn bekümmert. „Ich weiß, dass dies nicht der Wahrheit entspricht."

Er war gerade rechtzeitig für weitere Hochzeitsplanungen im Haus seiner Eltern erschienen. Zunächst hatte er versucht, die Einladung, dabei anwesend zu sein, abzulehnen, doch dann erfuhr er, dass Lady Anne ebenfalls anwesend sein würde. Es war an der Zeit, dass sie sich darüber unterhielten, was mit der verfluchten Hochzeit passieren sollte.

„Du warst nie sonderlich leutselig, doch seit du ankamst, bist du regelrecht mürrisch", sagte Sarah mit erhobenem Kinn. „Du hast nicht ein Wort während des Tees von dir gegeben und nur geknurrt, wenn irgendjemand etwas zu dir sagte."

„Bist du nicht mit deinen eigenen Hochzeitsplanungen beschäftigt?"

Sie schniefte. „Ich habe lange auf die Hochzeit meiner Träume gewartet. Daher werde ich nicht zulassen, dass deine auf die Schnelle arrangierte Feier der meinen in den Weg gerät oder von ihr ablenkt. Außerdem ist Basil gerade nicht in London und wir werden warten, bis die Zeit für unsere Hochzeit perfekt ist."

„Ich kann noch immer nicht glauben, dass ihr beide zusammengefunden habt."

Sie zuckte mit den Schultern. „Manchmal findest du die Liebe, wo du es am wenigsten erwartest."

Wenn das mal nicht der Wahrheit entsprach.

Sie neigte den Kopf zur Seite und beäugte ihn kritisch. „Du bist nicht mehr derselbe Mensch, seit du zurückgekehrt bist."

„Es kann einen verändern, wenn man dem Tod so nah kommt."

„Das ist wohl wahr", sagte sie mit einem Nicken. „Aber es ist mehr an deiner Veränderung. Du bist … weicher."

„Ich bin nicht weich", erklärte er und betonte jedes einzelne Wort mit einer Intensität, die zeigen sollte, wir ernst er sie meinte. Dann erhob er sich, ging hinüber zur Anrichte und goss sich Branntwein in ein Glas.

„Vielleicht ist weich das falsche Wort", entschied Sarah. „Eher freundlicher."

„Du denkst wohl gerade an deinen anderen Bruder."

„Schon gut", sagte sie mit einem dramatischen Seufzen. „Dann sprich eben nicht mit mir darüber. Um Gottes willen, du solltest wirklich besser dieses Stirnrunzeln unterlassen, bevor Lady Anne hereinkommt und entscheidet, dass sie keinen Miesepeter wie dich heiraten möchte."

Nun, das war eigentlich das Ziel.

„Ah, da ist sie", sagte Sarah strahlend, erhob sich und begrüßte Anne und ihre Mutter, als sie den Raum betraten.

Bevor die Damen mit ihren albernen Plänen beginnen konnten, unterbrach Leo sie. Er hatte weder die Zeit noch den Wunsch, daran mitzuwirken.

„Lady Anne, könnte ich einen Moment mit Ihnen allein sprechen?", fragte er und vier schockierte Augenpaare landeten auf ihm.

„Leopold, ich denke nicht –", begann seine Mutter, doch er ließ ihren Protest mit einem finsteren Blick ersterben und sie schloss den Mund. „Gut. Geht in den Salon, aber lasst die Tür geöffnet."

„Natürlich."

Während die Frauen ihn anstarrten, bot er Anne seinen Arm an. Er wusste, dass seine Mutter ihm die Meinung sagen würde, sobald ihre Besucher sie verlassen hatten.

„Anne", begann er, als sie endlich allein waren. „Was geht vor sich?"

„Oh Leo", sagte sie mit einem Seufzen und rieb ihre Hände nervös aneinander. Sie saß am Rand des Sofas und sah ihn an. Ihre Stimme war fast nur ein Flüstern. „Es tut mir so leid. Ich wollte Ihnen alles erklären, wusste aber nicht, wo ich Sie finden konnte."

„Nun bin ich da", sagte er, verschränkte die Arme vor seiner Brust und erhob sich wieder. Offensichtlich war er nicht in der Lage, still zu sitzen, und ging hinüber, um aus dem Fenster zu schauen und sich dann wieder umzudrehen. „Erklären Sie mir die Lage."

Er studierte ihr Profil und konnte sich nicht davon abhalten, sie mit Georgie zu vergleichen. Anne war alles, was ein englischer Edelmann sich als Gemahlin wünschen sollte. Sie war eine zarte Schönheit, höflich, gehorsam und kam aus einer angesehenen Familie.

Doch sie war nicht das, was er sich wünschte. Nicht mehr. Er konnte es nicht ändern. Er wollte eine Frau, die groß, stark und dunkelhaarig war und eine spitze Zunge besaß. Eine Frau, die sagte, was sie wollte und deren Mutter gerade in Bedlam weilte, obwohl sie nicht verrückter war als seine eigene Mutter.

„Ich versuchte meiner Mutter alles über Mr. Clark und mich zu erzählen, doch sie war so entsetzt, dass sie mich versprechen ließ, ihn gegenüber meinem Vater nicht zu erwähnen. Aber machen Sie sich keine Sorgen – Clark und ich haben einen Plan."

„Ach wirklich?" Leos Augenbrauen wanderten nach oben.

„Doch ich fürchte, er schließt Sie mit ein." Trotz der Angst, die in ihren Worten mitschwang, strahlten ihre Augen, als sie sich nun zu ihm drehte. Und ihre Hände waren nicht länger aus Nervosität miteinander verbunden, sondern sie unterstrichen ihre glückliche Aura. „Ich werde mit meinem Vater zur Kirche fahren. Wenn wir ankommen, werden Sie am Altar stehen, und ich möchte Sie bitten, dass Sie Mr. Clark zu ihrem Trauzeugen machen. Dann müssen Sie im letzten Moment einfach mit ihm den Platz tauschen."

„Anne …", begann Leo und schüttelte den Kopf, bevor sie ausgesprochen hatte. „Das ist ein verheerender Plan. Warum laufen Sie beide nicht einfach davon, wie es alle anderen tun, wenn die Eltern etwas gegen die Verbindung haben?"

. . .

IHRE MUNDWINKEL BOGEN sich nach unten. „Oh Leo, ich weiß, es ist viel verlangt, aber mir liegt sehr daran zu heiraten, während meine Familie anwesend ist. Selbst wenn sie diese Verbindung missbilligen. Meine Schwester wäre so enttäuscht, wenn sie bei diesem Ereignis nicht dabei sein könnte und meine kleinen Nichten … Bitte Leo, werden Sie es tun?“

Er rieb sich mit der Hand über das Gesicht. „Was ist mit der Heiratslizenz?“

„Wir müssten zuvor mit dem Geistlichen sprechen und eine allgemeine Erlaubnis beantragen, da das Aufgebot nicht verlesen wird. Wenn Sie Mr. Clark vielleicht zum Doctor's Commons begleiten könnten? Der Erzbischof wird unserer Bitte sicher nachkommen, wenn Sie ihn fragen, Leo.“

„Ihr Name würde für immer mit einem Skandal verbunden sein, genauso wie meiner.“

Sie schaute zu Boden. „Ich verstehe, wenn es zu viel verlangt ist, Leo, das verstehe ich wirklich. Es tut mir leid! Ich –“

„Wobei es mir gleichgültig ist, was die Leute denken. Mein Bruder ist bereits verheiratet und meine Schwester verlobt mit seinem besten Freund. Es ist also nicht so, als könnte der mögliche Schaden uns allzu schwer treffen. Meine Mutter mag einen Schlaganfall erleiden und mein Vater mag mir niemals vergeben, aber ich habe bereits Schlimmeres verursacht.“

„Ich bin mir nicht sicher, ob ich Sie verstehe.“

„Es besteht auch keine Notwendigkeit dazu“, sagte er und winkte ab. „Es ist nur so, dass ich etwas getan habe, wodurch jemand, den ich liebe, unwiderruflich verletzt wurde.“

„Oh Leo“, sagte sie, ging auf ihn zu und legte ihm eine Hand auf den Arm. „Haben Sie Ihre große Liebe gefunden?“

„Das dachte ich“, sagte er schroff. „Doch sie wird nie

wieder mit mir zusammen sein wollen, nicht, nachdem sie nun weiß, was ich getan habe."

„Wenn Sie diese Frau lieben – und wenn sie Sie liebt –, dann finden Sie beide einen Weg. Ich weiß es einfach", sagte sie ernst. „Sie sind der Mann, der es geschafft hat, dem Tod zu entkommen, der zu dickköpfig ist, um seine Erinnerungen für den Rest seines Lebens zu verlieren. Ich bin sicher, Sie können diese Frau davon überzeugen, dass die Liebe einen Versuch wert ist."

„Vielleicht", sagte er missmutig. „Vielleicht auch nicht."

KAPITEL 22

Georgie würde ihm niemals vergeben.

Dies versprach sie sich selbst, als sie am nächsten Morgen ihre Stiefel schnürte. Seit dem Moment, als man ihr ihre Mutter für immer genommen und weggesperrt hatte, hatte sich Georgie nie wieder so gebrochen gefühlt.

Es war ein Gefühl, das sie nicht mochte, und sie schwor, nicht zuzulassen, dass es sie jemals wieder befallen konnte.

Nun saß sie ihrer Mutter gegenüber und wünschte sich, sie könnte mehr tun, um ihr zu helfen.

„Ich werde mich nochmals für dich einsetzen", sagte Georgie und stützte sich auf ihre Ellbogen, als sie sich vorbeugte, um ihre Mutter anzuschauen. „Es muss etwas geben, was ich tun kann."

„Ach, mach dir keine Sorgen um mich", meinte ihre Mutter. „Du musst dein Leben weiterleben und einen Mann finden, mit dem du es teilen kannst, der dich glücklich machen wird. Was ist mit dem, der mit dir hier war?"

Georgie schnaubte, sprang auf und verschränkte die

Arme vor der Brust, bevor sie in dem kleinen Raum hin und her ging.

„Er ist niemand."

„Oh Georgie, was ist passiert?"

„Nichts." Sie zwang sich zu einem Lächeln, obwohl es sich anfühlte, als würden ihre Wangen dabei reißen. „Er war einfach nicht der Richtige für mich."

„Es schien mir, als kämt ihr gut miteinander zurecht und ich hoffte –"

„Mach dir keine Sorgen, Mutter", meinte Georgie. Sie wusste, dass sie bereits länger geblieben war, als ihr erlaubt war, doch sie war nicht in der Lage, zu gehen. „Ich werde bald wiederkommen. In Ordnung?"

Ihre Mutter nickte, und Georgie zog sie in eine innige Umarmung, bevor sie dem Wärter durch den Flur folgte und in die Londoner Luft zurückkehrte. Während sie nicht wirklich frisch war, war sie doch viel besser als die in der Anstalt.

Sie ballte die Hände zu Fäusten und stampfte durch den Matsch, scherte sich aber nicht darum, dass ihre Stiefel und Hosen bespritzt wurden. Sie wollte diesen Fall hinter sich lassen, doch sie war schon immer eine Person, die die Dinge zu Ende brachte. Sie musste noch eine Sache erledigen – zwei Männer musste sie befragen, bevor sie für sie nicht mehr erreichbar waren.

„Bist du dir sicher?", fragte Frank, einer ihrer Kollegen, als er sie durch das Gefängnis führte, in dem die beiden Männer gefangen gehalten wurden.

„Das bin ich", bestätigte sie nickend und betrat die Zelle.

„Ah, schau nur, wer da ist."

Beim Klang der Stimme stellten sich die Haare in ihrem Nacken. Sie sagte sich selbst, dass sie das Gefühl ignorieren und ihre Fragen stellen sollte.

Es half nicht.

„Die weibliche Retterin. Diejenige, die Lord Leo aus den Schwierigkeiten befreite."

„Es reicht", zischte sie und unterstrich ihre Worte mit einer Bewegung ihrer Hand.

„Oh, haben wir dich verärgert?" Der Mann trat auf sie zu. Obwohl sein Geruch sie beinahe zurückweichen ließ, verspürte sie keine Angst. Sie waren mitten in einem Gefängnis und, wenn sie Hilfe benötigte, wusste sie, dass einer der Wärter herbeieilen würde, um sie als Frau vor diesen Rohlingen zu retten. Wenn sie überhaupt einer Rettung bedurfte. Sie war bereits zuvor mit ihnen fertiggeworden, und mit der Wut, die in ihr kochte, bezweifelte sie, dass sie in Schwierigkeiten geraten könnte.

„Ich sagte, es reicht."

„Hat Lord Leo dich fallenlassen? War er von dir als Mätresse gelangweilt? Ich kann mir auch nicht vorstellen, dass diese Hosen ihn erregen könnten?"

Georgie hatte genug von dem Mann, der hinter ihr herumtanzte und ihr diese beleidigenden Worte entgegenwarf. Sie schnellte herum und platzierte ihre Faust in seinem Gesicht.

Überrascht schrie er vor Schmerz und sie schaute zu dem zweiten Mann in der Hoffnung, dass diesem klar war, wie skrupellos sie gerade war.

„Möchten Sie gern den nächsten Schlag einstecken?"

„Nein", sagte er und schüttelte schnell den Kopf. „Du weißt … ich mag Frauen, die auf sich selbst aufpassen können."

Sie schnaufte, trat zurück und verschränkte die Arme.

„Geht es Ihnen gut da drin?", erkundigte sich der Wächter hinter ihr, und sie nickte überzeugt.

„Alles bestens."

„Und wie geht es den Gefangenen", wollte er mit einem Lachen wissen.

„Würdest du uns einen Gefallen tun, wenn wir auf deinen Lord Leo aufpassen? Es heißt, dass ein Job zu haben ist. Du musst uns nur rechtzeitig hier rausholen."

„Wovon reden Sie?", fragte sie und ging um ihn herum.

Bei der Schärfe ihrer Worte weiteten sich seine Augen und er wich zurück.

„N-nichts. Nur ist die Hochzeit schon bald und ich hörte, wer auch immer sie stoppt – ihn stoppt – wird gut entlohnt werden."

„Wer vergibt den Job?", verlangte sie zu erfahren. Sie wusste, der einzige Weg zu den wahren Drahtziehern führte über einen Informanten.

„Genau das ist das Besondere", sagte der Mann mit einem Schulterzucken. „Niemand wird angeheuert. Wer auch immer den Job erledigt, erhält das Geld."

„Verflucht", sagte Georgie und rieb sich über die Braue.

Denn die Wahrheit war, so sehr sie Leo auch verabscheute, sie liebte ihn in gleichem Maße. Sie konnte nicht zulassen, dass ihm etwas zustieß, und auch nicht seinen Freunden und seiner Familie. Noch dazu waren viele davon ihre eigenen Freunde.

Sie musste ihn warnen.

* * *

„Rose, ich muss mit Leo sprechen, aber ich kann ihn nirgends finden."

„Georgie." Rose hatte an ihrem provisorischen Arbeitstisch gesessen, der mit Fossilien übersät war, und erhob sich nun. Ihr Gesicht zeigte Besorgnis, als sie ihre Freundin begrüßte. „Ist etwas vorgefallen?"

„Ja, das ist es."

„Wenn es dabei um die Hochzeit geht ..." Rose schaute nach beiden Seiten, als wollte sie sicherstellen, dass niemand ihnen zuhörte, und sprach dann mit leiser Stimme zu Georgie. „Ich glaube nicht, dass Leo und Anne einander so zugetan sind, wie man es annehmen sollte."

„Ich weiß, aber warum wollen sie dann an der Hochzeit festhalten?", fragte Georgie und hasste es, dass sie dabei die Verzweiflung nicht aus ihrer Stimme halten konnte.

„Ich bin mir nicht sicher, was genau vor sich geht", meinte Rose, „aber wie es scheint, umgeben diese Hochzeit viele Geheimnisse. Bezüglich Leos Aufenthaltsort weiß Perry vielleicht etwas oder hat ein paar Ideen. Doch erzähle mir zuerst, was geschehen ist."

„Ich habe Grund zu der Annahme, dass Leo – und alle, die an der Hochzeit teilnehmen – in Gefahr sein werden."

Sie erzählte Rose schnell, was sie wusste.

Roses Augen, die die Farbe des nächtlichen Himmels hatten, an dem Sterne funkelten, wurden groß. „Du glaubst, jemand wird Leo während der Hochzeit töten?"

„Ja", antwortete Georgie fest. „Doch ich fürchte, wenn ich etwas sage, wird man mich nur für das verzweifelte Dummchen halten, das nicht will, dass er heiratet."

„Oh Georgie", sagte Rose sanft. „Du liebst ihn, nicht wahr?"

„Ich –" Georgie öffnete den Mund, doch schloss ihn sofort wieder, denn Rose sah sie mit Mitleid an, das sie nicht wollte. „Es spielt keine Rolle. Ich muss mit ihm sprechen. Ich möchte nicht jeden in dieser Kirche der Gefahr aussetzen."

„Du könntest es in seiner neuen Unterkunft probieren, obwohl ich nicht sicher bin, dass er dort sein wird", sagte Rose und gab Georgie die Adresse. „Und wenn du jemals darüber sprechen möchtest, lass es mich nur wissen."

„Das werde ich", sagte Georgie sanft. „Mach dir keine Sorgen."

Jedoch traf sie Leo in seiner neuen Unterkunft nicht an.

Wo auch immer sie nachschaute, wurde sie an ihn erinnert, konnte ihn aber nicht finden.

Sie hatte gehofft, ihn nie wiederzusehen, wusste nicht, wie sie ihm gegenübertreten sollte, und spürte, wie verzweifelt sie ihn wollte und wie sehr diese Tatsache sie doch zur Verzweiflung brachte.

Es gab noch eine letzte Möglichkeit. Sie schob ihr Haar unter ihre Kappe und öffnete die Tür zu dem Club, von dem sie wusste, dass er dort verkehrte, dem Red Lion. Sie hatte schon lange gelernt, dass die beste Vorgehensweise, wenn sie einen Ort betreten wollte, an den sie nicht gehörte, darin bestand, einfach vorzugeben, dass ihre Anwesenheit dort nichts Ungewöhnliches war.

Sie kam nicht sehr weit.

Obwohl sie den Kopf gesenkt hielt, um sich nicht wie ein Tölpel staunend umzuschauen, kam sie nur ein paar Schritte weit, bevor sich ein Arm vor ihr ausstreckte.

„Entschuldigen Sie, aber ich muss Sie fragen, ob Sie ein Mitglied sind oder eine Einladung vorweisen können."

„Ich bin hier, um einen Freund zu treffen", sagte sie in ihrer rausten Stimme.

„Und wer ist dieser Freund?", wollte der Türsteher wissen.

„Lord Richmond."

„Es tut mir leid, aber Lord Richmond ist nicht –"

„Es ist schon gut, Anderson, er gehört zu mir."

Georgie schaute beim Klang der dunklen Stimme überrascht auf, eine Stimme, die ihr sowohl bekannt erschien als auch fremd.

Und schon starrte sie in die meergrünen Augen, die sie kannte und so sehr liebte. Nur, dass diese nicht zu Leo gehörten. Sie waren von einigen Falten umgeben, und die Brauen darüber waren silbern.

„Lord Sheriden", platzte sie heraus und vergaß ihre

Stimme zu verstellen. Der Türstehen trat auf sie zu, doch Lord Sheriden stoppte ihn mit seiner Hand. „Anderson, bitte führen Sie uns in einen privaten Raum."

„Natürlich, Mylord", antwortete der Mann und ging voran einen Flur entlang, wobei er mehrmals über seine Schulter zurückschaute, als wollte er prüfen, ob seine Augen ihn getäuscht hatten oder ob seine Annahme, dass Georgie nicht der Mann war, der sie zu sein vorgab, korrekt war.

Lord Sheriden sagte nichts, bis sie an einem verzierten Mahagonitisch saßen und eine Jagdszene, die Georgie recht unflätig fand, von einem riesigen Gemälde an der Wand auf sie herabstarrte, doch es hatte schließlich niemand nach ihrer Meinung gefragt.

„Miss Jenkins, nicht wahr?", fragte Lord Sheriden, lehnte sich zurück und schlug die Beine übereinander.

„Ja, das bin ich", bestätigte sie mit einem leichten Nicken und einer dunklen Stimme.

„Darf ich Sie fragen, was Sie hier im Club meines Sohnes tun?"

„Ich versuche, ihn zu finden, Mylord", erklärte sie und setzte sich auf die Kante ihres Stuhls.

„Dann sind wir schon zu zweit."

„Oh nein", sagte sie besorgt darüber, dass Leo nicht zu finden war. „Wissen Sie, ich bin auf Informationen gestoßen. Es gibt Männer, die versuchen werden, Ihren Sohn bei der Hochzeit morgen zu töten. Das muss verhindert werden."

Sie wusste nicht, was sie von Lord Sheriden erwartete. Sie hatte angenommen, dass er schockiert sein würde oder zumindest dankbar, dass sie ihm diese Information lieferte. Stattdessen saß er einfach nur da und beäugte sie abschätzend.

„Miss Jenkins", sagte er langsam und nicht unfreundlich, und doch konnte sie den Tadel in seiner Stimme hören.

„Mir ist bekannt, dass Sie und mein Sohn viel Zeit miteinander verbrachten, bevor er sein Gedächtnis wiedererlangte."

„Das stimmt wohl, Mylord, aber –"

„Nun, da er wieder Lord Richmond ist, hat er gewisse … Verpflichtungen, denen er nachkommen muss. Eine davon besteht darin, Lady Anne zu heiraten."

Für einen Augenblick sagte Georgie nichts. Sie ordnete ihre Gedanken und erkannte, dass Lord Sheriden dachte, sie würde versuchen die Hochzeit zu verhindern, weil sie Leo für sich selbst wollte. Sie schnaufte innerlich. Wenn er nur die ganze Wahrheit kennen würde.

„Das verstehe ich, Lord Sheriden, sogar besser, als Sie glauben", erklärte sie in einer festen, gleichmäßigen Stimme. „Jedoch mache ich mir um alle Sorgen, die bei der Hochzeit anwesend sein werden. Lord Lovelace und Lord Marbury sind sehr erpicht darauf, Lord Richmonds Ableben mitzuerleben."

Sie konnte nicht länger stillsitzen. Also erhob sie sich und ging an der Kopfseite des Tisches hin und her.

„Das Gesetz, das Sie auf Drängen Ihres Sohnes vorantreiben wollen –"

Sie konnte die Verachtung nicht aus ihrer Stimme heraushalten, als sie davon sprach. „Es soll dafür sorgen, dass Lords wie diese eher für ihre Taten zur Verantwortung gezogen werden. Natürlich gäbe es viel darüber zu sagen, welche Auswirkungen ein solches Gesetz sonst noch hätte, doch im Augenblick ist dies der Grund für deren Besorgnis. Sie glauben, sobald Ihr Sohn nicht länger eine Bedrohung für sie ist, würden Sie sich nicht weiter um dieses Gesetz bemühen."

Lord Sheriden folgte ihr mit seinen Augen, bevor er langsam nickte. Sein gelassenes Äußeres war mit Blick auf Georgies Ruhelosigkeit noch auffallender.

„Ich verstehe, Miss Jenkins. Dieses Gesetz scheint einige Missverständnisse verursacht zu haben."

„Was meinen Sie damit?"

Er seufzte, schob seinen Stuhl zurück und erhob sich, vermutlich um seinen Blick nicht zu ihr heben zu müssen. Sie nahm an, ein Mann wie er bevorzugte es, auf andere Menschen hinabzuschauen – besonders auf Menschen wie sie.

„Als er zurückkehrte, bestand mein Sohn sehr darauf, dass wir es falsch angegangen waren. Dass unter dem Gesetz, so wie wir es verfasst hatten, zu viele unschuldige – oder so gut wie unschuldige – Menschen zu leiden hätten. Daher haben wir es inzwischen überarbeitet." Er verstummte kurz. „Tatsächlich haben wir nicht viel von dem geändert, was Lords wie Lovelace und Marbury betreffen würde. Doch das wissen diese nicht. Noch nicht."

Bei seinen Worten war Georgie stehengeblieben und starrte ihn nun an.

„Wa-was sagten Sie?"

Er schaute über seine Nase hinweg auf sie herab und sie bemerkte, dass sie recht unhöflich war.

„Entschuldigen Sie bitte, Mylord. Könnten Sie mir das Gesetz weiter erklären? Was genau haben Sie geändert?"

„Es ist noch nicht verabschiedet. Es muss noch die verschiedenen Verfahren durchlaufen. Aber Leo bestand darauf, dass er ursprünglich nicht richtig durchdacht hatte, was das Gesetz bewirken würde, und dass es Änderungen bedurfte. Ehrlich gesagt, war ich zunächst nicht wirklich von dem Gesetz überzeugt, doch Leo zeigte einen solchen Enthusiasmus, dass ich ihn nicht entmutigen wollte."

Georgies Finger krümmten sich um die Rückenlehne des Stuhls vor ihr, denn sie brauchte etwas, woran sie sich festhalten konnte. Sie hatte Leo so viel vorgeworfen. Vielleicht lag sie bei manchen Dingen richtig. Als sie ihn aus dem Fluss gezogen und nichts von ihm gewusst hatte, hatte sie so eine Ahnung, was für eine Art von Mann er sein könnte. Und damit hatte sie eindeutig richtig gelegen.

Doch sie hatte angenommen, dass er nochmals zu diesem Mann wurde, als er seine Erinnerungen wiederfand. Aber damit hatte sie so falsch gelegen. Er *hatte* sich verändert – oder hatte sich zumindest an einiges von sich selbst aus der Zeit erinnert, bevor seine Erinnerungen zurückkehrten.

Er hatte auf jeden Fall aus dem gelernt, was sie ihm gezeigt hatte, und hatte zu helfen versucht.

Oh Gott … ihr Herz schmerzte fürchterlich. Sie nahm einen tiefen Atemzug und versuchte ihre Gefühle unter Kontrolle zu bekommen, die sie zu überwältigen drohten.

„Geht es Ihnen gut, Miss Jenkins?"

„Ich denke schon", gelang es ihr zu antworten und bemerkte, dass Lord Sheriden sie besorgt anschaute, als sie ihren Blick hob.

„Ich schätze es, dass Sie uns bezüglich der Hochzeit morgen gewarnt haben. Doch ich glaube nicht, dass Lovelace oder Marbury so etwas auf heiligem Boden geschehen lassen. Alles wird bestens sein. Außerdem", murmelte er, „sollte ich dieses Ereignis absagen, würde ich meinen letzten Atemzug tun, sobald meine Gemahlin mich in die Hände bekäme."

„Na gut", sagte Georgie, da sie erkannte, dass sie bei ihm nicht weiterkam. „Vielen Dank für Ihre Zeit, Lord Sheriden. Und dafür, dass Sie mich nicht einfach abgewiesen haben."

„Sie haben viel für meine Familie getan, Miss Jenkins", sagte der Lord und seine Lippen bogen sich leicht nach oben, wodurch Georgie erkannte, dass er unter seiner harten, hoheitsvollen Oberfläche, ein Mann war, der seiner Familie zugetan war. „Ich würde Sie niemals abweisen."

Sie nickte und nahm ihre Kappe vom Tisch.

„Auf Wiedersehen, Lord Sheriden."

„Auf Wiedersehen, Miss Jenkins."

Als Georgie nach einem äußerst angriffslustigen Blick des Türstehers, der offensichtlich das Gefühl hatte, seine Zuständigkeit wäre untergraben worden, einen Fuß auf die Treppen außerhalb des Clubs setzte, nahm sie einen tiefen Atemzug. Sie hatte so falsch gelegen. So falsch. Und nun wusste sie, dass sie Leo von ganzem Herzen liebte. Er hatte versucht, Änderungen herbeizuführen – für sie. Sie hatte keine Ahnung, ob er wirklich heiraten würde, doch sie wusste, dass er zu ehrenhaft war, um die Hochzeit abzusagen. Da Anne es bisher nicht getan hatte, hatte sie ihre Meinung geändert? Würde auch sie ihre Pflicht gegenüber ihrer Familie tun?

Es stand Georgie nicht zu, die Hochzeit abzusagen. Wenn er sich dazu entschied, Anne zu heiraten, dann war es eben so. Die beiden würden ein besseres Paar abgeben als er und Georgie. Sie waren wie Feuer und Wasser. Ihre Verbindung war feurig, doch die Flammen konnten beängstigend werden. Nein, sie würde diese Gedanken verbannen.

Und abgesehen davon, könnte sie sich niemals an die Rolle einer Gräfin anpassen. Sie war eine Detektivin, um Himmels willen.

Sie würde das Einzige tun, was sie konnte. Sie würde sicherstellen, dass Leo, seiner Familie und seinen Freunden nichts zustieß. Zumindest konnte sie das für ihn tun, nachdem er so viel für sie getan hatte, wenn sie es auch nicht gewusst hatte.

Es gab nur noch eines zu tun – sie musste zu dieser verdammten Hochzeit gehen, selbst wenn es sie umbrachte.

KAPITEL 23

Leo zerrte an seiner Krawatte. Obwohl er jeden Tag eine trug, war sie heute so beengend, dass man glauben könnte, sie wäre in dieser Art gebunden worden, um ihn zu erdrosseln.

„Craven wird sehr verärgert sein, wenn du seine Arbeit zunichtemachst."

Leo schaute im Spiegel auf seinen Bruder. Perry saß entspannt auf einem Stuhl auf der anderen Seite des Raumes. Er hatte Leo wortlos beobachtet, als dieser hin- und hergelaufen war, seine Kleidung immer wieder gerichtet und mit dem Daumen über seine ohnehin bereits glänzenden Stiefel gerieben hatte.

„Leo", sagte Perry nun langsam. „Willst du überhaupt heiraten?"

„Ja."

Was nicht gelogen war. Er wollte heiraten – nur nicht die Frau, die heute in der Kirche erscheinen würde.

Er verstand Annes Plan und würde alles in seiner Macht Stehende tun, um ihr dabei zu helfen. Nur war er sich nicht sicher, ob Anne die Art von Frau war, die den Mut aufbringen würde, diesen in die Tat umzusetzen, wenn die Kirche gefüllt war mit Familie und Freunden, die etwas anderes erwarteten.

Wenn Mr. Clark nicht käme und Anne Leo darum bitten würde, die Hochzeit trotzdem stattfinden zu lassen, könnte er dies tun?

„Leo." Nun erhob sich Perry, trat hinter ihn und begegnete Leos Blick im Spiegel. „Was ist nur los? Ich dachte, du und Anne, ihr wärt ineinander verliebt."

Leo knurrte. „Dem war auch so – irgendwann. In der Vergangenheit."

„Aber nun nicht mehr?" Perrys Augen wurden groß.

Leo seufzte. „Es ist kompliziert."

„Nun, dir bleibt nicht viel Zeit, um darüber nachzudenken."

Leo betrachtete seinen Bruder einen Moment. Er hatte ihn nie wirklich beachtet. Perry verbrachte so viel Zeit verloren in seinen Träumen und seinen Gemälden, und Leo würde dies nie verstehen, denn er war mit der Welt um ihn herum und der Verantwortung, die auf ihn zukam, zu sehr verbunden. Doch er wusste auch, dass Perry einiges durchgemacht hatte und mehr war, als alle dachten. Er war für das eingestanden, an was er glaubte und was er sich wünschte, und hatte bewiesen, dass Glück und Pflicht sich nicht ausschlossen.

Leo hatte Perry stets gesagt, was er tun sollte, und sich niemals an ihn für einen Ratschlag gewandt. Und doch, vielleicht konnte ihm sein jüngerer Bruder helfen.

„Ich werde mich kurzfassen müssen", sagte Leo. „Also beginne ich am besten sofort."

So prägnant wie möglich erzählte er Perry nochmals, wie er und Georgie zueinanderfanden und er bei ihr gewohnt hatte, bis seine Erinnerungen zurückkehrten und er gegangen war. Er informierte ihn über die Gefahr, in der er sich befand, über das Gesetz und was Georgie davon hielt und die Tatsache, dass er ihr einiges vorenthalten hatte. Er erklärte ihm Annes Plan und dass er befürchtete, was sich heute wirklich ereignen könnte, wenn sie erst alle in der Kirche waren.

Perry lauschte schweigend, und Leo war froh darüber, dass sein Bruder ein guter Zuhörer war.

Als Leo alles gesagt hatte, blieb Perry einen Moment weiter stumm, und Leo wusste von früheren Begebenheiten, dass sein Bruder erst über die Situation nachdachte, bevor er sich ein Urteil bildete.

„Nun", sagte er langsam und atmete dabei aus. „Das ist ein ganz schöner Wirrwarr."

„Wem sagst du das."

„Es ist aber auch ganz einfach."

„Wie meinst du das?"

„Liebst du sie?"

„Wen?"

Perry rollte mit den Augen. „Georgie."

Leo antwortete einen Augenblick nicht. Dies war etwas, was er kaum sich selbst gegenüber zugegeben hatte – nun, und auch einmal vor Georgie –, aber es seinem Bruder zu offenbaren … „Ja."

„Mit welcher Begeisterung du das sagst."

Nun verdrehte Leo die Augen. „Ich habe … verschiedenes unternommen, um sie zurückzugewinnen. Wenn ich diesen ersten Teil des Plans ungeschoren überstehe, kann der zweite ablaufen, zumindest, wenn alles gut geht – und wenn Georgie mir je vergeben kann. Dabei gibt es aber noch einen Risikofaktor."

„Lady Anne."

„Ja, Lady Anne. Sie muss ihren Plan in die Tat umsetzen. Die einzige Möglichkeit, die Hochzeit abzusagen, besteht darin, dass sie es tut."

„Du warst schon immer ein ehrenhafter Mann, Leo, nur dir selbst gegenüber nicht."

„Was willst du mir damit sagen?"

„Wie soll all dies dir gegenüber fair sein – oder auch Lady Anne gegenüber – wenn ihr beide zusammen ein Leben ohne Liebe führen müsst?"

„Perry, wenn ich die Verlobung löse, und noch dazu in allerletzter Minute, wird sie für immer ruiniert sein. Der Skandal wäre zu groß, um ihn zu überwinden."

Perry schob seine Hände in seine Jackentaschen, ging hinüber zum Fenster und schaute hinaus.

„Wie fest schien dir ihre Entscheidung, Mr. Clark auf diese Weise zu heiraten?"

„Als wir sprachen, erschien sie recht entschlossen."

Nun drehte sich Perry lächelnd zu ihm um. „Nun, dann musst du, meiner Meinung nach, einfach darauf vertrauen, dass sie tut, was sie versprach. Und anschließend wirst du dich um Georgie kümmern müssen."

„Perry –"

„Du liebst sie. Und soweit ich das beurteilen kann, liebt sie dich auch. Das reicht, um alle Hindernisse aus dem Weg zu räumen."

Leo tätschelte seinem Bruder gutmütig die Schulter. Das war die einzige Art, die er kannte, um seine Zuneigung auszudrücken.

„Du bist ganz schön romantisch."

„Ich weiß", meinte Perry grinsend, und schlenderte aus dem Raum. Leo konnte ihm nur folgen.

* * *

GEORGIE HOFFTE, dass man sie hinter einer Säule außerhalb der St. George's Kirche nicht sehen würde. Sie hatte ihre Kappe weit ins Gesicht gezogen, um nicht erkannt zu werden. Da sie nicht die Absicht hatte, die Kirche zu betreten – besonders, da dies bedeuten würde, sich ansehen zu müssen, wie Leo eine andere Frau heiratete – trug sie ihre Hosen. Und sollte ein Notfall eintreten, sodass sie gezwungen wäre, das Gebäude doch zu betreten, wären ihre Hosen von Vorteil, da sie sich damit besser bewegen konnte, wenn sie einen Angreifer jagte.

Eine Parade von Kutschen fuhr vor. Eine nach der anderen hielt an, um die Gäste aussteigen zu lassen, die dann die Stufen hinaufeilten, um Zeugen der Hochzeit zu werden, die laut der Zeitungen das Ereignis der Saison werden sollte. Georgie las immer die Klatschkolumnen, wenn auch nur, um zu sehen, ob sie irgendetwas enthielten, das der Wahrheit entsprach und ihr bei Nachforschungen helfen konnte.

Ganz gewiss tat sie es *nicht*, um zu sehen, ob Leo erwähnt wurde.

Es wäre gut gewesen, wenn Alice an ihrer Seite wäre. Denn sie kannte nur wenige, die zur Kirche eilten, und wie sollte sie wissen, ob jemand unter ihnen war, der dort nichts zu suchen hatte?

Eine Kutsche mit einem bekannten Wappen erschien, und Georgie zog sich noch mehr hinter die Säule zurück. Als sie einen Blick riskierte, sah sie Leo, Perry, Rose und Lord und Lady Sheriden, wie sie ausstiegen. Lady Sheriden schien sehr erfreut und war die einzige Person in der Gruppe, die sprach, während sie die Treppen hinauf und in die Kirche gingen. Georgie bemerkte, dass Lord Sheriden irgendwie nervös erschien. Er schaute sich ständig um, und sie hoffte, dass er sich ihre Warnung zu Herzen genommen hatte.

Sie war so auf die Familie konzentriert, dass sie aufschrie, als plötzlich jemand neben ihr stand.

„Marshall!", zischte sie und legte eine Hand auf ihr schnell schlagendes Herz. „Du hast mich fast zu Tode erschreckt."

„Ich dachte, du würdest mich erwarten."

„Nein! Ich habe dir nur erzählt, was vor sich geht, um zu sehen, ob du irgendwelche Informationen zusammentragen kannst.

„Nun, ich bin doch sehr froh, dass du dieses Mal zu mir kamst anstatt zu Drake."

„Drake ist auch hier", murmelte sie.

„Wie bitte?"

„Er ist auf der anderen Seite und bewacht den Hintereingang."

„Hoffentlich werden wir wenigstens gut entlohnt dafür", murrte Marshall und verschränkte die Arme vor der Brust.

„Tatsächlich … ist dem nicht so."

„Was meinst du damit."

„Wir haben keinen Auftrag von der Familie. Aber ich kann sie nicht einfach im Stich lassen, Marshall. Dann wären sie wie Schafe, die man zur Schlachtbank führt."

„Georgie, wir haben hier nichts zu suchen."

„Wenn du gehen möchtest, bitte schön, und ich werde dir deshalb nicht böse sein. Aber Freunde von mir sind in diesem Gebäude und ich werde sie nicht sich selbst überlassen."

„Oder ihn."

„Wen meinst du?"

„Lord Richmond."

„Na schön, oder Lord Richmond. Bist du nun zufrieden?" Sie wusste, dass Marshall es nicht verdient hatte, unter ihrem Zorn zu leiden. Doch er ließ sie nicht in Ruhe, und sie wünschte sich, er würde sie einfach ihrem Elend überlassen.

„Na schön. Ich werde zur anderen Seite gehen."

„Wenn dir irgendetwas auffällt, weißt du, was zu tun ist."

„Der Vogelruf. Natürlich. Wir sind schließlich nicht das erste Mal in einer solchen Situation."

Sie nickte und er machte sich auf den Weg, hielt aber inne und schaute einen Moment mit verengten Augen zu ihr zurück.

„Georgie ... wenn dein Herz beteiligt ist, ist es manchmal schwieriger, klar zu denken. Sei vorsichtig, ja?"

Sie nickte. „Immer."

Ihre Augen huschten aufmerksam hin und her. Eine Mietkutsche hielt vor der Kirche, was sie alarmierte. Niemand, der zu dieser Hochzeit eingeladen war, kam mit einer Mietkutsche. Sie hatten alle ihre eigenen Gefährte.

Jedoch war der Mann, der ausstieg, so fein gekleidet wie der Bräutigam. Seine Finger zupften nervös an den Manschetten seiner Jacke, während er die Treppen hinaufstieg. Georgie überlegte, ob sie ihn aufhalten sollte, ob dies ein Mann war, der sich so angezogen hatte, um zu verstecken, wer er wirklich war. Sie hatte gerade einen Schritt gemacht, bevor sie wieder stehen blieb. Sie erkannte ihn. Es war Mr. Clark – der Partner von Madeline in der Steinfabrik –, an den Anne offensichtlich ihr Herz verloren hatte. Was tat er hier? Wollte er sich selbst quälen? Er musste aus härterem Holz geschnitzt sein als sie, denn sie könnte sich nie dazu bringen, diese Kirche freiwillig zu betreten.

Nur ein paar Minuten später erschien eine letzte Kutsche – die Kutsche der Familie Montrose. Ein Mann, der Annes Vater sein musste, stieg aus, gefolgt von Lady Montrose und schließlich Anne. Sie war ein atemberaubender Anblick in Weiß mit einem Brautstrauß aus cremefarbenen und rosa Blumen, die so exquisit waren, wie sie selbst.

Sie schaute mit einem zarten, ängstlichen Lächeln zu ihren Eltern, bevor sie sie zur Kirche eskortierten.

Georgie atmete tief aus. Bald war es vorüber. Leo war

dann ein verheirateter Mann. Und sie würde ihn nie wiedersehen.

Bis dahin würde sie sicherstellen, dass er am Leben blieb. Dann würde sie gehen und er würde nie erfahren, dass sie an diesem Ort war und was er ihr wirklich bedeutete.

Eine weitere Kutsche, die anhielt, riss sie aus ihren Gedanken. Sie erkannte das Wappen nicht, doch als Lord Lovelace ausstieg, verengte sie die Augen. Das war doch wohl eine – doch dann sprang der Kutscher von seinem Bock, anstatt weiterzufahren. Die Livree kennzeichnete ihn als … einen von Lovelaces Bediensteten?

Nun ging auch Georgie die Treppe hinauf und blieb unter dem majestätischen Säulenvorbau stehen. Sie lehnte sich gegen eine der korinthischen Säulen. Im gleichen Moment näherte sich Lovelace.

„Entschuldigen Sie", sagte er mit einem strahlenden, übelerregenden Lächeln. Georgie hob eine Braue. „Sie werden nicht in diese Kirche gehen."

„Es steht Ihnen nicht zu, dies zu entscheiden", meinte er mit aufgeblähten Nasenflügeln.

„Ich weiß nur allzu gut, dass Sie nicht eingeladen wurden, Mylord, und ich kenne keinen Grund, warum Sie diese Kirche betreten sollten."

Er spottete: „Kommen Sie, Sie denken doch nicht wirklich, dass ich in einer Kirche irgendetwas versuchen würde, oder?"

Georgie stand noch immer groß vor ihm, die Arme vor sich verschränkt.

„Ich bin sicher, die Familie sähe es lieber, wenn Sie sich entfernten."

„Und woher wollen Sie wissen, was die Familie lieber sähe?" Er trat näher an sie heran und Georgie hasste es, dass er größer war als sie, was ihm die Möglichkeit gab, auf sie hinabzuschauen. „Als Ihr Viscount nicht wusste, wer er war, war es vielleicht ganz nett, mit Ihnen zu spielen. Aber er ist ein Lord, Frau Detektivin, und er wird seine Lady Anne heiraten. Ich bin ein Freund ihres Cousins, Lord Marbury. Also treten Sie beiseite und lassen Sie mich an den Festlichkeiten teilnehmen."

Georgie wollte ihm sagen, was er mit seinem Befehl tun sollte, als sie die Tür zuschlagen hörte. Sie wirbelte herum. Die Kirchentür war geschlossen und der Kutscher verschwunden.

Marshall kam bereits von der anderen Seite gerannt, und Georgie verschwendete keine halbe Sekunde mehr auf den grinsenden Lord Lovelace, bevor sie hinter ihrem Kollegen herrannte.

Der Bedienstete schlich sich an der Seite der Kirche Bank für Bank nach vorne. Georgie ließ ihn nicht aus den Augen, während sie ihn verfolgte, obwohl sie im Augenwinkel das Paar wahrnahm, das vorne beim Pfarrer stand. Nur am Rande nahm sie das Murmeln wahr, das durch die Kirche drang, und sie fragte sich, ob alle erkannten, was gerade vor sich ging. Hatten sie den Kutscher bemerkt und fragten sich, was er hier zu tun hatte? Sicherlich nicht. Wie sollten sie auch eine Ahnung –

Ihre Gedanken kamen zum Stillstand, als sie sah, wie der Kutscher stehen blieb und eine Pistole aus der Tasche zog. Georgie hatte keine Zeit, nach ihrer eigenen Waffe zu greifen. Sie sprintete los, warf sich auf den Kutscher – wenn er überhaupt ein solcher war – und sie landeten zusammen auf dem Boden. Die Pistole, mit der er gezielt hatte, schleuderte durch die Luft und ein Schuss löste sich. Die versammelte Menschenmenge schien einen kollektiven Schrei loszulassen. Georgie betete, dass niemand davon getroffen worden war, während sie mit dem Angreifer auf dem Boden rang. Jeder von ihnen versuchte, die Pistole zu erreichen.

Der Mann war jedoch schneller als sie und es gelang ihm gerade so, sie zu ergreifen. Er war auch stärker, und so sehr sie auch kämpfte, lag Georgie schließlich unter ihm. Er saß auf ihrer Brust und zielte mit der Pistole genau zwischen ihre Augen.

„Du bist eine Plage, weißt du das?", knurrte er.

Georgie drehte und wand sich, versuchte mit all ihrer Kraft sich aus seinem Griff zu befreien, doch voll Entsetzen kam sie zu der bitteren Erkenntnis, dass sie weder genug Zeit noch genug Kraft hatte. Sie schloss ihre Augen und wappnete sich für den Schmerz, doch er kam nicht – anstatt sie einen Schuss hörte, vernahm sie das schreckliche Geräusch eines Schlages und ein Stöhnen, bevor das Gewicht auf ihrer Brust leichter wurde.

Als sie die Augen wieder öffnete, sah sie nicht den Angreifer vor sich, sondern ein sehr vertrautes Gesicht – eines, das sie jeden Abend sah, wenn sie die Augen schloss.

„Es war auch an der Zeit, dass ich *dich* einmal rette", sagte Leo grinsend. Wenn Georgie zu Ohnmachtsanfällen neigen würde, dann wäre nun die Zeit dazu.

Jedoch war sie aus anderem Holz geschnitzt und kam wieder auf die Füße. Sie schaute sich um und sah zuerst, dass Leo den Angreifer außer Gefecht gesetzt hatte. Dann wurde ihr bewusst, dass die Kirche nun fast leer war. Die meisten Gäste waren vermutlich rausgerannt, als es zu dem Kampf um die Waffe kam. Ihr Bedürfnis, sich selbst in Sicherheit zu bringen, war sogar größer gewesen als ihre Neugierde.

Aber wieso waren noch immer zwei Menschen bei dem Pfarrer? Einer davon war Lady Anne, die in Ohnmacht gefallen war, wie Georgie annahm. Doch der Mann, der sie in den Armen hielt, war keineswegs Leo. Sie schaute verwirrt zwischen Leo und dem Altar hin und her, als sie sah, dass sich Mr. Clark mit Lady Anne in den Armen erhob.

„Was, zum Teufel, geht hier vor?", sagte sie ungläubig, was ihr ein Stirnrunzeln des Pfarrers einbrachte.

„Entschuldigen Sie, Vater", sagte sie und drehte sich dann zu Leo um. „Leo?"

Er kam auf sie zu und beugte sich zu ihrem Ohr.

„Anne heiratet Mr. Clark. Das wollte sie von Anfang an", flüsterte er und Georgie schaute zur Seite, wo sie seine Familie erblickte, die zwar alle besorgt, aber nicht wütend erschienen. „Und das ist absolut perfekt, da ich gern eine andere ehelichen möchte."

Er schockierte sie, indem er vor ihr niederkniete.

„Georgina Jenkins, willst du meine Gemahlin werden?"

Georgies Mund stand offen. War das eine Art Scherz? Denn er konnte *ihr* doch nicht diese Frage stellen – hier – in diesem Moment, oder?

„Ich – ich –", stammelte sie. „Ich würde –"

Sie verstummte, als der Anblick einer Gestalt hinter Leo all ihre Gedanken verschwinden ließ. „Mutter?"

Vermutlich war Georgie doch erschossen worden und befand sich nun in einem verrückten Fegefeuer. Das war die einzige logische Erklärung für den Lord vor ihren Füßen und ihre, ein neues Kleid tragende Mutter hier in der Kirche.

„Nun?", forderte ihre Mutter und gestikulierte mit den Händen. „Antworte dem armen Mann!"

„Ich habe ein paar Gefälligkeiten eingefordert", sagte Leo heiser und schaute zu Georgie auf. „Und ich verspreche, alles zu tun, was in meiner Macht steht, damit andere sich nicht in der gleichen Situation wiederfinden wie sie."

„Ich danke dir", flüsterte sie, während ihr Tränen in die Augen stiegen.

„Da gibt es noch etwas, das du wissen solltest."

Sie wusste nicht, ob sie noch mehr ertragen konnte.

„Ja?"

„Nachdem Anne und Clarks Trauung vorbei ist, hat der

Pfarrer noch Zeit für eine weitere Zeremonie. Ich habe eine Sondergenehmigung. Ich dachte, ich müsste dich erst suchen, doch da du dich netterweise bereits hier eingefunden hast … Ich liebe dich. Und ich möchte dich heiraten. Daher ist wohl die Frage – ob du mich heiraten möchtest …heute."

KAPITEL 24

Georgie schaute an sich hinunter. Sie trug Hosen, ein Hemd und eine Jacke, die nicht nur zerknittert war, sondern auch Risse hatte. Sie wusste, dass die meisten Frauen sich mehr Liebesbekundungen und romantische Worte über Leos Gefühle für sie wünschen würden. Doch sie war nicht eine solche Frau. Er musste ihr nicht sagen, was er fühlte, denn er hatte es ihr bereits durch seine Taten gezeigt.

Sie war genug für ihn. Und das reichte ihr. „Du weißt, dass ich nicht tanzen kann?"

„Ja, ich weiß."

„Du weißt, dass ich nicht gern solche feinen Bälle und Gesellschaften besuche."

„Ja, ich weiß."

„Du weißt, dass ich dir meine Hosen nicht geben werde?"

„Ich hoffe, dass dem so sein wird."

„Und ich werde immer arbeiten wollen … in irgendeiner Art."

„Ich kann es mir nicht anders vorstellen."

„Ja", sagte sie, blinzelte die Tränen zurück und räusperte sich. „Ja, ich will."

Er öffnete den Mund, doch dann bildeten sich Falten zwischen seinen Augenbrauen und er hielt inne. Da erkannte sie, dass er wohl angenommen hatte, sie würde nein sagen.

„Hast du gerade zugestimmt?" Seine Augen zeigten seine Überraschung.

„Hast du mich nicht gehört?"

Sie zog an seinen Händen, damit er aufstand und sie sich in die Augen schauen konnten.

„Aber wenn wir dies tun, Leo", sagte sie eindringlich, „dann gibt es kein Zurück mehr. Bist du dir also sicher?"

Auch sein Blick war nun durchdringend. „Bei nichts in meinem Leben war ich mir je sicherer."

Sie glaubte ihm. Er war kein Mann, der etwas nur halbherzig tat.

Er griff in ihren Nacken und ließ seine Finger über die Kette streifen, die dort hervorschaute.

„Du trägst mein Medaillon."

Sie grinste ihn an.

Mehr Gemurmel erklang von vorne und, als Georgie sich umdrehte, sah sie, dass Anne wieder auf ihren eigenen Füßen stand und lächelnd winkte. Als der Pfarrer sie fragte, ob er fortfahren sollte, nickte sie, obwohl ihre Mutter rief, sie sollten vielleicht bis zu einem anderen Zeitpunkt warten – wobei ihr Gesichtsausdruck sagte, dass sie diese Hochzeit eher verhindern wollte.

„Nein, nein, Mutter", sagte Anne, als die neugierigen Klatschtanten sich wieder in die Kirche drängten. Sie konnten wohl dem Drama, das sich darin abzuspielen schien, nicht fernbleiben. Dies half Anne, da es bedeutete, dass ihre Eltern nichts weiter entgegnen würden, um einen noch größeren Skandal zu vermeiden.

„Nun gut." Ihre Mutter seufzte und fächelte sich Luft zu. Vermutlich war sie selbst einer Ohnmacht nahe. „Fahren Sie fort."

Und während Marshall und Drake sich um Lord Lovelace und seinen Komplizen kümmerten, setzten sich Georgie und Leo in die Bank und wurden Zeugen, wie Lady Anne ihre wahre Liebe heiratete. Georgies Mutter saß neben ihr und Georgie musste sich mehrmals selbst kneifen, um sich zu versichern, dass dies wirklich alles wahr war. Leo schaute sie fragend an, doch sie lächelte nur und schüttelte den Kopf.

Als Anne und Mr. Clark zu Mann und Frau erklärt wurden und sich mit einem unglaublich strahlenden Lächeln auf den Weg aus der Kirche machten, bot Leo Georgie seine Hand an und fragte: „Bereit?"

Georgies Mutter nickte ihr ermutigend zu, doch es war nicht die Meinung ihrer Mutter, die ihr die größten Sorgen bereitete. Wenn es sie auch nicht davon abhalten würde, Leo zu heiraten, so hoffte sie doch, dass Leos Eltern sie akzeptieren würden. Es wäre ein langes, einsames Leben, ohne den Rückhalt seiner Familie.

„Leo", murmelte sie in sein Ohr, bevor sie den Altar erreichten. „Vielleicht sollten wir zuerst mit deinen Eltern sprechen."

„Nein, es ist alles gut", sagte er mit einem Kopfschütteln und einem entschlossenen Funkeln in den Augen. „Wir werden heute heiraten."

„Die Frau trägt Hosen!", sagte seine Mutter ungläubig und alle waren überrascht, als Lord Sheriden eine Hand auf die seiner Frau legte.

„Wenn dies die Frau ist, die Leo glücklich machen wird, dann akzeptieren wir seine Wahl", sagte er leise. „Wir ließen Perry die Frau heiraten, die er liebt. Warum sollten wir von Leo etwas anderes erwarten?"

„Weil er der Erbe des Titels ist", meinte Lady Sheriden.

„Das dachten wir auch von Perry, als er heiratete."

„Aber Perry *brauchte* Rose, um mit seinen Pflichten zurechtzukommen."

„Und ich brauche Georgie", sagte Leo düster. „Vielleicht hätte ich meine Pflicht erfüllen können, wenn ich sie nicht getroffen hätte. Doch nun, da ich sie kenne und liebe, kann ich nicht ohne sie leben."

Seine Eltern tauschten einen Blick, der wohl mehr sagte, als Worte es vermocht hätten, denn schließlich nickte seine Mutter, wenn auch ein wenig zögerlich.

„Nun gut. Heirate die Frau, die dir am Herzen liegt, Leopold."

Sie schaute zu ihrem Gemahl. „Dir ist doch bewusst, dass wir für immer die Skandalfamilie sein werden."

Ihr Ehemann schnaubte. „Lass sie sagen, was sie wollen. Wenigstens werden unsere Kinder glücklich sein. Ist das nicht das Wichtigste im Leben?"

Obwohl Georgie niemals in Ohnmacht fallen würde, brachten sie Lord Sheridens Worte fast dazu. Sie hätte niemals gedacht, solche Worte einmal von einem Adligen zu hören, ganz zu schweigen von Leos Vater.

„Gut", meinte Leo und drehte sich zu Georgie. „Können wir nun endlich heiraten?"

„In Hosen?", frage sie und ihre Lippen bogen sich nach oben.

„Ich würde es nicht anders haben wollen."

Und so wurden sie in der St. George's Kirche vor Mitgliedern der feinen Gesellschaft vermählt, aber das Wichtigste war, dass Leos Familie und Georgies Mutter anwesend waren. Georgie konnte nicht anders, als die ganze Zeit zu grinsen und, auch als sie sich hinterher im Haus der Sheridens versammelten, strahlte sie über das ganze Gesicht. Leos Schwester, die die ganze Angelegenheit mit ihrem Verlobten an ihrer Seite sehr genossen zu haben schien, lieh Georgie eines ihrer Kleider.

Das Kleid passte Georgie nicht richtig und sie konnte spüren, wie sich der Stoff dehnen musste, obwohl Sarahs Zofe all ihre Kraft aufgebracht hatte, um sie fest einzuschnüren. Doch letzten Endes hatten sie erklärt, dass Georgies Aufzug für dieses Ereignis ansehnlich genug war.

Nach dem Hochzeitsfrühstück nahmen sie und Rose sich einen Moment, um am Rand des Raumes miteinander zu sprechen – nicht außerhalb, aber für ein paar Atemzüge waren sie Beobachter der Klasse, zu der sie nun gehörten.

„Hättest du dir je vorstellen können, dass wir diejenigen von uns vier Freundinnen sein würden, die die Belmont-Brüder heiraten?", fragte Rose.

Georgie lachte. Nun fühlte sie sich unbefangen und dazu in der Lage, ihr wahres Ich zu zeigen, sogar in dem Haus, von dem sie bei ihrem ersten Besuch fast überwältigt war.

„Ich kann es kaum erwarten, Alice alles zu erzählen", meinte Georgie und trank von ihrem Champagner. Die Bläschen ließen sie die Nase rümpfen.

„Meinst du nicht, dass sie bereits informiert ist?", fragte Rose lachend und Georgie nickte zustimmend.

„Eigentlich bin ich überrascht, dass sie nicht bereits an die Tür klopft, um herauszufinden, was genau sich zugetragen hat."

„Vermutlich ist sie nur noch nicht hier, weil Benjamin es nicht zulässt."

„Nun, wir werden später eine Feier für uns vier veranstalten müssen."

„Auf jeden Fall."

Leo rief Georgie an seine Seite und überraschte sie, indem er ihr einen Arm um die Schulter legte, obwohl die gesamte Familie anwesend war.

„Ich muss mich dafür entschuldigen, dass ich dich mit all

dem überrumpelt habe. Ich weiß, du glaubst, dass ich dich hinterging, aber das war wirklich nie meine Absicht. Ich versuchte, alles wieder ins Lot zu bringen, bevor du entdecktest, was für ein Lump ich war."

Georgie schüttelte den Kopf. „Ich hatte bereits von deinem Vater erfahren, was du getan hast."

„Von meinem Vater?" Seine Augenbrauen schossen nach oben.

„Sie verschaffte sich Zugang zum Red Lion", erklärte Lord Sheriden lachend, als er sich zu ihnen gesellte.

Georgie wunderte sich über den Mann und seine offene Art. Er war ganz sicher nicht wie die anderen Mitglieder des Adels, mit denen sie bisher zu tun hatte.

„Da ihr dies gelungen ist, nehme ich an, dass sie sich überall Zutritt verschaffen kann – sogar eines Tages zum Titel Lady Sheriden."

Der Gedanke erschreckte Georgie irgendwie und für einen Moment war sie von all dem überwältigt. Alles war so schnell gegangen, ihre Welt würde nun so anders aussehen. Und was wäre mit ihrer Arbeit?

„Ich nehme nicht an, dass es tragbar wäre, wenn Lady Richmond ihre Arbeit für die Bow Street fortsetzt?", meinte sie fragend mit einem Gesichtsausdruck, der irgendwo zwischen einer Grimasse und hoffnungsvoll einzuordnen war.

„Das ist ein Thema, mit dem wir uns vielleicht etwas intensiver beschäftigen sollten", sagte Leo diplomatisch, und sie betrachtete ihn misstrauisch. Doch dann schüttelte sie einfach den Kopf, als wäre das ein Thema, über das sie vielleicht nicht vor seinem Vater sprechen sollten.

„Leo?"

Sie drehten sich um und erblickten eine errötende Anne mit ihrem Gemahl. Sie hatten entschlossen, dass sie das vorbereitete Hochzeitfrühstück auch alle zusammen genießen konnten. Lady Montrose war noch immer außer sich, doch sie war ein wenig besänftigt, als man sie trotz der Vorkommnisse in der Kirche in die Residenz der Belmonts eingeladen hatte.

„Lady Anne", begrüßten Leo und Georgie sie. „Mr. Clark."

„Unsere herzlichsten Glückwünsche", fügte Georgie hinzu. „Ich freu mich so für Sie."

„Ihnen auch herzlichen Glückwünsch", sagte Anne aufrichtig. „Ich wollte mich bei Ihnen, Leo, für alles bedanken. Ich hätte dies ohne Ihre Hilfe nie tun können."

„Sie sind bewundernswert mutig, Lady Anne", sagte er und neigte den Kopf. „Es freut mich *sehr*, dass es für uns alle zu einem perfekten Ende führte."

Sie stießen zusammen an, bevor sich Anne und ihr Gemahl auf den Weg machten, und Georgie machte beinahe einen Satz, als Leos Atem sie am Hals kitzelte.

„Ich denke, ich habe genug von all diesen Unterhaltungen", sagte er. „Wie fändest du es, wenn wir uns zurückziehen?"

„Und was ist mit meiner Mutter?"

„Wir können sie in deiner Wohnung unterbringen, bis wir ein Haus finden, das groß genug für uns drei ist. Wir beide können vorerst in meinen gemieteten Räumlichkeiten wohnen, denn es gibt Dinge, die ich tun möchte, die deine Mutter nicht hören sollte."

„Leo!"

Schon allein bei dieser Erwähnung, machte sich Hitze in ihr breit. „Oh", sagte sie mit einem dramatischen Seufzen, das ihn zum Lachen brachte. Wie es aussah, war sie dieser Idee nicht abgeneigt.

„Mutter?", sagte Georgie und berührte sie am Arm. Sie konnte es noch immer nicht glauben, dass sie das tun konnte … hier. „Bist du bereit zu gehen?"

„Ja sicher", sagte ihre Mutter mit einem kurzen Nicken.

„Ich hatte schon lange nicht mehr so viel Aufregung, schon einige Jahre nicht mehr."

Sie verabschiedeten sich, bevor Georgie wieder in ihre eigenen Kleider schlüpfte – zum Leidwesen der Belmonts. „Aber du siehst so schön darin aus", versuchte Leos Mutter sie zu überzeugen, es nicht zu tun. Doch Leo brachte sie mit einer Handbewegung zum Schweigen und sie lächelte schließlich höflich.

Sie kamen nur bis zur Treppe, als Marshall und Drake erschienen.

„Georgie", sagten sie, nachdem sie Leo und Georgies Mutter begrüßt hatten. „Wir dachten, du würdest gern wissen, was mit Lord Lovelace und Lord Marbury geschah."

„Ja", sagte Georgie und eilte die Treppen hinunter. So begierig sie auch darauf war, mit Leo in ihrem vorläufigen Zuhause allein zu sein, so groß war auch ihre Neugierde. Leo schien genauso interessiert, denn er war fast schneller als sie. Er legte ihr einen Arm um die Schulter, als wollte er sie wieder beschützen, obwohl sie nicht wusste, vor wem oder was.

Sie musste jedoch zugeben, das Gefühl zu mögen, dass zur Abwechslung mal jemand auf *sie* aufpasste. Sie war so lang allein gewesen und, obwohl sie Freunde und Kollegen hatte, war es nicht dasselbe gewesen, wie jemanden an der Seite zu haben, der jede Facette von ihr kannte, sogar ihre Verletzlichkeit, und sie trotzdem liebte.

„Der Mann, der versuchte Sie zu ermorden und auch die beiden, die Sie ursprünglich zu beseitigen versuchten, wurden dem Richter vorgeführt und warten nun auf ihre Verhandlung. Was Lord Lovelace und Lord Marbury angeht …"

Marshall sah aus, als wäre ihm übel, als er begann: „Das wird etwas schwieriger. Wir konnten sie natürlich nicht von der Kirche abführen, da es nicht unser Recht ist, Adlige anzurühren. Aber sie werden sich zumindest vor dem Oberhaus wegen versuchten Mordes verantworten müssen."

Georgie verzog das Gesicht und nickte, während sie sich zu Leo umdrehte.

„Was wird deiner Meinung nach passieren?"

Er schüttelte den Kopf. „Da ich noch nie selbst im Oberhaus war, kann ich es nicht mit Sicherheit sagen. Von dem ausgehend, was mein Vater mir erzählt hat, würde ich annehmen, dass die Hälfte dafür plädieren wird, sie zu einer angemessenen Strafe zu verurteilen. Aber die andere Hälfte wird wohl der Meinung sein, dass ein Adliger kein Gerichtsverfahren durchlaufen sollte."

„Obwohl sie versuchten, dich zu ermorden?", fragte Georgie ungläubig, und Leo zuckte mit den Schultern.

„Das spielt für manche wohl keine Rolle, da sie, sollte man sie schuldig sprechen, hingerichtet werden müssten."

„Wobei sie sich vermutlich auf ihre Privilegien als Adlige berufen werden."

„Höchstwahrscheinlich."

Sie seufzte. Würde dieser Alptraum jemals enden?

„Nun, ich nehme doch an, dass sie nichts weiter unternehmen werden, da sie hoffen, ihre Namen so reinhalten zu können."

„Die Hoffnung besteht", stimmte Drake zu.

Georgie drehte sich zu Leo. „Würde dein Sekundant, dieser Billings, vom Kontinent zurückkehren?"

„Wenn man ihn ausfindig machen kann, vielleicht", sagte Leo.

„Danke", sagte Georgie und schaute von Drake zu Marshall. „Für alles."

Die beiden Detektive nickten und schauten sich dann gegenseitig an. Es war offensichtlich, dass sie sich nicht wohl fühlten. Georgie wusste, dass sie beide gern einiges zu ihrer überstürzten Hochzeit sagen würden, fragte sich aber, wie viel sie in Leos Gegenwart äußern würden. Sie würde sie auf jeden Fall nicht einfach so gehen lassen.

„Nun?", sagte sie mit verschränkten Armen. „Raus damit."

Marshall zupfte an seinem Kragen. „Ich weiß nicht, was du meinst."

„Sag, was dir auf dem Herzen liegt."

„Ach Georgie, wir können später sprechen", meinte er und strich mit einem Finger über seinen Schnurrbart.

„Ich glaube, Lady Richmond stellte Ihnen eine Frage", sagte Leo und Georgie warf ihm über die Schulter einen Blick zu. Sie wollte nur ein wenig Spaß mit ihren Kollegen haben.

„Richtig, Lady Richmond", sagte Marshall und hob eine buschige rötliche Augenbraue. „Es war ... mir ein Vergnügen, mit Ihnen zu arbeiten."

„Wie bitte?", fragte Georgie. „Wer hat gesagt, dass ich aufhöre?"

„Nun, da Sie nun Lady Richmond sind und all das ..."

„Erstens bin ich noch immer Georgie für euch. Außerdem werde ich mit dem Richter sprechen und mit meinem Gemahl darüber beraten", sagte sie und schaute jeden von ihnen nacheinander an. „Doch ich habe schon so eine Idee."

„Ach wirklich?", meinte Drake. Sein Gesichtsausdruck war so neutral wie immer, doch die Worte sprachen Bände.

„Ja", sagte sie mit einem Nicken. „Bei diesem Fall haben wir darüber gesprochen, wie vorteilhaft es wäre, jemanden zu haben, der sich in der feinen Gesellschaft bewegen kann. Nun, ob ihr es mögt oder nicht, ich bin nun ein Teil dieser Gesellschaft und wäre eine gute Informantin für die Bow Street."

Drakes Augenbrauen wanderten nach oben, während er den Kopf neigte.

„Das ist tatsächlich ... keine schlechte Idee."

„Seht ihr!" Sie strahlte. „Nun machen wir uns am besten

auf den Weg. Doch wir werden bald mit euch sprechen, das verspreche ich euch."

Denn sie wusste, so sehr sie Leo auch liebte, sie könnte niemals ihre Arbeit ganz aufgeben. Also würde diese einfach mit ihr in ihre neue Welt kommen müssen.

KAPITEL 25

*L*eo war vieles.

Doch geduldig war kein Wort, mit dem man ihn beschreiben würde. Er hatte eine lange Zeit auf diese Frau gewartet. Sicher länger, als es ihr bewusst war. Viel länger sogar, als ihm selbst klar war.

Die ganze Zeit, in der er Bälle besucht und eine junge Frau nach der anderen getroffen hatte, hatte ihn keine von ihnen auf eine Weise angesprochen, die in sein Herz führte. Bis er schließlich eine von ihnen mit so viel Zuneigung betrachtet hatte, dass er sie um ihre Hand bat.

Aber wie sich herausstellte, waren sie keineswegs dazu gedacht, zusammen zu sein.

Nein, die Frau, die für ihn bestimmt war, hatte Hosen getragen, mit ihrem Lachen alle angezogen und dafür gesorgt, dass sie einstimmten, da es zu ansteckend war.

Es war die Frau, die nun im Raum umherging und den Mund bewegte, während sie die Ereignisse des Tages Revue passieren ließ und gleichzeitig ihre Meinung über die Bestrafung von Verbrechen und die Sonderstellung der Adligen dabei kundtat.

„Nur weil ein Mann als Mitglied des Adels geboren wurde, sollte er nicht über dem Gesetz stehen. Wenn er –“

„Georgie.“

„– einen Mord verübt, was dann? Sollte man ihm erlauben, sich weiter herumzutreiben und zu tun, was ihm beliebt? Nein, er sollte –“

„Georgie.“

„– verurteilt und fortgebracht werden wie jeder andere. Ich weiß nicht recht, was ich davon halte, einen Menschen hinzurichten, obwohl, wenn er –“

Leo hatte genug. Er durchquerte den Raum, schlang seine Arme um Georgies Oberarme und küsste sie, lang und gründlich. Für einen Augenblick versteifte sie sich, bevor auch sie ihn küsste. Als er sich einige Minuten später von ihr löste, war sie atemlos und ruhig.

Gut.

„Du wolltest mich zum Schweigen bringen.“

„Das wollte ich.“

„Gefällt es dir nicht, wenn ich rede?“

„Oh Georgie“, sagte er mit einem Seufzen und strich mit einem Finger über ihre Lippen. „Ich liebe es, wenn du sprichst. Ich liebe es sogar sehr. Nur … gibt es gewisse Zeiten, in denen ich eine Frau der Tat bevorzuge.“

Sie saugte an ihrer Unterlippe, die sie zwischen ihren Zähnen fixiert hatte, und dies berührte ihn an einer anderen Stelle. „Ich verstehe.“ Ihre Augen schauten überall hin, nur nicht zu ihm – sehr ungewöhnlich für Georgie.

Seine Augen weiteten sich überrascht. „Sage mir nicht, dass du nervös bist.“

„Natürlich nicht!“, erklärte sie, machte dann aber einen Schritt zurück.

„Georgie?“

„Schon gut!“, sagte sie und warf die Hände in die Luft. „Ich bin ein wenig nervös.“

Er betrachtete sie und musste lachen. Es schien nicht viel zu geben, wovor sich diese Frau fürchtete. Dass sie nun vor dem Liebesspiel Angst hatte und er die Gelegenheit bekommen würde, ihr diese Furcht zu nehmen und sie Vergnügen daran finden zu lassen, erfüllte ihn mit einem Gefühl von Macht.

„Mach dir keine Sorgen", sagte er heiser. „Ich werde sicherstellen, dass es nichts geben wird, wovor du dich fürchten musst. Nun komm her."

Nachdem sie ihre Mutter in Georgies Wohnung gebracht hatten, waren sie hierher, in Leos gemietete Räumlichkeiten, gekommen. Ihre Mutter hatte viele Freunde und Freundinnen, die davon gehört hatten, dass sie sich nicht länger in Bedlam befand, und sie gern sehen wollten. Und während sie die meisten davon auf die kommenden Tage vertröstete, war nun eine davon an ihrer Seite und würde sicherstellen, dass während der Nacht alles gut wäre.

Georgie hatte sie nur schweren Herzens verlassen, nachdem sie sie erst so kurz wieder in ihrem Leben hatte, doch ihre Mutter hatte darauf bestanden, dass sie und Leo gehen und ihre erste Nacht als Mann und Frau genießen sollten.

Also waren sie nun hier in Leos recht schmucklosen Räumlichkeiten, in denen sein Kammerdiener wenigstens ein Feuer vorbereiten und die Bettwäsche hatte wechseln lassen, während Georgie alles tat, was sie konnte, um das, wovon er gedacht hatte, dass sie sich beide schon seit Wochen darauf freuten, hinauszuzögern.

Leo zog sie näher an sich heran.

Mit einem zögerlichen Lächeln schaute sie zu ihm auf, und er nickte aufmunternd. „Vertraust du mir?"

„Ja, natürlich."

„Gut", sagte er, griff nach ihren Händen und zog daran, damit sie ihm noch näher kam. "Liebst du mich?"

„Das weißt du doch." Ihre Mundwinkel bogen sich nach oben, so, wie er es liebte.

„Und begehrst du mich?"

Sie waren nur noch wenige Schritte voneinander entfernt und sie schluckte schwer. „Ja", sagte sie heiser.

„Dann bleibt uns nur eins zu tun."

Er eroberte ihre Lippen erneut mit seinen, nur, anstatt sie lediglich atemlos zu machen, bereitete er sie dieses Mal auf das vor, was kommen würde, ohne dass sie dies bemerkte. Er schmeckte sie, seine Zunge tauchte tiefer ein, erkundete und streichelte mit einer solchen Leidenschaft, die er noch nie zuvor verspürt hatte. Dann knabberte er an ihrer Lippe, wanderte weiter zu ihrem Ohrläppchen und brachte sie durch die Empfindungen, von denen er wusste, dass er sie so bei ihr auslöste, zum Stöhnen.

„Oh Leo", sagte sie und ihre Finger krallten sich in seine Schultern. Er knurrte zustimmend, war aber viel zu sehr in seinem eigenen Verlangen versunken, als dass er eine Antwort geben konnte.

Er ließ seine Hände ihren Rücken hinauf- und hinuntergleiten und seine Finger blieben an der Weste hängen, die sie unter der Jacke getragen hatte. Trotzdem strahlte sie Weiblichkeit aus und die Schnüre unter seinen Fingern fühlten sich so exquisit an wie die an jedem Mieder. Er öffnete sie langsam und platzierte Küsse von einem Schlüsselbein zum anderen, während sie ihre Hände in seine Haare gleiten ließ.

Als die Weste zu Boden fiel, befreite er sich schnell von seiner eigenen, bevor er sie wieder zu sich zog. Er sehnte sich danach, dass sie keine Kleider mehr trennten, wollte Georgie aber nicht mehr loslassen, um dies schnellstens zu bewerkstelligen. Also musste er sich dieser langsamen Folter ergeben.

Er hatte so lang auf sie gewartet, hatte nie daran geglaubt, dass dies jemals wirklich passieren würde. Sie war die Seine, und er wusste, er sollte nichts überstürzen.

„Georgie", sagte er, als er damit begann, die Nadeln aus ihren Haaren zu ziehen. Er wollte die Lockenfülle nochmals sehen, wollte spüren, wie diese seidigen Strähnen über seine Finger glitten. „Du weißt nicht, was du mit mir tust."

„Ich denke, ich habe so eine Ahnung", murmelte sie und nahm sein Gesicht in die Hände, als er damit begann, die Knöpfe an ihrem Hemd zu öffnen. „Ich kann noch immer kaum glauben, dass wir … verheiratet sind."

Er grinste. „Glaube es."

Sie neigte ihren Kopf zur Seite und er fragte sich, wohin ihr Lächeln verschwunden war.

„Du weißt, dass es zwischen uns nie einfach sein wird? Ich bin mir bewusst, dass ich bei dem Gelübde versprach, gehorsam zu sein, aber …"

Sie verzog das Gesicht und er musste lachen.

„Ich liebe dich, weil du die Frau bist, die du bist, Georgie. Wenn ich eine gehorsame Gemahlin gewollt hätte, hätte ich innerhalb der feinen Gesellschaft jede Menge Auswahl gehabt. Aber eine solche Frau möchte ich nicht. Ich will dich! Wenn du auch nicht gewillt bist, immer meine Meinung zu teilen, würdest du wenigstens dem zustimmen?"

Sie schaute an die Decke, als würde sie darüber nachdenken.

„Ich nehme an, das kann ich tun."

Sie konnte nicht anders – sich musste lachen, lang und laut, und er fiel mit ein. Er hatte geglaubt, alles zu kennen, und nur durch seine Rettung hatte er erfahren, wie falsch er mit dieser Meinung gelegen hatte.

Doch eines wusste er mit Sicherheit – er könnte es sein ganzes Leben lang versuchen, doch er würde nie genug von Georgie bekommen.

Nachdem die Knöpfe geöffnet waren, zog sie ihr Hemd

über den Kopf, und er tat es ihr gleich, bevor er sie hochhob und auf das Bett warf. Er kam über sie und hielt sie zwischen seinen Armen gefangen. Er neigte seinen Kopf und küsste sie erneut, bevor er sich nicht länger davon abhalten konnte, sich nochmals mit ihren Brüsten bekannt zu machen, die regelrecht nach seiner Aufmerksamkeit schrien.

Obwohl ihre Kurven nicht so üppig waren, wie die mancher Frauen, die er früher gekannt hatte, bewunderte er ihren wundervoll definierten Körper und diese runden, kecken Brüste, die perfekt in seine Hände passten. Sie war alles, was er sich je wünschen konnte.

„Du bist wunderschön", sagte er, bevor er sich vorbeugte und ihr mit seinem Mund seine Wertschätzung zeigte. Sie stöhnte und bog sich ihm entgegen.

„Mehr", keuchte sie, und wie sollte Leo ihr das verwehren.

Er öffnete die Hosen, die sie noch immer trug, bevor er sich seiner eigenen Hosen entledigte, und bei dem Kontakt von Haut auf Haut erstarrte er fast, so einzigartig war die Lust, die er spürte.

Sie war sein – nun und für den Rest ihres Lebens. Obwohl er wusste, dass er alle Zeit der Welt hatte, sagte ihm sein Körper etwas anderes.

Er strich mit den Händen über ihre Brüste und ihren festen Bauch, seine Daumen verharrten in der Mitte, die restlichen Finger umfassten ihre Hüften. Dann beugte er den Kopf nach unten und seine Lippen wanderten über ihren Bauch, wobei seine Zunge ihren Nabel fand, was sie zum Kichern brachte. Ein solches Geräusch hatte er von ihr noch nie zuvor gehört. Er lachte sanft, bevor er sich weiter nach unten bewegte und seine Lippen ihre empfindsamste Stelle fanden.

Sie atmete scharf ein, ihr Rücken wölbte sich ihm entgegen und sie warf den Kopf zurück.

Leo ließ einen Finger in sie gleiten, dann einen zweiten,

und fühlte, dass sie für ihn bereit war. Schließlich kam er wieder zu ihr nach oben, schaute ihr eindringlich in die Augen und küsste sie auf die Stirn.

„Du bist erstaunlich."

„Das könntest du auch sein, wenn du endlich beginnen würdest", sagte sie trocken und er lachte – bis sie nach unten griff und ihn in die Hand nahm. Sofort verstummte sein Lachen.

„Nicht, Georgie."

„Warum nicht?", wollte sie wissen und begann, die Hand langsam auf und ab zu bewegen, was ihm die reinste Folter bescherte. „Sag mir nicht, dass dir das nicht gefällt."

„Oh doch, es gefällt mir sehr", erwiderte er, seine Worte kamen heraus wie ein Zischen. „Es gefällt mir bereits zu gut."

Schließlich konnte er es nicht mehr ertragen und zog so sanft wie möglich ihre Hand fort, bevor er sich vor ihrem Eingang niederließ. Er brachte sich in die richtige Position, während er sie küsste und mit dem Daumen ihre Lustperle streichelte.

Als er in sie drang, zischte sie, und er hielt inne. Schweißtropfen bildeten sich auf seiner Stirn, während er ihr Zeit gab, um sich an ihn zu gewöhnen.

Sie grub ihre Finger in seine Hüften und seufzte erleichtert, und er begann, sich zu bewegen. Erst ging er langsam vor und schaute ihr die ganze Zeit tief in die Augen. Sie waren nun in jeder Hinsicht miteinander verbunden, als Mann und Frau. Sie war seine Gefährtin, mit der er den Rest seines Lebens verbringen würde.

Wie es Georgies Naturell entsprach, nahm sie den gleichen Rhythmus auf und ließ ihn nicht die Führung übernehmen. Und ihren Mangel an Erfahrung machte sie durch ihren Eifer wett.

Während er sich vor und zurück bewegte, streichelte er sie weiter und spürte plötzlich, wie sie sich um ihn herum anspannte. Zuerst schloss sie die Augen, doch dann öffnete sie sie wieder und begegnete seinem Blick, gerade als sein eigener Höhepunkt ihn erfasste und er seinen Samen in ihr vergoss. Seine Atmung kam stoßweise, als er schließlich neben ihr zusammenbrach.

Sie legte einen Arm auf ihre Stirn, als er zu ihr schaute, und er konnte sich ein süffisantes Grinsen nicht verkneifen.

„Bist du nicht froh, dass wir das Hochzeitsfrühstück verlassen haben?"

Sie schlug ihm auf den Arm und er lachte in der Gewissheit, dass ihr gemeinsames Leben gefüllt sein würde mit Liebe, Frohsinn und Lachen – was es wert war, dass er sich immer um ihre Sicherheit sorgen würde.

„Ich liebe dich", sagte er und lehnte seine Stirn an ihre.

„Und ich liebe dich."

„Kommt herein, kommt herein", sagte Georgie und hielt die Tür weit offen, um ihre Gäste mit einem strahlenden Lächeln zu begrüßen. Perry und Rose waren als Erste angekommen, und am Ende des Weges konnte sie sehen, wie Madeline und Drake so wie Alice und Benjamin aus der Kutsche stiegen.

Wie merkwürdig es war, dass sie diese Frauen, von denen sie lange Zeit gedacht hatte, dass sie weit über ihr standen, nun als die Frau eines Viscounts willkommen hieß.

„Danke für die Einladung", sagte Alice, als sie eingetreten waren und dem Butler – Georgie konnte kaum glauben, dass sie einen Butler hatte – ihre Mäntel übergeben hatten.

„Sehr gern", sagte Georgie mit einem herzlichen Lächeln. „Zum ersten Mal habe ich ein Heim, das einen Esstisch besitzt, an dem Gäste sitzen können."

Für diese Abendgesellschaft trug sie ein Kleid – eine Realität, an die sie sich immer mehr gewöhnt hatte, seit sie mit Leo verheiratet war. Obwohl es ihm durchaus gefiel, wenn sie Hosen trug, aber sie war im letzten Monat zu mehr feinen Gesellschaften eingeladen worden als in ihrem ganzen bisherigen Leben. Die meisten Einladungen lehnten sie höflich ab, doch sie hatten die Verpflichtung, die Familie ab und an zu repräsentieren.

Dabei stand Georgie den größten Teil des Abends an der Seite und beobachtete die anderen Gäste, weil sie noch immer lernte, wie man tanzte – ein Kunststück, von dem Georgie geglaubt hatte, es nie bewerkstelligen zu können. Doch wie es schien, waren ihre sportlichen Fähigkeiten zu mehr nutze, als ungewollte Angreifer in die Flucht zu schlagen. Wenn ihr Partner in der Lage dazu war, sie durch die Schritte zu führen, wagte sie sich auf die Tanzfläche.

„Euer Heim ist reizend", sagte Madeline, als sie im vorderen Salon umherlief. Georgie nickte stolz.

„Meine Mutter half dabei, es zu dekorieren und so herzurichten, dass wir Gäste empfangen können", erklärte sie.

„Du musst so froh darüber sein, sie wieder bei dir zu haben", sagte Rose mit einem sanften Lächeln. Es war Rose und Perrys letzte Nacht in London, bevor die beiden nach Lyme Regis zurückkehrten – der Ort, an dem sie sich und ihr gemeinsames Glück gefunden hatten.

„Oh ja, darüber bin ich wirklich glücklich", bestätigte Georgie strahlend.

„Georgie." Drake erschien neben ihr. „Hättest du einen Moment für mich?"

„Aber sicher", meinte sie mit einem Nicken und ging voran an den Rand des Raumes. Sie wusste nicht, ob es um etwas Besorgniserregendes ging, da sein Gesichtsausdruck immer recht unbestimmt war. „Gibt es ein Problem?"

„Nein, alles ist bestens", antwortete er. „Aber der Richter benötigt deine Hilfe."

„Oh, sprich weiter", sagte sie begeistert. Sie hatte den Richter der Bow Street aufgesucht und ihm vorgeschlagen, dass sie vielleicht auf andere Weise für ihn tätig sein könnte, da sie Probleme bekommen konnte, wenn sie ihre Arbeit wie gewohnt fortsetzte. Schließlich hatte sie nun Zugang zur feinen Gesellschaft.

„Ein Dieb treibt sein Unwesen in den Häusern des Adels. Er schleicht sich während der Abendgesellschaften und Bälle in die Schlafzimmer und macht sich mit Schmuck und anderen Gegenständen von Wert davon."

„Tatsächlich?", meinte sie mit weit aufgerissenen Augen. „Warum habe ich davon noch nichts gehört?"

„Man versucht, es nicht öffentlich werden zu lassen", sagte er. „Die Betroffenen sehen es wohl als Blamage an, dass einer ihrer Gäste vielleicht etwas damit zu tun hatte oder dass es mit der Sicherheit in ihrem Haus nicht weit her ist."

„Was wäre meine Aufgabe?"

„Wenn du das nächste Mal auf einer Gesellschaft bist, halte Augen und Ohren offen. Achte darauf, ob es sich jemand zur Angewohnheit gemacht hat, zwischendurch zu verschwinden, oder ob jemand besonders früh wieder geht. Sei wachsam."

„Das kann ich tun", versprach sie.

„Aber Georgie, was auch immer passiert, verfolge niemanden allein, verstanden?"

„Natürlich", sagte sie und spürte jemand hinter sich. Ohne nachschauen zu müssen, wusste sie, dass es Leo war. Sie schluckte schwer und fragte sich, was er davon halten würde.

Sie warf einen Blick über ihre Schulter und stellte fest, dass seine meergrünen Augen sich etwas verfinstert hatten.

„Hör darauf, was Drake sagt, Georgie", meinte er. „Bring dich nicht in Gefahr."

Sie wollte ihm schon sagen, dass sie auf sich aufpassen konnte, doch dann sah sie das Funkeln in seinen Augen, das ihr sagte, er wollte ihr nichts vorschreiben, sondern sorgte sich nur um sie, und ihr wurde es warm ums Herz.

„Gut", versprach sie. „Ich werde vorsichtig sein. Aber ich werde dazu beitragen, den Fall zu lösen."

„Natürlich wirst du das", meinte Drake. „Nun, meine Frau wirft mir bereits den Blick zu, der mir mitteilt, dass ich die Arbeit für den Rest des Abends nicht mehr erwähnen soll. Am besten schließen wir uns den anderen wieder an."

Georgie und Leo tauschten nun einen geheimnisvollen Blick aus. „Wie wäre es, wenn wir eine Runde Billard spielen? Leo und Perry waren beim letzten Mal nicht dabei und würden es auch gern einmal versuchen."

Alle stimmten zu und folgten den Gastgebern dann den Flur des Hauses entlang, in das diese erst vor wenigen Wochen eingezogen waren. Noch immer waren einige Räume nicht möbliert und dekoriert, aber es war immerhin ihr Eigentum, und sie hatten so viel Glück, wie sie sich nur wünschen konnten, in seinen Mauern gefunden.

„Sollen die Gewinner der letzten Partie heute beginnen?", fragte Alice und wedelte mit der Hand in Madeline und Drakes Richtung, obwohl Madeline kopfschüttelnd lachte.

„Das war nur Anfängerglück."

„Es gibt nur einen Weg, dies herauszufinden", meinte Alice herausfordernd, und Madeline rollte seufzend die Augen. Doch Alice bestand darauf, dass Drake die Runde eröffnete.

Ihre ersten Gegner waren Alice und Benjamin, doch dieses Mal wurde Alice nicht besiegt. Madeline schien es nichts auszumachen, und sie protestierte auch nicht, als ihr Gemahl ihr erneut zu helfen versuchte.

„Wer sind die Nächsten? Rose und Perry?"

Die beiden stimmten zu, obwohl keiner der beiden besonders enthusiastisch aussah bei der Aussicht auf eine Partie Billiard. „Perry hat sich noch nie gern an Spielen beteiligt", meinte Leo neben Georgies Ohr in seiner tiefen Stimme, die ihr stets Schauer über den Rücken laufen ließ.

„Nicht?"

„Ihm fehlt der Wettbewerbsgeist."

Georgies Lippen bogen sich nach oben. „Hmm. Ich frage mich, wer in der Familie dann vielleicht alles davon geerbt hat."

Leo lachte und zog die Aufmerksamkeit der Anwesenden auf sich. Er und Georgie hatten eine Menge Runden gespielt, aber es war schwer zu sagen, wer am häufigsten gewann.

Alice und Benjamin schlugen Rose und Perry im Nu, da diese nicht mit ganzem Herzen dabei waren. Sie schienen zu sehr miteinander beschäftigt zu sein.

Leo und Georgie grinsten sich an, als sie an den Billardtisch traten.

„Lasst mich raten", sagte Alice mit gehobener Augenbraue. „Ihr beide habt geübt!"

„Etwas in der Art", meinte Georgie gelassen, als sie vernahm, wie Perry hinter ihnen schnaubte.

„Ich bin nicht sicher, ob mir gefällt, wie das klingt", sagte Benjamin von der anderen Seite des Billardtisches.

„Wir hatten einen Billardtisch in dem Haus, in dem wir aufwuchsen", sagte Perry arglos und kümmerte sich nicht um den bösen Blick, den Leo ihm zuwarf. „Es war Leos Lieblingsraum."

„Hattest du uns nicht erzählt, dass es in dem Waisenhaus, in dem du lebtest, einen alten Billardtisch gab?", fragte Rose grinsend, als Georgie ihren Queue vorbereitete.

Alice und Benjamin schauten schockiert, als Georgie das Spiel eröffnete und die Hälfte der Bälle abräumte.

„Du bist dran", sagte sie, als Alice am Zug war. Diese nahm einen entschlossenen Gesichtsausdruck an, als sie an den Tisch trat.

Aber sie war nicht sonderlich erfolgreich, und Leo beendete schließlich die Runde, bevor Benjamin überhaupt an die Reihe kam.

„Das war nicht fair", sagte Alice, und starrte Georgie an, die Hände in die Hüften gestemmt. Georgie konnte nicht anders, sie musste lachen. „Vielleicht nicht“, gab sie zu. „Was hältst du davon, wenn wir nun zu Abend essen und später für eine weitere Runde hierher zurückkehren?“

Alice dachte einen Moment darüber nach und stimmte schließlich zu.

„Gut! Doch da wir nun vorbereitet sind, macht euch auf etwas gefasst.“

Georgie nickte, doch sobald Alice den Raum verlassen hatte, schaute sie zu Leo und begann erneut zu lachen. Sie verweilten einen Augenblick, bevor sie den anderen folgten.

„Wir haben großes Glück, denkst du nicht?“, meinte Georgie.

„Weil wir solche Freunde haben?“

„Ja“, sagte sie nickend. „Bei ihnen müssen wir uns nicht verstellen und ich muss mir keine Sorgen machen, nicht zu ihnen zu passen.“

„Machst du dir darüber Gedanken?“ Dass du nicht in die Gesellschaft passen könntest?“, fragte er besorgt.

„Manchmal“, gab sie zu. „Obwohl ich das Gefühl habe, dass mehr Menschen auf unserer Seite stehen, als wir denken, besonders nachdem das Oberhaus Lord Lovelace und Lord Marbury verurteilte.“

„Das war wirklich erstaunlich“, meinte er, ergriff ihre Hände und schaute ihr in die Augen. „Aber du hast so eine besondere Gabe, Menschen in deinen Bann zu ziehen, eine Gabe, die ich noch nie zuvor bei jemand gesehen habe. Deshalb warst du schon immer gut in allem, was du tatst. Deshalb bist du die unglaublichste Frau.“

„Oh, hör auf“, sagte Georgie und zog ihn zu sich, „bevor ich mich dazu entscheide, unsere Gäste sich selbst zu überlassen und dich nach oben zu schleppen.“

Eine seiner Augenbrauen wanderte nach oben. „Das hättest du besser nicht gesagt.“

Als er sich vorbeugte, um so zu tun, als würde er sie über

seine Schulter werfen, wehrte sie sich, und sie lachten, bis er seinen Mund an ihren Hals legte und flüsterte: „Verschieben wir es auf später." Dann machten sie sich auf den Weg, um sich ihren Gästen beim Abendessen anzuschließen.

Als sie sich am Tisch umschaute, war sich Georgie bewusst, dass sie im Kreis dieser Menschen, die ihr inzwischen so nahestanden, Liebe und Akzeptanz

gefunden hatte, und dies, obwohl sie noch immer die Reihenfolge der Gänge nicht kannte, noch welches Besteck zu welchem Gang gehörte, und in dieser Welt eine Kluft zwischen ihnen sein sollte.

Und mit Leo, der sich entschieden hatte, neben ihr zu sitzen anstatt ihr gegenüber und gerade unter dem Tisch nach ihrer Hand griff, hatte sie die Liebe an dem unwahrscheinlichsten aller Plätze gefunden.

Sie begegnete seinen blaugrünen Augen, die Augen, die ihr immer ein Gefühl von Frieden bescherten und, als er lächelte, lächelte sie zurück.

Eines war sicher – ihr gemeinsames Abenteuer hatte gerade erst begonnen.

Ende

* * *

LIEBE LESERINNEN UND LESER,

HERZLICHEN DANK, dass Sie Georgie und Leos Geschichte gelesen haben. Ich hoffe sehr, sie hat Ihnen gefallen.

Sollten Sie sich noch nicht für meinen deutschsprachigen Newsletter angemeldet haben, würde ich mich freuen, wenn Sie sich dazu entschließen! Sie werden somit auch Links für Zugaben sowie Informationen zu Sonderangeboten und neuen Veröffentlichungen erhalten. Außerdem erfahren Sie alles über meine Vorliebe für Kaffee, meinen Kampf, meine Pflanzen am Leben zu erhalten, und die Schwierigkeiten, in die ein liebenswerter, wolfsähnlicher Hund geraten kann.

www.elliestclair.com/deutsch

Ich lade Sie auch herzlich ein, meiner englischsprachigen Gruppe auf Facebook, *Ellie St. Clair' s Ever Afters*, beizutreten und in Kontakt mit mir zu bleiben.

Sie finden mich und andere Autorinnen außerdem in der Facebookgruppe *Heiße historische Liebesromane*. Hier dreht sich alles um historische Liebesromane in deutscher Sprache.

Der erste Teil der Serie *Die Remingtons des Regency*, ist demnächst für Sie erhältlich.

Gleich im Anschluss finden Sie eine Kostprobe von *Das Geheimnis des verwegenen Herzogs*.

Viel Spaß beim Lesen und bis zum nächsten Mal!

* * *

Das Geheimnis des verwegenen Herzogs
Die Remingtons des Regency Buch 1

LADY EMMA SCHWOR SICH, **dass sie einen Mann wie diesen niemals heiraten würde.**

Einen Mann wie den verwegenen Herzog von Warwick – der Bruder ihrer besten Freundin.

Doch eine zufällige Begegnung auf einem Balkon, lässt Lady Emma alles infrage stellen, was sie je glaubte. Als ihre Freundin – die Schwester des Herzogs – entführt wird, müssen sie zusammenarbeiten, um sie zu finden und in Erfahrung zu bringen, wer die Familie Remington bedroht.

Giles, der Herzog von Warwick, versucht seit der Ermordung seines Vaters das von diesem begangene Unrecht wiedergutzumachen und herauszufinden, wer sie bedroht.

Außerdem sucht er nach einer perfekten Gemahlin, um seiner Familie zu einem besseren Ruf zu verhelfen – eine Gemahlin, die nie und nimmer die unverblümte Lady Emma sein kann, die mit Vorliebe ihre Zeit damit verbringt, im Garten zu graben.

Als die Rätsel und Geheimnisse, die seine Familie umgeben, größer werden, finden sich Giles und Emma in einer Situation wieder, in der ihre Leben enger miteinander verflochten sind als je zuvor. Bis sie eine verhängnisvolle Handlung vor die Wahl stellt: Liebe oder Ruin.

Das Geheimnis des verwegenen Herzogs ist ein leidenschaftlicher Regency-Liebesroman.

EIN AUSZUG AUS DAS GEHEIMNIS DES VERWEGENEN HERZOGS

Giles spürte, wie die Augen seines Vaters ihn musterten, als er sich hinter dem Schreibtisch niederließ, der genauso wenig ihm zu gehören schien, wie die restlichen Möbel in diesem Haus.

Selbst im Tod stellte sein Vater sicher, dass sich Giles des Zorns in diesem missbilligenden Blick bewusst war.

Giles nahm sich vor, dieses Porträt baldmöglichst entfernen zu lassen. Es wäre ein weiterer Schritt vorwärts, um der Last zu entkommen, die sein Vater ihnen auferlegt hatte.

Obwohl es so schien, als hätten die Damen in diesem Haus bereits ihre Flügel ausgebreitet.

Während Giles seit dem Tod des vorherigen Herzogs vor etwas mehr als einem Jahr den Namen seines Vaters trug, setzten seine Mutter, Großmutter und Schwestern ihren Willen durch, als hätte er nichts zu sagen.

Er nahm an, dass dem auch so war.

Die Kontenbücher lagen unberührt auf der Monstrosität eines Schreibtischs vor ihm. Er wusste, die Eintragungen würden ordentlich, peinlich genau, einfach perfekt sein – genau wie alles im Leben seines Vaters.

Mit einer Ausnahme – seinem Sohn. Sein einziger Sohn und zu seinem Leidwesen derjenige, der alles erbte. Einschließlich des Titels und all der Verantwortung, die Giles nicht wollte. Er und sein Vater waren schon seit langem getrennte Wege gegangen, und so froh Giles auch darüber war, sich mehr Zeit mit dem Mann erspart zu haben, begann er sich zu wünschen, er hätte wenigstens etwas mehr über die Pflichten gelernt, die zur Führung des Herzogtums gehörten. Ein Teil von ihm fragte sich, ob er vielleicht alles verkommen lassen sollte, nur um den Geist seines Vaters zu ärgern.

„Giles! Bist du da drin?"

Das Klopfen seiner Mutter an der Tür erinnerte ihn daran, warum er dies niemals tun könnte. Seinem Vater hätte er es ohne Zögern antun können, aber nie und nimmer seiner Mutter oder seinen Schwestern.

„Komm herein!", rief er.

Sie trat durch die Tür, blieb jedoch abrupt stehen, ihre Augen wurden größer, während sie sich in dem äußerst männlichen Raum umschaute, der, soweit Giles wusste, über Jahre hinweg für die Frauen tabu war.

„Warum, um Himmels willen, sitzt du hier im Dunkeln?"

Er hatte keine Kerze angezündet, im Kamin war nur noch Asche und die schweren dunkelblauen Vorhänge, die die Fenster bedeckten, ließen nur an den schmalen Schlitzen Licht herein. Das Porträt seines Vaters hing Giles gegenüber an einer dunkelgrünen Wand, sein vergoldeter Rahmen passte zu den anderen, die die restlichen Wände des Raumes bedeckten. Die großen senfgelben Stühle, die vor dem Schreibtisch standen, machten es fast unmöglich, ungehindert durch den Raum zu gehen.

„Ich ... denke nach."

„Ach ja?", sagte sie mit einem amüsierten Ausdruck auf ihrem Gesicht. Ihre grünen Augen funkelten ihn unter ihren rotbraunen Haaren an. „Ich hoffe, du überlegst, welche der jungen Damen, die heute Abend anwesend sein werden, deine Aufmerksamkeit erregen könnte."

Giles stöhnte und lehnte sich nach vorn, während er sich mit der Hand durch die Haare strich, bei denen er darauf bestand, sie ein klein wenig länger zu tragen, als es gerade angesagt war. „Mutter, du weißt, dass ich mir wünschte, du würdest diesen Ball heute Abend nicht veranstalten. Ich habe nicht das Verlangen zu heiraten, zumindest noch nicht, und ich –"

„Giles", sagte sie mit dieser Geduld, die ihr schon immer eigen war, eine Eigenschaft, die er nicht geerbt hatte. „Du bist nun der Herzog. Und damit hast du gewisse Verpflichtungen. Und diese beinhalten die Notwendigkeit, einen Erben hervorzubringen."

„Elizabeth, du solltest dem jungen Mann wirklich zugestehen, als Herzog erst einmal tief durchzuatmen, bevor du damit beginnst, ihm selbstgefällige junge Damen in die Arme zu werfen."

Beim Klang der Stimme seiner Großmutter erschien ein aufrichtiges breites Lächeln auf Giles Gesicht, wobei seine Mutter die Augen schloss und einen tiefen Atemzug nahm. Er liebte seine unverblümte Großmutter genauso, wie sie eine Schwäche für ihn in ihrem alten mürrischen Herzen hatte.

Seine Mutter, immer die korrekte Herzogin, richtete sich gerader auf, als ihre Mutter zu ihr in die Tür trat. Lady Winchester mochte nun mit Hilfe eines Stockes gehen, doch sie hielt sich noch immer so hoheitsvoll wie eine Königin.

„Er ist nicht mehr so jung. Und ich denke, Mutter, dass es Giles in Bezug auf Frauen nicht an Auswahl mangelt."

Dies ließ Giles nach Luft schnappen und aufspringen. „Mutter!"

„Das Problem", sagte sie, als wäre Giles nicht einmal anwesend, „besteht darin, die *richtige* Frau für ihn zu finden."

„Und ich nehme an, du hast die perfekte Frau für ihn, nicht wahr?", fragte Giles' Großmutter mit einem Funkeln in den Augen.

„Richtig", bestätigte seine Mutter und die Art, wie sie den Kopf hielt, zeigte ihre Entschlossenheit. „Lady Maria."

„Lady Maria Bennington?", fragte Giles grimmig.

„Genau die", bestätigte seine Mutter mit einem triumphierenden Lächeln. „Ich hoffe doch, dass du dich an sie erinnerst."

„Das tue ich, Mutter. Sie ist ... Sie ist ..." Er kämpfte darum, das richtige Wort zu finden, um sie zu beschreiben, eines das sowohl zutreffend als auch höflich war.

„Sie ist langweilig", beendete seine Großmutter den Satz für ihn und Giles nickte dankbar.

„Genau."

„Und eine langweilige Frau ist genau die Art von Frau, die du benötigst, um dir bei deinen Pflichten zu helfen", erklärte seine Mutter und hielt ihre Nase noch höher. „Pflichten, die du fast ein Jahr vernachlässigt hast, wenn ich dich daran erinnern darf. Du brauchst eine Frau, die weiß, wie man nicht nur einen Haushalt leitet, sondern viele Anwesen. Die aufgezogen wurde, um einen solche Rolle zu übernehmen und sie bereitwillig annehmen wird. Die deine Schwestern beaufsichtigen kann –"

Es gelang Giles sein Lachen mit einem Husten zu überdecken, doch seine Großmutter hatte kein Problem damit, laut zu schnauben.

„Wenn du jemanden finden kannst, dem es gelingt, diese Mädchen unter Kontrolle zu halten, dann engagiere ich sie selbst", sagte seine Großmutter. „Sie liefen bereits lange bevor Warwick starb unbeaufsichtigt herum. Es ist ihm nur nie aufgefallen.“

„Mutter“, begann seine Mutter, doch bevor ein Streit entstehen konnte, ging Giles zu ihnen hinüber und legte jeder der beiden eine Hand ins Kreuz, um sie aus dem kalten Arbeitszimmer zu führen.

„Lasst uns nachsehen, wie weit die Vorbereitungen für den Ball gediehen sind“, meinte er und dies schien sie zu besänftigen, obwohl Giles der scharfsinnige Blick, den ihm seine Großmutter zuwarf, nicht entging.

„Du weißt doch“, sagte seine Mutter, als sie sich dem Ballsaal näherten, „dass niemand von dir erwartet, das Leben aufzugeben, das du zuvor lebtest. Nur weil du eine Gemahlin haben wirst, bedeutet dies nicht –“

„Um Himmels willen, Elizabeth, der Mann ist ein liebenswerter Charmeur kein Ehebrecher!“, unterbrach seine Großmutter sie.

Giles seufzte nur und schüttelte den Kopf, doch als sie den Ballsaal betraten, vergaßen sie ihre Auseinandersetzung, während sie alles betrachteten. Der Ballsaal selbst war immer prächtig, aber mit den dekorierten Säulen und mehr Grünpflanzen als in den Vauxhall Gardens, war er prunkvoller als das Bühnenbild einer Shakespeare-Aufführung.

„Meine Güte“, sagte seine Großmutter. „Das ist extravagant.“

Seine Mutter, die genau gewusst hatte, was sie erwartete, da sie alles organisiert hatte, schaute sich zufrieden um. „Es ist perfekt. Genau, was wir brauchen. Es ist schon lange her, seit wir das letzte Mal irgendeine Festlichkeit hier hatten“, sagte sie sehnsüchtig.

Was der Wahrheit entsprach. Sein Vater hatte nichts Derartiges zugelassen, da er es nicht mochte, Gäste in seinem Haus zu haben. Nicht, dass Giles gekommen wäre. Sobald er zur Schule ging, blieb er während der Ferien in Eton oder schloss sich einem Freund an. Der Tod seines Vaters war das Einzige, das ihn zurück nach Warwick House bringen konnte.

„Du solltest etwas in Rot tragen, Juliana. Die Farbe passt gut zu deinen Haaren."

Bei den Stimmen, die sich vom Flur her näherten, neigte Giles den Kopf. Wie es schien, waren seine Schwestern ähnlicher Meinung.

„Rot? Aber denkst du wirklich – Mutter!"

Juliana und Prudence lächelten gleichermaßen unschuldig, als sie sich näherten, und Giles versuchte verzweifelt, sein Grinsen zu verbergen. Bereits ihr ganzes Leben lang verschafften sie seiner Mutter Aufregung, und es schien, dass sie ihn nun, da sie auf dem Heiratsmarkt waren, der Liste von Menschen hinzugefügt hatten, die sie, ihrer Überzeugung nach, daran hinderten, das Glück zu finden, das sie verdienten.

„Du wirst ganz sicher *nicht* Rot tragen", stellte seine Mutter klar, während sie ihre Augen über ihre Töchter gleiten ließ. „Du wirst das Weiß tragen, das ich für dich wählte."

„Oh Mutter, Weiß ist so langweilig", sagte Juliana und bemühte sich gar nicht erst, ihre Grimasse zu kaschieren.

Seine Mutter dachte kurz darüber nach. Trotz ihres steifen Äußeren, das sie jedem in ihrer Bekanntschaft präsentierte, liebte sie ihre Kinder letzten Endes doch mehr als alles andere.

„Gut. Das blassblaue Kleid, das Madame Blanchet kürzlich fertigstellte. Das passt sehr gut für diesen Anlass."

„Wunderbar." Juliana strahlte und Giles war sich sicher, dass dieses Lächeln in dieser Saison viele Herzen brechen würde. Er hatte so das Gefühl, dass die beiden sich diese Unterhaltung ausgedacht hatten, um ihre Mutter dazu zu bringen, für das blaue Kleid ihre Zustimmung zu geben.

„Prudence, welche Wahl hast du getroffen?", fragte seine Mutter mit erhobener Augenbraue. Während Juliana die gemeinsten Herzen bezaubern konnte, war Prudence viel direkter – wie ihre Großmutter, wenn Giles ehrlich war. Nicht dass irgendjemand es als Kompliment auffassen würde, mit der eindrucksvollen Lady Winchester verglichen zu werden. Es hatte jedoch dazu geführt, dass Prudence – ob nun absichtlich oder nicht – die meisten Gentlemen, die sie bisher als Gemahlin in Betracht gezogen hatten, vergrault hatte.

„Ich werde Rosa tragen", sagte sie entschlossen und ihre Mutter gab ihre Zustimmung mit einem Nicken.

„Gut. Dann geht und beginnt mit den Vorbereitungen. Die Gäste werden in wenigen Stunden ankommen."

Sie nickten, wobei Juliana zögerte und von einem Fuß auf den anderen trat.

„Mutter", begann sie und räusperte sich. Als Antwort hob ihre Mutter nur wieder eine Augenbraue.

„Da die Zeit unserer Trauer nun vorüber ist … nun, weißt du, die Leute werden anfangen zu reden."

„Worüber?"

Ihre Mutter zog es vor, so zu tun, als gäbe es so etwas nicht. Sie lebte, als wäre die Welt so perfekt, wie sie es sich wünschte. Dies war eines der wenigen Dinge, die sie und ihr Gemahl gemeinsam hatten – die Fähigkeit, was auch immer ihnen nicht nützte, zu verdrängen.

„Über Vaters Tod", sagte Prudence deutlicher. „Die Leute haben Fragen. Genau wie wir, denn wir wissen auch nicht mehr als alle anderen."

Giles und seine Mutter tauschten einen Blick aus.

„Sagt ihn einfach die Wahrheit", schlug Giles vor und lehnte sich gegen den Türrahmen, während die Dienerschaft im Raum umherschwirrte und die letzten Handgriffe erledigte, die den Ballsaal in eine Art griechisches Phantasiebild verwandelten. „Das wir nicht genau wissen, was ihm zugestoßen ist, es aber bald herauszufinden hoffen."

„Auf keinen Fall", zischte seine Mutter und trat näher an ihn heran. „Du weißt, was wir sagen müssen. Er hatte einen Schlaganfall und starb."

„Nun, irgendjemand da draußen weiß, dass dies eine Lüge ist."

„Ich glaube kaum, dass derjenige sich zu Wort melden wird", sagte seine Mutter gereizt.

„Vater wurde vergiftet", sagte Giles und nun wanderte auch eine seiner Augenbrauen nach oben. „Es kursieren bereits Gerüchte. Du weißt, wie die Menschen sind. So sehr wir die Wahrheit auch geheim zu halten versuchen, die Dienerschaft klatscht. Es wird herauskommen. Wenn wir versuchen, es zu vertuschen, wird es aussehen, als hätten wir etwas damit zu tun."

„Giles!" Seine Mutter presste eine Hand auf ihr Herz.

Prudence sah recht beunruhigt aus. „Tatsache ist, Giles ...", sagte sie und biss sich auf die Lippe, „die Leute reden bereits."

Giles richtete sich gerader auf. Natürlich war er sich vollkommen bewusst, was die Menschen tuschelten. Wer würde nicht den Sohn verdächtigen, der seinen Vater gehasst hatte und nach dem Tod des Mannes alles erbte? Er hatte mehr durch das Ableben seines Vaters gewonnen als jeder andere und jeder wusste von ihrem Zerwürfnis. Was sie allerdings nicht wussten, war, dass er noch Jahre hätte verbringen können, ohne den Titel zu erben, und glücklich gewesen wäre.

„Sie können sagen, was sie wollen", meinte er abweisend. „Es kümmert mich nicht sonderlich. Falls es jemand von euch vergessen hat, ich bin der Herzog von Warwick und glaube kaum, dass mich jemand offen beschuldigen wird, denkt ihr nicht?"

Seine Mutter rieb nervös die Hände aneinander, während ihn seine Großmutter, wenn er sich nicht irrte, mit Anerkennung betrachtete. Seine Schwestern schienen von seiner Reaktion verblüfft zu sein.

„Wenn es euch beruhigt", fuhr er schließlich fort. „Ich habe einen Mann angeheuert, um Vaters Tod zu untersuchen. Ich dachte mir, selbst wenn er nichts herausfinden sollte, zeigt es doch, dass wir Fragen bezüglich seines Ablebens haben."

„Denkst du denn, dass er etwas herausfinden wird?", fragte Juliana und lehnte sich mit einem neugierigen Blick vor.

Giles zuckte mit den Schultern. „Ich weiß es nicht und es interessiert mich auch nicht besonders. Denn, wenn ihr die Wahrheit erfahren wollt, ich bin froh, dass Vater tot ist."

KLICKEN Sie hier um sich Ihr Exemplar zu sichern von Das Geheimnis des verwegenen Herzogs.

ÜBER DIE AUTORIN

Ellie hat eine Vorliebe für Geschichte und schon immer gern gelesen und geschrieben. Viele Jahre hat sie Kurzgeschichten und Sachbücher geschrieben und an ihrer wahren Liebe und Leidenschaft – Liebesromane – gearbeitet.

In jeder Epoche gibt es die Chance auf Liebe. Ellie macht es Spaß, viele verschiedene Zeitabschnitte, Kulturen und geografische Orte zu erkunden. Egal wann und wo, die Liebe kann sich immer durchsetzen. Sie hat ein besonderes Faible für die historischen „Bad Boys" und mag in ihren Geschichten starke Heldinnen.

Ellie und ihr Mann lieben nichts mehr, als Zeit zu Hause mit ihren beiden Söhnen und dem Husky-Mischling zu verbringen. Typischerweise sieht man Ellie das ganze Jahr über einen Kinderwagen schieben, im Sommer findet man sie am See und ansonsten natürlich mit ihrem Computer auf dem Schoß oder einem Buch in der Hand.

Sie tauscht sich auch sehr gern mit ihren Lesern aus. Daher nimm unbedingt Kontakt zu ihr auf!

www.elliestclair.com
ellie@elliestclair.com

www.ingramcontent.com/pod-product-compliance
Lightning Source LLC
Chambersburg PA
CBHW061335160726
47995CB00001B/42